講談社文庫

# 黄昏の囁き

〈新装改訂版〉

綾辻行人



講談社

*To Hirokosan*

# 目次

# 黄昏の囁き

〈新装改訂版〉

# 序章

……レコードがまわりはじめる。

一曲め。流れ出した音楽は、懐かしいＴＶアニメのテーマソングだった。

アニメ好きの彼はもちろんその曲を知っていたが、しばらく聴いても、なぜかしら番組の題名が思い出せない。歌詞やメロディはすらすらと浮かんでくるのに、どうしてもそれが番組名と結びついてくれないのである。

(何でだ)

彼は苛立《いらだ》った。

こんなはずはない。思い出せないはずなどないのに。

一曲めが終わり、針は二曲めへと進む。

鳴りだしたのはまた同じ曲だった。彼はそのことをとりたてて訝《いぶか》しむでもなく、ただ、依然としてその曲と番組の題名を結びつけられないでいる自分に（どうしてなんだ）苛立ち、焦りすら覚えた。

三曲めもやはり同じ曲だった。

同じ歌詞。同じメロディ。同じ伴奏に同じ歌声。

そこへふいに、ぷつぷつという細かな異音が混入してきた。

レコードの雑音《ノイズ》だ——と、彼は即座に判断した。

こんな昔のアニメソングが（何ていう番組だった？）収録されているのだ、これは相当に古いレコードだろう。長いあいだ人に聴かれることもなく、ろくに手入れもされていなかったのだ。だから……いや、それともプレイヤーの針のほうがもう寿命なのだろうか。

異音は続く。

断続的に、けれども執拗《しつよう》に。

番組の名はいっこうに思い出せなかった。

雑音は無遠慮に音楽を分断し、彼の苛立ちと焦りを煽《あお》り立てる。三曲めが終わり、四曲めにまたしても同じ曲が始まったころには、それはさわさわ、ざわざわ、という切れ間のない音に成長し、やがてほとんど歌を聴き取れないまでの状態になってしまった。

我慢できなくなって、彼はプレイヤーの蓋《ふた》を開けた。アームを戻し、惰力《だりょく》で回転を続けるレコードを覗《のぞ》き込んでみて、あまりのことに目を見張った。

直径三十センチの塩化ビニール盤。本来は黒くあるべきはずのその表面が、すっかり色を変えてしまっているのだ。まるでヨーグルトクリームを塗りたくったような黄白色に。

ひどいもんだ、と肩をすくめた。

隙間もないほどにびっしりと、埃《ほこり》がこびりついているではないか。これではまともに音が鳴るわけがない。

プレイヤーの横に置いてあったレコードクリーナーを取り上げた。クリーニング液をたっぷり噴きかけ、盤をこする。しかし――。

どうしたわけか、汚れはまったく落ちてくれない。むきになって何度も同じ行為を繰り返したが、大した効果はなかった。

不審に思い、彼はレコードを両手で挟んで持ち上げた。すると、そこに異様な動きが見えた。

彼はおのれの目を（何だ？）疑った。ヨーグルト色に変色したレコードの表面が、小波《さざなみ》が立つような感じで（何だこれは何だ）かすかに動いている。

盤面に付着しているのは、埃ではなかったのだ。

目を凝らしてみて、その正体が分かった。

これは、虫だ。体長わずか数ミリの白っぽい半透明な虫が、何百匹、何千匹と盤面で蠢《うごめ》き、ひしめきあっているのである。

「ひ……」

満足な声にならぬ悲鳴を上げて、彼はレコードを放り出した。

ざわざわという異音がまた聞こえだした。それはレコードのノイズなどではなく、盤面の虫たちが蠢動《しゅんどう》する音なのだった。

虫たちがレコードから這《は》い出してくる。あとからあとから、まるでその円盤が彼らの巣ででもあったかのように溢《あふ》れ出してくる。

見る見るうちにヨーグルト色の群れは床に広がり、おぞましさのあまり鳥肌を立ててあとじさる彼の足もとにまで迫ってきた。

「な、な……」

さらに悲鳴を（何なんだよ、こいつら）上げようとした、そのとき。

軽《かろ》やかに鳴りはじめた電話の音。

反射的に受話器を取り、耳に触れたその冷たい感触で、ようやく彼は現実を取り戻した。

明りを落とした部屋の片隅。

壁ぎわに据《す》えたソファベッドの上に、彼はいた。

足もとに迫る虫の大群など、むろんどこにもいない。そもそも、この部屋にはレコードプレイヤーなどないのだ。おととし新しいミニコンポを買って、そのとき捨ててしまったではないか。持っていたレコードも、どうしても聴きたいものはCDに買い換えればいいと思って、あらかた処分してしまっている。

彼は強く目を閉じ、頭を振った。

ざわざわという音はそれでもまだ続いていた。レコードのノイズでもなければ虫の蠢く音でもない。

(——雨だ)

やっとのことで、彼はそれに気づくのだった。いつのまにか、外で雨が降りだしていたのである。

耳に当てた受話器から聞こえてくる声はない。「どなた?」と問うと、とたんにぷつりと電話は切れてしまった。

間違い電話か。それとも……。

小さく息をついて、彼は受話器を戻した。ソファに深く身を沈め、両手を顔に当てて緩《ゆる》くこすった。蠢く虫の影が生々しく瞼《まぶた》の裏に浮かび、慌《あわ》ててまた頭を振る。

ひどい夢だ。いや、単なる夢ではなかったのかもしれない。何か幻覚のたぐいだったのかも。

こめかみに穿《うが》たれた小さな孔《あな》から、脳の中身がたらたらと流れ出していく。そんな感覚があった。

思考が（今の電話は）のろのろと空まわりを続けて（電話、電話……）いる。手足が痺《しび》れて力が入らない。このうえなく不快な。けれどもそれが同時に、こんなにも甘美に感じられるのはどうして

（……遊んでよ）


だろうか。

自嘲的な気分で唇を歪《ゆが》めて、彼は顔から手を離した。改めて、暗い室内を見まわしてみる。

フローリングのリビングルーム。ガラストップの小テーブルを挟んだ反対側の壁ぎわに、ずらりとＡＶ機器が並んでいる。テレビ、ビデオデッキが二台、ミニコンポ、

LDプレイヤー。表示窓の白い文字が、闇のところどころに光る。

つけっぱなしのテレビの画面が青くなっていた。ぼんやりとそれを（何であんな色をしているんだろう）見つめるうち、

（ああ、そうか）

呆《あき》れるほどの緩慢《かんまん》さで記憶が持ち上がってくる。

そうだった。俺はここに坐《すわ》ってレーザーディスクを観《み》ていたのだ。いつものように睡眠薬をビールで飲んで。あれが確か、午前零時ごろだった。そして……。

午前二時十五分という現在の時刻をビデオデッキの表示窓の中に読み取ると、彼はテーブルにあった飲みさしの缶ビールに手を伸ばした。気の抜けたビールを喉に流し込みながら、今さっきの電話の意味を

（……ね、遊んでよ）


考えようとする。しかし思考は、相変わらず歯がゆい空転を続けるばかりだった。

ただの間違い電話か。それとも……。

外の雨音が、ずいぶんと激しくなってきている。

ジーンズにトレーナー一枚の恰好《かっこう》でいた彼は、ふとひどい寒さを感じて身を震わせた。そういえば、ヴェランダの戸が開いたままになっている。

空になったビールの缶を床に転がすと、彼は重い身体《からだ》をソファから上げた。風に揺れる半開きのカーテン。網戸を通して、細かい雨の飛沫がわずかに吹き込んでいた。

ヴェランダ越しに外を見やる。七階建てのマンションの、最上階の一室である。暗い夜だった。月もなく星もなく、まばらに光る街の灯《ひ》の向こうに、横臥《おうが》した巨人のような黒い山影が見える。

ただの間違い電話か。それとも……。

薬と酒に冒《おか》された頭で、彼は考えつづける。

不快感と甘美感の狭間から、それらの感覚を押しのけて迫《せ》り上がってくる不安、胸騒ぎ。

「……ね、遊んでよ」

最初にあの電話がかかってきたのは、一週間前の夜だった。掠《かす》れ、くぐもった声で、囁《ささや》くようにそう云《い》った。

わけが分からなかった。間違い電話か、あるいは悪戯《いたずら》電話か。だが、首を捻《ひね》る一方で、その言葉の響きはほとんど一瞬にして、彼の心の深部を鋭利なナイフのように抉《えぐ》っていた。

何ですか、どなたですか、と問う彼に、誰とも知れぬ声の主《ぬし》は、

「遊んでよ、ね」

そう繰り返して電話を切った。

同様のことが、そのあと一日おきに二度あった。同じ声が同じ言葉を囁き、そして二度めの最後にこんなひと言を付け加えた。

「忘れちゃいないよね」

と。

忘れてなどいるものか。

最初の電話が切れた直後にはもう、彼は突きつけられたその言葉（……遊んでよ）の意味に気づいていたのだ。忘れてはいない。この十五年間、それは常に彼の心の底にあって、あるときは激しい、あるときは鈍《にぶ》く疼《うず》くような痛みを、彼に与えつづけてきたのだから。

十五年前の秋の、あの黄昏《たそがれ》どきの出来事。昏《くら》い夕陽に染まった風景に重なって、いくつかの顔が浮かび上がる。

（……遊んでよ）

忘れてなどいない。けれどどうして、いったい誰が、今ごろになって……。

（ね、遊んで……）


吹き込む風の冷たさは、深まりつつある秋の肌触りだった。

彼は意識的に大きく息を吸い込み、油断すると焦点が狂って何も見えなくなってしまいそうな目の端を指で押さえた。そうして、痺れる腕を伸ばしてヴェランダの戸を閉めようとしたときだ、玄関のチャイムが鳴り響いた。

驚いて振り返り、とっさに時計の表示を見た。

午前二時三十分。

真夜中のこの時刻に訪ねてくる者の心当たりはない。いくら薬と酒に酔っているとはいえ、そこでそれ相応の不審と警戒心を抱く程度の判断力は、このときの彼にも残っていた。

戸惑ううち、ふたたびチャイムが鳴った。

彼は部屋の明りをつけ、ふらつく足で玄関へと向かった。

呼吸を止め、ドアスコープにそっと片目を寄せる。白々《しらじら》と蛍光灯が光る外の廊下に、来訪者の姿が見えた。

その人物は灰色のレインコートを着て、広い鍔《つば》の付いた黒い帽子を目深《まぶか》にかぶっていた。うつむきかげんで、しかも口と鼻は大きな白いマスクで覆《おお》われている。人相はよく分からない。

「どなた、ですか」

ドア越しに、彼は恐る恐る問いかけた。いかにも怪しげな風体《ふうてい》だったが、まったく無視してしまうことにも抵抗があったから。

彼の声に反応して、相手は顔を上げた。そのまま少しのあいだスコープのレンズを見つめていたが、やがて低く云った。

「大切な話が」

マスクのせいで、発音は非常に不明瞭だった。

「どうしても、今」

「誰なんです、おたく」

彼は重ねて問いかけた。

「誰なんですか」

すると相手は、おもむろに口もとのマスクを顎《あご》までずらしてみせた。

「あ……ああ」

現われた顔を見て、彼はちょっと安心した。知らない顔ではなかったからだ。しかし、どうしたわけか名前が浮かんでこない。確かに知っている顔なのに、薬と酒で意識が混濁しているせいだろうか、なかなかその人物の名が思い出せないのである。

先ほどの悪夢（幻覚だったのかもしれない）の中で、音楽と番組名を結びつけられなかった——あのときと同じような苛立ちと焦りが湧き起こる。

「大切な話が」

と、相手はまた云った。彼はなおもいくらか躊躇《ちゅうちょ》した末、ドアチェーンを外《はず》してドアを開けた。

ふいの来訪を詫《わ》びるでもなく、その人物は入ってきた。雨の中を傘なしでやってきたのかもしれない、コートがひどく濡《ぬ》れている。

「ええと」

彼はうまく呂律《ろれつ》のまわらない舌で尋ねた。

「話っていうのは、いったい……」

相手は何も答えない。左手をコートのポケットに潜《もぐ》り込ませながら一歩、彼のほうに近づいた。

どう対処したら良いのか分からないでいる（何ていう名前だった？）彼の顔を、来訪者は上目《うわめ》づかいに見すえる。表情のない、底知れず虚《うつ》ろなまなざしだった。思わずあとずさりしながら、彼はぎこちない愛想笑いに頰を凍《こお》らせた。

彼の動きを追うように相手はまた一歩、足を進めた。かと思うと、そのまま靴を脱いで部屋に上がってこようとする。

「ええと、あの、あの……」

うろたえる彼に向かって、来訪者はポケットから左手を出してすっと前に差し上げた。黒い薄手の革手袋を嵌《は》め、拳《こぶし》を固めている。

「これ」

と云って、その手を彼に突きつけた。何か渡したいものがあるらしい。

彼はそろりと右手を上げた。開いた掌《てのひら》に、黒い拳が接近する。

「これ、あげるから」

掌の中央にぽとり、と落とされたもの。それが何であるかを認めて、

（……これ、あげるから）

彼は心臓が止まるほどのショックを味わった。

それは、鈍い銀色の光をたたえた一枚のコインだった。百円玉よりもいくらか大きい、見慣れぬ絵柄の入った硬貨である。

（あげるから）

（……遊んでよ、ね）

「ね、遊んでよ」

こちらを見すえた目が（この声）暗く煌《きら》めいた（この言葉）。あの電話の声だ、と気づいたときには（この……）もう、相手はコートの懐《ふところ》から取り出した凶器を高く振り上げていた。

「遊んでおくれ」

「うわっ」

短く叫んで、彼は身を退《ひ》いた。

ぶん、と空気を震わせて、凶器（金属バットか何かだ）が打ち下ろされる。頭を庇《かば》おうとして反射的に上げた右腕の肘《ひじ》のあたりに、それは命中した。

衝撃。そして激痛。

たまらず後ろに身を崩した。ぶざまに尻餅をついた恰好のまま、踵《かかと》で床を蹴って部屋の奥へと逃げる。いったい何が起こったのか、あまりの驚きのためすぐには理解できなかった。

冷ややかな目でその様子を眺めながら、来訪者はゆっくりと凶器を構え直す。まもなく繰り出された二度めの攻撃は、身を起こそうとする彼の左肩を掠ってソファベッドの端に当たった。

「ひいっ」

悲鳴を上げて彼は、部屋のさらに奥へと身を転がした。

(殺される……)

苦痛と恐怖にあえぎながら、ようやくそこで彼は、その人物の無感動な双眸《そうぼう》に宿った意志を読み取ったのだった。

殺すつもりだ。

俺を殺すつもりなんだ。


(……遊んでよ)

あの電話は(……ね、遊んでよ)〝予告〟であり、〝宣告〟だったのだ。

(遊んでおくれ)


では、さっきの無言電話も?

そうか。あれは〝確認〟だったのかもしれない。マンションの前までやってきて、この部屋の明りが消えているのを見て、それで、俺がここにいるのかどうかを確かめるために……。

ヴェランダの戸に背をつけ、やっとの思いで立ち上がった。引きつった顔でぶるぶると首を振る彼に向かって、

「笑え」

掠れ、くぐもった声で相手は云った。

「ほら、笑わなきゃだめだろう」

混乱した彼の頭の中に、同じ言葉が（……笑え）木霊《こだま》のように響く。（……笑え）

（笑えよ）

（笑えよな）

それは過去からの声だった。心の奥に刻みつけられたあの黄昏の風景の中から、十五年の長い時間を超えて。

（ほら、笑わなきゃ……）

（ほんとにおまえは……）

「どうしてなんだよ」

涙で霞《かす》みはじめた目をしばたたきながら、彼は喉を震わせた。

「どうして、おたく……」

「笑え」

抑揚《よくよう》の失せた声で云って、相手は三たび凶器を振り上げる。

「ほら、笑えよ」

襲いかかってくる凶器よりもむしろ、放たれるその言葉のほうが彼を戦慄《せんりつ》させた。

太鼓の乱れ打ちのような心臓の音が伝わってくる。呼吸が詰まり、満足に声も出せない。後ろ手に網戸を開けると、助けを呼ぶことすらできずに外のヴェランダへとあとじさっていった。

濡れたコンクリートは冷たく、氷のように感じられた。激しく降り込む雨が、粟立《あわだ》った首筋を打つ。

「笑え」

壊れた録音機のように同じせりふを投げつけながら、来訪者は彼に詰め寄る。さらに後退すると、ヴェランダのフェンスが腰に触れた。

「や、やめろ」

彼は両手を上げ、もつれる舌で哀願した。

「やめてくれよ。あれは、あれは……」

「笑え」

凶器が振り下ろされる。

必死でかわした頭の側部を掠め、手すりを打った。ごぉん、という鈍い音響が、降りしきる雨の音に溶ける。

間《ま》をおかず、相手はさらなる攻撃に移ろうとする。

「やめてくれ」と喚《わめ》きながら、彼はがむしゃらに両手を振りまわした。

——と。

酒と薬、驚愕と恐怖、雨で濡れた足もと……すべてが災いの原因となった。顔面に迫る凶器から逃れようと身をよじらせたはずみに、彼は足を滑らせた。叫ぶまもなく大きくバランスが崩れ、フェンスの手すりを軸にして身体がぐるりとまわった。

墜落。

二十メートルの距離を落下する数瞬のあいだ、彼は完全に気を失っていた。が、建物の前を通る国道のアスファルトに叩《たた》きつけられ、死の暗黒へと落ちる直前、

（……わらった）

どこかから聞こえてくる子供の声が、意識の一部をほんの少しの時間だけ目覚めさせたのだった。

（おじぞうさま……）

薄く開いた目に映《うつ》る、黄昏の風景。沈みかけた巨大な太陽。静止した小さな人影。

そして……。

（……わらった）

（わらった）

（わらった）

激しい地鳴りのような音が接近してきたかと思うと突然、昏い夕陽が真っ白な閃光《せんこう》に変わった。深夜の国道を走ってきたトラックの、ヘッドライトの光だった。

†　†　†

昏《くら》く、赤い空。

昏く、赤い雲。

吹く風の色も、昏く赤い。

その風に運ばれて遠くから聞こえてくる音楽までが、昏く赤い。

息をひそめ、心臓の鼓動を抑え、目を凝らし、耳を澄ます。首筋を、暑くもないのに幾筋かの汗が伝う。風が撫《な》でつけ、わずかに体温を奪う。

目を凝らし、耳を澄ます。

世界はそこで、円く切り取られている。

黄昏の時間《とき》が、止まる。永遠に届く一瞬。

世界はそこで、鋭く冷ややかな悪意の爪を磨いている。

黄昏の時間が止まる。終末の手前の一瞬。

# 第1章　帰郷

1

故郷の街は、見知らぬ異国の顔で彼を迎えた。

帰ってきた、という感じがしないのだった。のっぺりと灰色に塗り潰された海を漂流してきて、たまたま行き着いた場所がここであった、とでもいうような空々《そらぞら》しい気持ちにしかなれないのだ。

初めての経験ではなかった。

過去にも何度か、この駅のホームに降り立って同じような感覚に囚《とら》われた記憶はある。けれどもそれを、「異国」などという言葉を使って表わしてみたことは一度もなかったように思う。

人の流れに押されて改札を抜けた。

最近になって建て替えが完了したばかりの駅舎の、真新しい大理石の柱に片手をつき、津久見翔二《つくみしょうじ》はふいに込み上げてきた軽い吐き気に耐えた。睡眠不足のせいか。それと、昨夜からほとんど何も食べていないせいもあるだろう。

柱に手をついたまま、翔二は意識して強く両目を閉じる。頬や首筋に触れる空気がねばねばす痺れるように肩が重い。軋《きし》むように胸が痛い。電波の乱れたラジオのような周囲の物音。上り列車の到着を告げるアナウンスが、この同じ国の言葉ではないように聞こえる。

最低だ、と思った。

(最低だ、僕は)

昨夜からずっと、心の中で吐き出すせりふは同じだった。

(最低だ……)

——もしもし、翔二さん？　翔二さんね。ああ、もう。今までどこへ行っていたのですか。

怒りにこわばった母・貴志恵《きしえ》の声が、耳の奥にこびりついている。

——いったい何度、電話したと思っているの。留守電に入れておいたこと、聞きましたね。あしたすぐにこっちへ帰ってらっしゃい。いい？　分かりましたね。

「最低だよ」

と低く呟《つぶや》いて、翔二は目を開く。

たかだか十九年と一ヵ月少々だけれど、これまで生きてきてこんなに救いのない気分になるのは初めてだった。何をどう考えれば楽になるのか分からない。

足を引きずるようにして、外へ出た。

駅前の一角には大きな新しいビルがいくつも建ち並び、昔からある古い商店を威圧的に見下ろしている。市が推進する「再開発」の名のもとに、この数年間で次々に建設されたもので、どれもがしゃかりきになって自分たちの〝新しさ〟を主張している。しかし、翔二の目にはそれらのすべてが、十月の初めという今の季節にはあまりにもそぐわない、うっとうしい曇天《どんてん》の下、廃墟の崩れかけた建物さながらに薄汚く見えた。

正午を過ぎたばかりの時間だというのに、空は異様に暗くて、高校時代に入っていた寮舎の低い天井を思わせた。路面が、黒々と濡れている。先刻まで雨が降っていたらしい。

荷物は手提げの布鞄《ぬのかばん》一つだけだった。大した品物も入っていないのに、腕が抜けそうなくらい重く感じられる。彼はバス停を素通りし、タクシー乗り場へ向かった。

「阿瓦多町《あがたちよう》までお願いします」と告げると、五十がらみのタクシーの運転手は茶色いベレー帽をかぶりなおし、黙って車を発進させた。

「お客さん、関西の人かい」

いきなり運転手が尋ねてきたのは、駅前から北へ延びる大通りの、いくつめかの信号で車が停まったときだった。翔二はルームミラーに映った相手の顔をちらと見て、曖昧《あいまい》に頷《うなず》いた。

中学から高校の六年間、彼は関東平野の外れにあるこの故郷の街を離れ、京都の私立進学校に行っていた。話す言葉に、だから、知らないうちに向こうのイントネーションが組み込まれてしまっているのだろう。

「関西はどこかね」

続けて訊かれて、翔二はぼそりと「京都」と答えた。事情を説明する元気などなかった。

「京都かあ。ふうん。——誰かこっちに知り合いがいるのかい」

「ええ、まあ」

信号が青に変わって車が動きだし、運転手は口を閉じた。

ぐったりとドアに身を寄せ、窓の外を眺める。

そこに見えるのは、やはり「異国」だった。見慣れた街並みのはずなのに、まるで懐かしいという気持ちが湧いてこない。おまえの居場所などここにはないぞ、とでも云うように、冷たくよそよそしい。

けれども確かに、この街——栗須《くりす》市は、翔二が生まれ育った「故郷」なのだった。誕生日は一九七二年の八月二十九日、場所は街の西外れにある博心会《はくしんかい》病院の産婦人科病棟。分娩《ぶんべん》室の番号も、母に訊《き》けば答えてくれるだろう。

しばらく行って、また赤信号にひっかかった。ミラーの中から運転手がこちらを見て、

「何か悩みごとでもあるのかね」

と質問してきた。翔二は力なく首を振る。

「若さに悩みはつきもんだが、いやいや、あんまり悩みすぎるのは良くないよ。くよくよしないのが長生きの秘訣《ひけつ》だっていうからねえ」

「…………」

「ついこのあいだも、俺んちの近所のマンションで飛び降り自殺があったんだ。まだ二十歳《はたち》そこそこの若者だったんだがね、飛び降りて、ちょうどそこへトラックが走っ

てきて……ひどいありさまだったらしい。いやはや、どうしてあんなに死に急ぐのかね。生きてりゃあ、何かいいこともあるだろうにな」

「自殺？」

翔二は思わず聞き直した。

「自殺だったんですか」

「おや。知ってるのかい、あの事件」

「あ……ええ。新聞でたまたま」

「自殺だって噂《うわさ》だよ。詳しいことは知らないがね。ちょっとアタマのおかしいやつだったらしい」

信号が変わり、運転手はふたたび口を閉ざす。

小さく溜息《ためいき》をついて、翔二はドアの窓に目を戻した。流れる風景をバックに、うっすらとガラスに映った影。自分とはあまり似ていない彼の顔が、ふとそこに重なって浮かぶ。

ふいにまた、吐き気を覚えた。「うっ」と低く呻《うめ》き、左手で胃を、右手で口もとを押さえた。

「ん？」

運転手が不審げに眉をひそめた。

「どうかしたかね」

小さくかぶりを振るだけで、翔二は何も答えられなかった。

自分はその「ちょっとアタマのおかしいやつ」の実の弟なのだと、そこで云うわけにもいかなかったから。

2

阿瓦多町は市の東側に位置する。

駅から車で二十分余り。高い塀に囲まれた大きな家ばかりが並ぶ、いわゆる「お屋敷町」で、翔二の実家はその中でも「上」の部類に属する豪邸だった。

タクシーをわざと、家のかなり手前で止めた。門の表札と「このあいだ飛び降り自殺した若者」の苗字《みょうじ》の一致に気づかれるのが、いやだったからだ。

ランドセルを背負った子供が幾人か、少し前方を歩いていた。小学校の四、五年生だろうか。中には一人、中背の翔二より背の高い男の子もいる。

子供たちのあとを追うように歩きはじめたところで、きょうは金曜日なのにな、と思った。時刻は十二時半。何か行事があって、午前中だけで学校が終わったのだろうか……。

十月四日、金曜日。腕時計のカレンダーで日付を確認する。

この春、目標の大学に合格し、東京で独り暮らしを始めて以来、めっきり「曜日」の感覚が薄らいできているように思う。彼があまり、父や母が満足するような「真面目《まじめ》な」学生にはなれずにいることの、それは一つの証拠だった。

家の門前に立つと、甘えるように鼻を鳴らす犬の声が聞こえてきた。翔二が小学校五年のときから飼っている雄のピレネー犬で、大きなその体にもかかわらず、名前は「パピー」という。

嬉《うれ》しそうに尻尾《しっぽ》を振って庭を駆けてくる真っ白な毛並みのパピーを見て、ほんのわずかだけれど救われた気分になった。だが、次の瞬間にはまた、「最低だ」と自分をなじる声が心の中で吐き出される。

——お兄さまが、事故で亡くなりました。

留守番電話に入っていた母の、凍りついたような声。九月三十日の朝に録音されたものだったが、それを翔二は、昨夜になって初めて聞いた。

——あすがお通夜《つや》、あさってがお葬式です。すぐ連絡してください。

同じメッセージが、時間をおいて幾度も入っていた。途中でテープが切れてしまっていたため、けっきょく何回、電話があったのかは分からない。

きょうは十月四日。通夜も葬儀もとうに済んでしまったあとだ。

母は、怒って当然だと思う。心配もしただろう。長男の突然の死。すぐに帰ってくるべきもう一人の息子は、どこをほっつき歩いているのか、いくら電話しても部屋にいなくて……。

九月二十九日の深夜——正確には三十日未明と云うべきか——、兄の伸一《しんいち》は一人で住んでいたマンションのヴェランダから落ちて死んだという話だった。昨夜の電話でも、母はそれを「事故」と云っていたが。

(自殺だった？)

さっきの運転手の言葉を思い出す。

(気が変になって、発作的に……)

(……本当に？)

ぴたん……と、頭の中のどこかで水の滴《したた》る音が響き、翔二はびくり、と身を震わせて、左の首筋に右手を当てた。まるで反射運動のような動き。強い緊張や不安、恐怖を覚えたときにする、これは彼の昔からの癖だった。

首筋をゆっくりさすったあと、その手を呼び鈴のボタンに伸ばす。

インターフォンに出たのは、母ではなく、お手伝いの飯塚《いいづか》せつ子《こ》だった。翔二が子供のころから津久見家に住み込みで勤めている、もう初老と云ってもいい年齢の女性である。

相手が翔二だと分かると、彼女は短い驚きの声を上げ、「すぐに」と云ってインターフォンを切った。門を抜け、前庭を玄関へ進む。パピーが駆《か》け寄ってくるが、彼の沈鬱《ちんうつ》な表情を見取ってか、いつものように飛びついてはこなかった。

ガレージを見ると、車が一台もなかった。父のメルセデスと母のシトロエン、両方ともない。ということは、いま家にいるのはせつ子だけなのか。

ほっと胸を撫で下ろそうとしている自分に気づいた。

父や母とは顔を合わせたくない。この数日間どこで何をしていたのか、きっと厳しく問いただされるだろう。いったいどんな顔をして、それに答えればいい？

玄関のドアを開けた飯塚せつ子は、少々太り気味の身体に窮屈そうな黒い服を着ていた。翔二の顔を見るなり、

「おぼっちゃま」

と、叫ぶような声を投げかける。

幼い時分から何かと世話になっているこの家政婦が、翔二は決して嫌いではなかった。「親しみ」という点では、母よりもむしろ彼女に対してのほうが強い想いを抱いているかもしれない。けれどもきょうばかりは、その甲高《かんだか》い、いくぶん感情過多の声が疎《うと》ましく思えた。

「どこに行っておられたのですか。旦那さまも奥さまも、それはそれは心配なさって……」

「母さんは、出かけてるの」

翔二はぶっきらぼうに訊いた。せつ子は小皺《こじわ》だらけの目をしばたたいて頷き、

「相里《あいざと》まで」

と答えた。

「あちらのお友だちが今朝《けさ》、弔問《ちょうもん》に来てくださったのです。その方をお送りして」

「相里」とは、栗須市の東どなりにある市の名である。母はそこの名家の出で、当然ながら親戚や知人も多く住んでいる。

「わざわざ母さんの車で？」

「はい。奥さまもずいぶんと疲れておいでですが、車の運転はお好きですから」

「気晴らしのドライヴ、ってわけ」

「おつらいのだと思います」

と云って、せつ子は視線を伏せた。

「夕方までにはお戻りになるはずです。翔二ぼっちゃまには、おとなしく待ってらっしゃるようにと」

「――そう」

荷物を玄関ホールに置くと、翔二はせつ子に伴《ともな》われて一階奥の和室へ向かった。

仏壇の前に坐り、黒縁の額に収められた伸一の遺影と向かい合う。

痩せぎすで骨張った顔の輪郭に、神経質そうな三白眼《さんぱくがん》。長く伸ばして大雑把《おおざっぱ》に分けた髪。口は大ぶりで、唇は厚い。卵形のつるりとした童顔である翔二とは、どの部分を取っても正反対に見える。似ているといえば、母親譲りの色の白さくらいのものだろうか。

やや上目づかいに正面を見た写真の兄は、その目もとだけでかすかに笑っていた。翔二がよく知っている表情だ。どこか卑屈な翳《かげ》りを含み持った面差《おもざ》し。内心の怯《おび》えを必死になって隠そうとしている子供のような、ぎこちない微笑。

――良かったな。大したもんだよ。

この春、翔二がT＊＊大学の医学部にストレートで合格を決めたときも、彼は同じ微笑を浮かべて弟を祝福した。

——頑張って、母さんたちの期待に応《こた》えてやれよ。出来の悪い兄貴のぶんまで。なっ？　……

「ね、せつ子さん」

焼香《しょうこう》を済ませると、翔二は斜め後ろに正坐していたお手伝いを振り向いた。

「兄さん、自殺だったんだって？」

訊かれて彼女は一瞬、返答に詰まったが、すぐに緩く首を振りながら、

「事故だと聞いております」

「七階から飛び降りたんだろう」

「ええ。ですが……」

「どうしてヴェランダから落ちたりしたんだい」

「それは、お酒に酔って、と」

「母さんたちがそう云ってたの？」

「——はい」

伸一が酒好きで、そのくせあまり酒に強くなかったことは知っている。何本かのビールですっかり酔っ払って正体をなくしてしまった彼の姿を、翔二も一度、見たこと

があった。しかし……。

（いい、しかし……？）

その先に自分はどういう言葉を続けたいのか。どのように考えれば気が済むというのか。

自問しつつ、翔二はそっと天井に目を上げる。

暗い座敷だ。豪奢《ごうしゃ》な洋館の外観を持つ津久見邸の中で唯一の畳敷きの部屋だが、翔二は昔からこの、普段はほとんど使われることのない和室が好きではなかった。

いつも電灯が消えていて、闇が漂《ただよ》っていた。その闇の奥に据えられた大きな仏壇の影。幼いころには、亡くなった祖父母の位牌《いはい》が納められているのだといくら教えられても、何だかそれが凶々《まがまが》しい怪物の住《す》み処《か》かのように見え、気味が悪くて仕方なかったのを憶《おぼ》えている。

「兄さんの部屋は？　どうなってるの」

びくり、と左の首筋に手を当てながら（またいつもの癖だ……）、翔二は訊いた。

せつ子は視線を畳に落とし、答えた。

「いずれ私が整理しにいくように、と云われております」

「せつ子さんが？」

「はい。業者を雇ってもいいから、と」

「業者？」

翔二はちょっと驚いて、

「どうしてそんな。どうして、母さんたちが自分で行かないの」

「何かご都合があるのではと」

「都合……どんな都合があるっていうのかな」

「それは……」

親たちへの不信感が、そこでゆっくりと頭をもたげてくる。戸惑いの色を隠せない家政婦から目をそらし、兄の遺影に向き直った。

——俺、オチコボレだから。

ぎこちない微笑みの向こうから、そんな声が聞こえてきそうな気がした。

——母さんたちは、厄介者《やっかい》が片づいてせいせいしてるのさ。そのくらい、おまえだって分かってるだろう。

「兄さん……」

低く呟いて、翔二は立ち上がった。

「鍵、貸してくれる？」

黙ってこちらを見上げるせつ子に向かって、そう云った。

「兄さんの部屋の鍵だよ。どこにあるか知ってるだろう」

「――はい」

「じゃあ、持ってきて」

「ですが、おぼっちゃま」

「ちょっと行って見てくるだけだよ。すぐに戻るから」

もう一度ちらりと兄の写真に目をやってから、翔二は云った。

「それからね、せつ子さん、いいかげんにその『おぼっちゃま』っていうの、やめてよね。お願いだから。兄さんもいやがってただろ」

3

外に出ると、待ちかまえていたようにパピーが飛んできた。「あとでな」と云って頭を撫でてやると、翔二はガレージに駆け込み、埃をかぶった自転車をひっぱりだした。

伸一が住んでいたマンションは、阿瓦多町の津久見家から、歩いていけば二時間近くもかかる場所にある。自転車なら三十分ほどだろうか。

空は相変わらず暗い雲に覆い尽くされていた。いつまた雨が降りだしてもおかしくないが、気にはならなかった。いっそのこと大雨になって、この薄汚い風景を隅々《すみずみ》まで洗い清めてくれればいい——などと思いながら、ペダルに足をかける。

道のりの半分くらいを走ったところで、

**流星《りゅうせい》サーカス団、来る！**

そんなポスターが電柱に貼ってあるのを見かけた。

**世紀の一大エンターテインメント！**

**十五年ぶりの栗須市公演！　……**

派手なポスターだった。

黄色い地に、赤や青を使った文字が並んでいる。文字のデザインそのものも写真やイラストのレイアウトも、お世辞にもうまいとは云えない。いやに素人《しろうと》臭くて、しかしそれがかえって昔懐かしい雰囲気で目を惹《ひ》いた。

自転車を停め、翔二はしばしその破れかけたポスターを

（……った）

見つめた。

場所は「栗須市民公園内特設テント」、公演期間は「一九九一年九月二十日〜二十三日」とある。九月二十日といえば、先々週の金曜日か。

なぜかしら胸が騒いだ。なぜなのか、考えてみようとしたがうまく考えられない。

頭の歯車に粘着液が絡《から》みついたような感じ。ただ、目の前に並んだいくつかの言葉が、不思議な力で心をどこかへ

（……わらった）

連れていこうとしていることだけを自覚した。

流星サーカス団、十五年ぶりの栗須市公演。十五年ぶりの……。

巨大なオレンジ色のテントが、ぼんやりと脳裡《のうり》に浮かぶ。そこから流れ出す、微妙に音程の狂った楽隊《ジンタ》の演奏……。

びくり、と左の首筋に手を当てる。汗がひと滴《しずく》、ゆっくりと背中を伝った（……どうして？）。

強く頭を振って正体不明の不安（何だろうか、これは）を払うと、翔二は自転車のペダルに足を戻した。

4

目的地に到着したのは午後二時前だった。

自転車を歩道の端に置き、建物の入口へ向かう。

七階建ての大きな分譲マンションである。アイボリーのごつごつした壁面に、ヴェランダ付きの窓が整然と並んでいる。

一年前のちょうど今ごろ、兄はこの最上階の一室を買い与えられ、独り暮らしを始めたのだった。「体良《ていよ》く家を追い出されたのさ」と彼は例の卑屈な微笑を浮かべていたが、京都で窮屈な寮生活中の身であった翔二には、たいそう羨《うらや》ましく思えたものだった。

入口は建物の、南側の端にあった。東側には国道が通っている。兄が暮らしていた705号室はこの国道に面した一室で、翔二は春に帰郷したとき、一度だけ訪れたことがあった。

エレヴェーターで七階に昇る。薄暗い廊下に人の姿はなく、どこかの部屋で赤ん坊の泣いている声がかすかに聞こえた。

せつ子から借りてきた鍵で、705号室のドアを開ける。

何足かの靴が乱雑に脱ぎ散らかしてあるのを見て一瞬、誰か先客がいるのかと思ったが、もちろんそんなはずはない。どれも同じ大きさの靴。——兄の靴だ。

部屋の空気はひんやりと澱《よど》んでおり、気のせいか物が腐ったようなにおいがした。フローリングの広々としたリビングルーム。独立したキッチンに、もう一つ六畳の和室がある。東京で翔二が借りている学生マンションの倍近く広さがあるが、主《あるじ》を失った部屋の様子は、単に散らかり放題というよりも、何やら「荒廃した」とでもいった形容がふさわしそうだった。

ビールの空《あ》き缶がいくつも床に転がっている。スナック菓子の空き袋。部屋の隅に脱ぎ捨てられたシャツやズボン。雑然と積み上げられたマンガ雑誌、男性週刊誌や月刊誌のたぐい。……新聞は取っていなかったようだ。壁に貼られた女性アイドルのポスター（翔二は顔も名前も知らなかった）は、画鋲《がびょう》が一つ外れ、右上の角がめくれおちたままになっている。

となりの六畳間も、リビングと似たり寄ったりの状態だった。乱れたベッド。本や紙屑《かみくず》が散乱した床。ライティングデスクの上にはラップトップ型のパソコンが置いてあったが、ディスプレイもキーボードも埃だらけである。

どうにもやりきれない気持ちで、翔二はリビングのソファベッドに腰を下ろした。そこで――。

ソファの前に置かれたガラストップのテーブルが、ところどころ何かしら白い粉で汚れているのが目についた。埃ではない。砂糖かパウダーミルクをこぼした跡なのかとも思ったが、そんな感じでもない。

(これは？)

視線を巡《めぐ》らせ、同じような汚れが部屋のあちこちに残っていることに気づく。そこでやっと、翔二は思い至った。

(指紋を調べたのか)

警察が指紋の採取に使ったアルミニウムの粉なのではないか、これは。

事故だったにしろ自殺だったにしろ、七階のヴェランダからの墜死《ついし》といえば立派な「変死」である。事件は警察に通報され、そこでマニュアルどおりの捜査が行なわれた。通夜が死亡当日ではなく翌十月一日の夜になったのにも、あるいはその辺の事情が関係していたのかもしれない。この部屋も、当然ながら捜査の対象となり、家具などから指紋が採取されたというわけだ。

(――まさか)

翔二は立ち上がり、ヴェランダに出る戸のほうへ足を向けた。

(事故や自殺じゃない可能性もあった？)

カーテンは半開きの状態だった。サッシュのクレセント錠を外し、戸を開ける。車の騒音が、湿《しめ》っぽい風とともに流れ込んでくる。

靴下のまま、翔二は外に出た。

ヴェランダには何も置かれていなかった。洗濯物を乾かすのはすべて乾燥機で済ましていたのか、それともクリーニングに出していたのか、物干《ものほ》し竿《ざお》の一本も見当たらない。

フェンスは、翔二の胸よりもちょっと低い高さだった。伸一はもっと長身だったから、ちょうど臍《へそ》くらいの位置だっただろう。

茶色く塗られた鉄の手すりを両手で摑《つか》み、恐る恐る下を覗いてみた。地上までの距離は二十メートルほどか。狭い歩道を挟んで、国道が通っている。

——飛び降りて、ちょうどそこへトラックが走ってきて……ひどいありさまだったらしい。

タクシーの運転手はそう云っていた。

——ひどいありさまだったらしい。

行き交《か》う車の群れを見下ろしながら、翔二は深い溜息を吐き落とす。手すりを摑んだ指に力が入り、じわりと汗が滲《にじ》んだ。

（兄さん……ああ）

路上に倒れた無惨な兄の姿を想像してしまいそうになり、慌てて強く目をつぶる。手すりを握ったまま一歩退《しりぞ》き、ゆるゆると首を振りながら瞼を開いた。――そのときだ。翔二は眼下に、その男の姿を認めた。

生成《きな》りのジャケットを着ている。黒縁の眼鏡《めがね》をかけている。ズボンのポケットに両手を突っ込んでいる。見て取れたのはそれだけだった。どんな体格なのか、どんな顔立ちなのか、どんな表情を浮かべているのか……そこまでは、離れているのでよく分からなかった。

男は歩道の真ん中に立ち、このマンションを――しかもこの七階の、この705号室のヴェランダを見上げていた。

（誰だろう）

翔二はフェンスに胸を寄せた。するとたん、こちらの姿に気づいたのだろうか、男はびっくりしたように目をそらし、その場を去っていった。あたふたと、まるで逃げるような足取りで。

（誰だったんだろう）

ただの通行人かもしれない。最近このヴェランダから人が飛び降りたことを知っていて、単なる好奇心で建物を見上げていたのか。

翔二はいま一度、大きな溜息を地上に向かって落とすと、靴下の汚れを払って室内に戻った。

さっきのソファベッドにふたたび腰を下ろす。散らかった部屋の様子をぼんやりと見まわしながら、しばらく兄のことを想った。

翔二よりも五歳年上で、今月の七日（しあさって、じゃないか）に二十四の誕生日を迎えるはずだった、彼。地元栗須市の公立高校を卒業後、二年間浪人して地方の私立医大に入学したものの、わずか一年足らずでやめてしまった、彼……。

「出来の悪い」長男に対する親たちの失望と憤《いきどお》りは、大きかったに違いない。彼は独り上京し、美術関係の専門学校に入った。自分で学費を稼ぎながらイラストレイターを志《こころざ》していたという。だが、まもなくそれにも挫折し、この街に帰ってきたのが一年半前――昨年の春だった。

伸一の微笑に含まれていたあの翳りは、そのような自分自身への蔑《さげす》みだったのか。自分に比べて遥《はる》かに「出来のいい」弟への拭《ぬぐ》いがたい劣等感が、彼にあんな表情を作らせていたのだろうか。

「——違う」

呟きながら、両手で顔を覆った。

（違う。そんなんじゃなかったはずだ）

しかし、では何がどう違うのか。何がどう違ったはずだというのか。

自問する声にうまく答えることもできず、翔二は「違う、違う」とむきになって繰り返した。瞼の裏に浮かんだ兄の姿がぐにゃりと歪み、いくつもの破片に引き裂かれていく。

顔から手を離すと、霞んだ視界の中で銀色の光の粒がちりちりと舞った。翔二は考えるのをやめ、ぼんやりとまた室内を見まわした。

正面の壁ぎわにはAVセットが置かれている。29インチのテレビ、VHSのビデオデッキが二台、ミニコンポ、LDプレイヤー。並べて置かれたガラス戸付きの黒い木製ラックには、ビデオやCDのソフトがぎっしりと詰め込まれていた。

そのラックの、中ほどの段の戸が開いている。

何気《なにげ》なくそれに目をとめたところで、そこに収められたLDの一枚が、三分の一ほど手前に引き出されたままになっているのに気づいた。

ふと興味を覚え、翔二はソファから腰を上げた。

ラックのその段に並んでいるのは、ほとんどがアニメのLDだった。伸一の昔からの趣味だ。高校時代には確か、「アニメーション研究会」なるサークルにも入っていたはずである。

引き出されていたLDは、『風の谷のナウシカ』だった。兄と違ってあまりアニメには詳しくない翔二だが、さすがにこの作品は観たことがある。

中を調べてみた。ディスクは入っていなかった。

翔二はジャケットを持ったままAV機器の前に移動すると、LDプレイヤーの電源を入れて、〈OPEN〉のスイッチを押した。モーターが軽く唸《うな》り、ディスクトレイが出てくる。

『ナウシカ』のディスクはそこにセットされていた。〈SIDE 2〉を上にして。

## 5

705号室をあとにすると、翔二はエレヴェーターの前を通り過ぎ、階段に向かった。

死んだ伸一は昔から、下りのエレヴェーターが大嫌いだった。ふわっと身体が浮き上がりそうになる、あの感覚が気持ち悪くて耐えられないのだと云い、だから、たとえば子供のころ、母に連れられてデパートへ行ったときなども、決して下りのエレヴェーターには乗ろうとしなかった。もしかしたらこのマンションでも、下に降りるときはわざわざこの階段を使っていたのかもしれない。

七階ぶんの階段を、ゆっくりと降りていった。途中で誰ともすれちがうことはなく、先ほどのように赤ん坊の泣き声が聞こえてくることもなく、そのせいだろうか、翔二は何だか、取り壊し直前の無人ビルの中を彷徨《さまよ》っている気分になった。

建物から出る前に、思いついて玄関ロビーの壁に並んだメールボックスを覗いてみた。ボックスにはすべてダイヤル式のロックが付いていたが、〈705〉の扉は施錠されていなかった。

いくつかの郵便物が入っていた。電気店の安売り広告らしき封書が一通。ビデオショップからの新作案内の葉書が一通。そして——。

もう一通、これは個人からの手紙だった。

可愛《かわい》らしい恐竜のイラストが入った薄緑色の封筒に、いかにも若い女の子が書きましたというような丸い文字が並んでいる。裏を見ると、差出人の名は「三沢千尋《みさわちひろ》」とあった。住所は「東京都世田谷区北沢《せたがやきたざわ》」。翔二がこの春から住んでいる学生マンションと、わりあい近い場所である。

(三沢千尋……)

知らない名前だった。兄の口からそんな名を聞いた憶えもない。

恋人だろうか。それとも単なる女友だち？　もしかすると、東京の専門学校時代に知り合った女性なのかもしれない。

消印を見てみた。

十月二日。――おとといだ。ここへはきのうか、あるいはきょうになって配達されたのだろう。伸一の死を知らずに出したわけなのだろうが……。

その場で封を切ってみるのもためらわれた。

とりあえず三通をまとめて上着の内ポケットに捩《ね》じ込むと、ふいに外で鳴りはじめた雨の音に追い立てられるようにして、翔二はロビーから駆け出した。

† † †

昏く赤い風に運ばれてかすかに聞こえてくる、その音楽。賑《にぎ》やかな、けれどもどこかしら愁《うれ》いを帯びたその旋律……。

赤い道化師《ピエロ》の幻が浮かぶ。

切り立った断崖の縁。横たわる底なしの谷。

谷を背にして、そこが崖の上であることにはまるで気づかないふりをして、道化師は踊っている。

必死の笑顔で踊っている。

何て滑稽《こっけい》な。

何て愚かな。

何て哀しい。

ああ、何て……。

…………

…………

黄昏の時間《とき》が、止まる。永遠に届く一瞬の中で、一瞬の幻が消える。
黄昏の時間が止まる。
現実は今、ここにある。円《まる》く切り取られた、この世界の中に。
五つの赤い人影。

# 第2章　邂逅《かいこう》

1

雨は見る見る激しくなった。

自転車に飛び乗り、やってきた道を引き返しはじめて一分も経ったころには、もう頭から足までずぶ濡れだった。せいいっぱい前屈《まえかが》みになり、ハンドルを握りしめ、時《し》化《け》の海を泳いでいるような心地《ここち》で重いペダルを踏んだ。油の切れたチェーンのシャリシャリという音が、まるで自分の膝の骨が軋んでいる音のように聞こえた。

大粒の雨が顔に痛い。冷たい滴が目に流れ込んできて、狭い視界を滲ませる。それにまぎれて翔二は、兄の死を知らされてから初めての涙を流した。

阿瓦多町の家に辿《たど》り着いたのは午後五時過ぎ。日没が近い時間である。

雨の勢いはいよいよ激しく、満足に顔を上げていられないほどだった。額《ひたい》に貼り付いた前髪を掻《か》き上げるのももどかしく、最小限の減速で門の中へ飛び込んだ。——とたん。

「わっ」

叫び、ブレーキを握ると同時に大きくハンドルを切った。前庭の小道をこちらに向かって歩いてきた人間とぶつかりそうになったからだ。

衝突は免《まぬが》れたものの、両輪がロックしてあえなく自転車は転倒した。翔二は庭の芝生に投げ出され、右の肩と胸をしたたかに打った。

「大丈夫か」

と声が聞こえた。少し掠れた、それでいて柔らかな響きを持った男の声だった。

「おい、きみ」

うまく息ができず、下手《へた》くそな口笛のように喉が鳴った。

濡れた芝の上に突っ伏したまま、懸命に呼吸を整える。口の中に飛び込んだ泥の味を嚙《か》みしめながら翔二は、「最低だ」と昨夜からの決まり文句を吐き出した。それを聞き取ってか、

「えっ、何だって？」

駆け寄ってきた男が問いかけた。翔二は地面に顔をこすりつけるようにして首を横に振り、痛みに耐えて腕を立てた。

「怪我《けが》はないか」

心配げに男が訊く。どろどろになった自分のズボンを見下ろしながら、翔二はこのまま雨に溶かされてしまいたい気分で「すみません」と応えた。

「すみません。僕が悪いんです。僕が……」

「べつに悪かないさ」

穏《おだ》やかに云って、男は持っていた透明なビニール傘を翔二の頭上に差しかけた。

「怪我は？」

「――いえ」

立ち上がって、そこでやっと翔二はまともに相手の姿を見た。

黒いダブルのスーツを着ている。ワイシャツに黒のネクタイ。年齢は二十五、六――いや、案外もっと上だろうか。翔二とよく似た華奢《きやしや》な体型だけれど、背は何センチか高い。ほっそりとした面立《おもだ》ちに縁なしの円い眼鏡。ちょっと癖のある髪を肩のあたりまで伸ばしていて、それが服装とまるで釣り合っていない。

初対面のはずなのに、なぜか、どこか懐かしい感じがした。

そのことにささやかな驚きと戸惑いを覚えて翔二は、じっとこちらを見つめる男の視線から目をそらした。

「きみは、この家の？」

自分の服が濡れるのもかまわず傘を翔二の上に差しかけたまま、男は訊いた。ちらっと目を上げ、翔二は頷いた。

「翔二くん、か」

「――ええ」

翔二は傘から出て、倒れた自転車に歩み寄った。サドルが横を向き、ハンドルも曲がってしまっている。

「あなたは――」

のろのろと自転車を起こしてから、翔二は男を振り向いた。

「あの、ひょっとして兄さんのお友だちですか」

「友だち？　ああ。まあ、そう云っても間違いじゃないだろうな」

答えて、男は心なしか寂しげな笑みを見せた。

「占部《うらべ》っていう。占部直毅《なおき》」

「占部さん……」

「きみのことはときどき、伸一くんが話してたよ。今年大学に入ったんだってね」

眼鏡のレンズを幾筋も雨の滴が伝っている。その向こうで光る焦茶《こげちゃ》色の目を見て、翔二はまた、そこはかとない懐かしさを感じた。

「むかし予備校で彼を教えていたんだ。その後もたまに会って、一緒に飲んだりもしていた」

「予備校の先生？」

「もう辞めたけどね」

と云って、彼はわずかに肩をすくめた。翔二は訊いた。

「焼香に来てくださったんですか」

「しばらく旅行に出てててね、事故のことはまるで知らずにいたんだ。ゆうべ帰ってきて、話を聞いてびっくりして、だから」

「それは、どうもわざわざ……」

「こんな雨の中で立ち話もないな。早く家に入りなよ。風邪をひく」

「――そうですね」

「コーヒーは好きかい」

唐突にそんな質問をされ、「はい？」と首を傾《かし》げる。すると彼は、すっかり濡れてしまったスーツのポケットを探り、使いさしのブックマッチを取り出して翔二に手渡した。

「市民公園の北っ側《かわ》に、〈飛行船〉って名前の喫茶店がある。そこが俺んちだよ。赤い屋根の店だからすぐ分かる」

翔二は受け取ったマッチに目を落とした。鮮やかな赤い表紙に、その店の名と所在地、電話番号が印刷されている。

「気が向いたら遊びにこいよ。伸一くんの件で、ちょっと訊きたいこともあるから」

「——はあ」

「そんじゃあな」

傘を持った左手を軽く挙げ、彼は翔二のそばから離れた。

「元気、出せよ」

静かに身をひるがえし、歩み去っていく。門を抜け、その後ろ姿が見えなくなってしまったあとも、翔二はしばらくのあいだその場に佇《たたず》み、降りしきる雨に打たれていた。

伸一の件で訊きたいこと。——いったい何なのだろう。もしかしてそれは、何か今回の「事故」に関係のある話なのだろうか。

翔二は手の中のマッチを、そっと上着のポケットにしまった。

肩の痛みを庇いつつ、泥だらけの自転車を押して玄関に向かう。雨の嫌いなパピーが、軒下《のきした》で哀しげに鼻を鳴らしながら待っていた。

2

母・貴志恵はすでに帰宅していた。

濡れ鼠《ねずみ》になった息子の姿を見るや、彼女はびっくりしたように目を剝《む》いて、「どうしたの」と悲鳴に似た声を上げた。飯塚せつ子が、慌てて替えの服を取りに走る。

翔二は逃げるようにして浴室に入り、熱いシャワーを浴びた。身体はすっかり冷えきっており、鏡に映った顔は病人のように蒼白だった。転倒のとき打った右肩には立派な痣《あざ》ができていて、触れると鈍く痛んだ。

シャワーを済ませると、翔二は黙って二階へ上がり、自室に閉じこもった。

子供のころから勉強部屋兼寝室として使ってきた部屋である。中学に入って京都で寮生活を始めてからも、長期の休みで帰郷したときにはこの部屋の机で勉強し、この部屋のベッドで眠った。思い出もあったし、それなりに愛着も持っていたつもりなのだけれど、今はなぜか、この場所さえもが「異国」の一部に見える。何百年も人が足を踏み入れていない石室のように冷え冷えとしていて、がらんとした広さばかりが目立った。

ベッドにあおむけに寝転がり、片腕を額にのせて目をつぶった。——疲れている。身も心も、どうしようもないくらい疲れきっている。

夕食に呼ばれるまで、このままここでこうしていよう。

窓の外で続く激しい雨音を聞きながらそう思った——ほとんどその瞬間、翔二はどろりと眠りに落ちていた。

短い不安定な眠りの中で、翔二は不思議な夢を見た……。

…………

…………

……昏く、赤い空。

昏く、赤い雲。

吹く風の色も、昏く赤い。そして……。

何となく調子の狂った賑やかな音楽が、遠くから響いてくる。

ここは？　ここはどこだろう。

（流星サーカス団、来る！）

ぴたっ

ぴたん……と、水の滴る音。冷たい。

（十五年ぶりの栗須市公演！）

『いいかぁ』

誰かの声が聞こえる。

『……わらった』

（十五年ぶりの……）

『おじぞうさま、わらった』

膝を抱えた小さな白い腕。その抱えた膝に顎をのせ、じっと前を見つめている。息をひそめ、耳を澄まし……。

世界はそこで、円く切り取られていた。

3

「ちゃんと事情を説明してくださいね、翔二さん」

ようやく二階から降りてきた息子の顔を怨《うら》めしげに見すえ、母は云った。わざと感情を押し隠したような、冷ややかな声音《こわね》。ゆうべ電話で話したときに比べればずいぶんと落ち着いた口調だが、内心の怒りに変わりはないと見えた。

「ずっと部屋を空けてどこに行っていたのです。一日や二日ならともかく、何日も帰らずに。いったいいつから、どこで何をしていたの」

午後八時過ぎ。二人は大きなダイニングテーブルを挟んで向き合っていた。母の背後——ダイニングルームと続き間になった広いリビングのソファには、先刻帰宅したばかりの父・政信《まさのぶ》が坐っていた。妻と子の様子には無関心なそぶりで、ブランデーグラスを片手に分厚い本を開いている。

「黙ってないで、ちゃんと説明してちょうだい」

重ねて云われ、翔二は伏せていた顔を上げた。が、母の目をまっすぐに見ることができず、視線を斜め上方へ逃がす。天井から吊《つ》り下がったシャンデリアの柔らかな光が、そこにはあった。

「お母さんたちがどれだけ情けない思いをしたか、分かるでしょう。お兄さまが亡くなったというのに、弟のあなたはお通夜にもお葬式にも出てこない。翔二くんはどうしたのか。どうしてここにいないのか。訊かれて、わたしやお父さまに何て答えられますか。連絡がつかない。いくら電話しても部屋にいない。どこにいるのか分からない。そんなことをいったい誰に云えますか。いったい……」

「京都へ、行ってた」

シャンデリアの光に視線を向けたまま、翔二は掠れた声で答えた。

「先週の金曜から、一週間」

「京都？」

母は眉をひそめ、不審の念を露《あら》わにした。

「何をしに、そんなに長いあいだ」

そこで、いかにも彼女が納得しそうな理由をでっちあげてしまうことも可能だったが、翔二はそうしなかった。親に対して嘘をつくという行為を無条件に〝悪〟と考えるほど、彼は潔癖ではないし愚かでもない。ただ、今この状況での「嘘」によって、自分自身の心がよりいっそう傷ついてしまうのを恐れたのだった。

「友だちに会いに」

と答えた、それは決して「嘘」ではなかった。

「友だち？」

母はさらに眉をひそめ、

「どんな友だちですか」

「高校のときの」

「名前は？　京都のどこに住んでいる人？」

「答えたまるで刑事の尋問みたいだ、と思いつつ、翔二は小さくかぶりを振った。「答えたくない」という意思表示のつもりだったが、それはきっと母に相当なショックを与えたに違いない。

親の云いつけには何でも素直に従う、何の〝問題〟もない、心配の必要もない、成績優秀で品行方正な息子。これまでずっと、翔二はひたすらそのような〝いい子〟でありつづけることによって、彼女を満足させてきたのだから。

「翔二さん、あなたは」

震える声で云いかけて、母は聞こえよがしに溜息をついた。翔二はまた顔を伏せながら、「ごめんなさい、心配かけて」と呟いた。

「あなたはいつから、そんな」

「ごめんなさい、心配かけて」

母の言葉をさえぎり、翔二は棒読みのように同じせりふを繰り返した。

「ごめんなさい。こんな、大変なときに」

「もういいだろう、貴志恵」

　音を立てて本を閉じ、父がリビングのソファから腰を上げた。グラスを持ったままテーブルに近づいてきて、椅子にかける。

「済んだことは仕方ない。翔二ももう大学生なんだ、一人で勝手に旅行くらいはするだろう。講義をサボって、というのはあまり感心しないが」

「講義は、試験期間が終わったばかりでほとんど休講で」

　と弁解したのは、それも決して「嘘」ではなかった。ただし、九月に行なわれた前期試験を、翔二は一科目もまともに受けていない。

「そうか。なら、それはいいとして」

　グラスを置いて悠然と腕を組み、父は云った。

「しかしな、翔二、これから長く部屋を空けるときには、必ずこっちに行き先を知らせるようにしなさい。べつに束縛したりするつもりはないが、少なくともおまえはまだ学生の身分で、私たちが保護者なんだから。分かったね」

　いつもと同じ穏やかな、けれども有無を云わさぬ口調だった。自分の言動やそれを支える価値観への絶対的な自信が、どんなときでも彼にこういった〝穏やかな威厳〟を失わせないのだ——と、翔二は思う。

「それから、大学での勉強を決して甘く見ないように。あそこの医学部には顔なじみの教授が何人もいるが、知り合いの息子だからといって手心を加えるような連中ではない。むしろ厳しくしてくれるよう云ってあるから、そのつもりで頑張りなさい」

かつてT＊＊大医学部を首席で卒業したという父・津久見政信は、この地方都市唯一の綜合病院である博心会病院の院長で、なおかつ全国的に名を知られた有能な外科医でもある。手術を受けるため、遠方から訪れる患者も多いという。翔二はそんな父を昔から尊敬してきたし、誇りに思ってもきた。将来は父のようになりたいとも思った。しかし……。

「おまえは頭のいい子だ。私もお母さんもおまえを信頼している。おまえはきっとその信頼に応えてくれると思っている」

いつものように〝話の分かる父親〟の顔で、彼は〝正論〟を述べる。――しかし。今どうしても感じてしまう、この苛立ちのようなものは何だろう。この、何だか妙に空々しい気持ちは。

――俺、オチコボレだから。

座敷で対峙《たいじ》した兄の遺影が、ふと頭に浮かぶ。

――厄介者が片づいてせいせいしてるのさ。

「兄さんは何で死んだの」

翔二はきっと目を上げ、思いきって質問した。

「その件についてはなぜ、ひと言も話してくれないの？」

「それは――」

父はちょっと驚いたように口ごもり、

「お母さんから聞いただろう」

「マンションのヴェランダから落ちた……事故だったって？」

「そうだ」

「本当に事故だったの」

重ねて問うと、父は厳しく口もとを引きしめて「そうだ」と繰り返した。わずかに白毛の交じった太い眉が一瞬、ひくりと動いたように見えた。

「どうして、わざわざそんなことを」

「自殺だっていう話を聞いたんだよ、僕」

「莫迦《ばか》な」

と、父は即座に否定した。かたわらで母が、また大きな溜息をつく。

「誰が、そんなでたらめを」

「タクシーの運転手さん」

「タクシー？　――ふん。なるほど」

あからさまに顔色を曇らせ、父はテーブルからグラスを取り上げて口に運んだ。

「その手の噂がどれほどいいかげんなものか、知らないわけでもあるまい」

「でも……」

「説明しよう」

と云って、彼は翔二を鋭く見すえた。

「伸一はここのところ睡眠薬を常用していた。私たちは知らなかったが、不眠症を訴えて病院へ行ったこともあるらしい。事故の夜、伸一は睡眠薬と一緒にビールを飲んだ。アルコールで薬の作用が増幅され、ふらふらになった状態でヴェランダに出て、誤《あやま》って転落してしまった。不幸な事故だった」

「…………」

「納得できないという顔だな」

「何でそんなに、『事故』にこだわるの。もしかしたら単なる事故じゃなかったかもしれない、とは思わないの？」

「自殺ではない。遺書も残っていなかったし、だいいち伸一には自殺するような理由がない。何一つ不自由はさせていなかったはずだ。そうだろう」

父の言葉を「傲慢な」と感じたのは、このときが初めてだったように思う。下唇を嚙みながら翔二は、「じゃあ、どうして」とつっかかりたくなる衝動を抑えた。

どうして伸一の部屋の片づけを他人任せにしてしまうのか。

どうして自分たちの手で形見の品を整理してやらないのか。

どうして……。

――分かってるだろう、そんなことは。

兄の卑屈な微笑が見える。

――ま、いいじゃないか。今さらそう気にしてくれなくてもけっこうさ。

その後の夕食の席では父も母も、「事故」の件についてはもういっさい触れようとしなかった。まるで、伸一などという名前の息子は初めからいなかったとでもいうように。

4

料理にほとんど手をつけることもなく、翔二は席を立った。空腹だったけれども、食べるとたんに吐いてしまいそうな気がしたのだ。何も云わずに部屋から出ていく息子を、親たちもまた無言で見送った。

二階に戻ろうと階段ホールまで来たところで、ちょうど上から降りてきた飯塚せつ子と出会った。

「あら。お食事はもうお済みですか」

「うん。ごちそうさま」

そう答えて無理に笑顔を作ろうとしたが、うまくできなかった。きっと、泣き笑いのような変な表情だったに違いない。

「あのね、せつ子さん」

立ち去ろうとする家政婦を、翔二は呼び止めた。

「兄さんのお通夜とお葬式、せつ子さんも出たんだよね」

「——ええ」

「父さんや母さんは、悲しそうにしていた？　泣いてた？」

何を、くだらない質問をしているのだろう。二人が泣いていたと知れば、それで気が済むというのか。

「わが子に先立たれて悲しくない親などおりませんよ」

と云ってせつ子は、どういう意思を込めてだろうか、ことさらのように強く首を横に振った。

「お二人が伸一ぼっちゃまを、多少その、持て余しておられたのは確かですけど、でも、それもおぼっちゃまの将来を心配なさっての……」

「分かった。もういいよ」

将来を心配して。――本当にそうだったのだろうか。「将来」を「世間体《せけんてい》」という言葉に置き換えたほうが良いのではないか。

「そうそう、おぼっちゃま」

せつ子が云った。

「濡れたお洋服ですけど、どういたしましょうか。汚れがひどいのでクリーニングに出したほうがいいのでは、と」

「ああ、うん。たぶん、まだ二、三日はこっちにいると思うから」

「じゃあ、そういたします」

そこで翔二は、兄のマンションから持ち帰ってきた郵便物のことを思い出した。あの、三沢千尋という女性からの手紙……。

「上着はどこに？」

と、翔二は訊いた。

「ポケットの中身、出しておかなくちゃ」

「家事室に置いてあります。取ってまいりましょうか」

「あ、いいよ。自分で行く。それとね、兄さんの部屋の鍵、もうしばらく貸しといて。大丈夫。なくしたりしないから」

廊下を引き返し、翔二は「家事室」と呼んでいる小部屋に向かった。途中、ダイニングルームの前を通り過ぎるときには、思わず忍び足になった。父や母に自分の動きを気取られるのが、どうしようもなくいやだったからだ。

三沢千尋の手紙は、ほかの二通の郵便と一緒に内ポケットに残っていた。続いて左右の表ポケットを探り、中のものを取り出す。705号室の鍵と、それから例の、占部という男がくれたブックマッチである。

鍵とマッチをジーンズのポケットに突っ込むと、翔二は手近な椅子に腰かけた。その他の二通が何でもないダイレクトメールであることを確認してから、問題の手紙の封を切る。

中身は二つ折りになったメッセージカードだった。封筒と同じ薄い緑色の厚紙に、可愛い恐竜のイラストが印刷されている。セットで市販されているものらしい。

津久見くんへ

二十四歳の誕生日、おめでとう。
たしか十月七日だったよね。――じつは記憶がアイマイだったりして。
だからこれ、ちょっと早めに出しちゃいます。
人生、ヤマありタニあり。まだまだこれからだ。
おたがい、がんばろうね。

三沢千尋

PS　このあいだ言ってた深夜の怪電話、その後どうなりましたか。
なんだかずいぶん悩んでたみたいだけど……
ただのイタズラ電話だよ、きっと。
あんまり気にしちゃダメだよ。

「バースデイカードか」

余白に、ステゴサウルスの背中に乗って手を振っている女の子のイラストが描かれている。これは印刷ではなく、自分で描いた絵のようだった。それを見ながら、千尋というこの女性の顔を想像してみる一方で、

「深夜の怪電話……」

追伸に記されたその言葉が、翔二の心を微妙に波立たせるのだった。

どんな電話だったのだろうか。兄は悩んでいたという。彼女は「ただのイタズラ電話」だと決めつけているが……。

カードをもとどおり封筒に入れ、翔二は部屋を出た。そうして、ふたたび足音を忍ばせながらダイニングルームの前を通りかかったところでふと、中で話す父と母の声が耳にとまった。

「……心配することはない」

「ですけど、あなた」

「伸一と違って、翔二は頭のいい子だ。自分が何をすべきか、何をすればいちばん自分のためになるか、ちゃんと承知している。さっきあんなふうに拗《す》ねてみせたのも、半分は演技みたいなものだろう。兄を失った弟としての。誰にでもあることだ。そん

なに心配する必要はない」

（何だって？）

翔二はドアの外で息を止めた。

「あいつはよくできた子だ。伸一とは違う。私たちの期待を裏切るようなことは絶対にない」

「――そうね」

「伸一の件は、あくまでも事故で通す。事故と自殺とでは、ずいぶんと意味合いが違ってくるからな。身内から自殺者が出たなどという話になったら、それこそ津久見家の恥だ」

「ええ、分かってます」

（何だ？）

全身の血液の濃度が急速に薄まっていく。そんな気分を味わった。

（いったい何なんだ、この人たちは）

思い出したように喉もとへ迫り上がってきた吐き気に耐えながら、ドアを離れた。

激しい嫌悪《けんお》感（誰に対する？）で、眩暈《めまい》がしそうだった。

胸を押さえ、足をもつれさせるようにして廊下を行く翔二の耳もとに、

——どうだい。はっきりしただろう。

兄の幻が、乾ききった声で囁《ささや》きかける。

——出来の悪い兄と出来のいい弟。跡継《あとつ》ぎは一人でいい。何とも単純な構図じゃないか。

（やめて、兄さん）

——まあ、せいぜい愚かな兄貴を哀れんでやってくれよな。

（違う。そんなんじゃない……）

トイレに入り、便器の前に跪《ひざまず》いて嘔吐《おうと》した。空っぽの胃袋から、いやなにおいの黄色い液体ばかりが逆流してくる。

吐いても吐いても治まらない苦痛にあえぎ、目を涙でいっぱいにしながら翔二は、今この一瞬に世界のすべてが真っ白に焼き尽くされてしまえばいいと思った。

†

†

†

円く切り取られた世界の中。黄昏の光に染められて。

五つの影が遊ぶ。

太っちょの影。痩せっぽちの影。ひょろりと背の高い影。頭でっかちの影。そしてあと一つ……。

彼は、小さな頭に赤い野球帽をかぶっている。

五人のうちでは中くらいの背丈《せたけ》。クリーム色のシャツに緑色のヴェスト、茶色いズボン。どの服もちょっと大きすぎてだぶだぶしている。

「遊んでよ」

掠れた声で、彼はいつも云っていた。

「ね、遊んでよ」

「遊んでおくれ」

円く切り取られた世界の中。黄昏の光に染められて。

時間《とき》を忘れ、子供たちは遊ぶ。

# 第3章　訪問

## 1

暗い公園のベンチに、翔二は独り坐っていた。

雨はすっかり上がっていた。雲の切れ間から、まばらに星が覗いている。ふたたび降りだす気配はないが、その代わり風がいやに強くなってきて、秋の夜を違う音色《ねいろ》でざわめかせていた。

廊下で両親の会話を立ち聞きし、嘔吐の発作《ほっさ》に苦しんだ、あのあと——。

トイレから出たところで、たまたま母と会った。真っ青な翔二の顔を見て、彼女は心配そうにどうしたのかと尋ねたが、「何でもない」とだけ答えてさっさと二階へ上がった。部屋に閉じこもると、またベッドに寝転がった。

吐き気はその時点で治まっていたが、胃液と一緒に心の中身をぜんぶ吐き出してしまったかのような、ひどい空虚感——空洞感と云ってもいいかもしれない——があった。ちょっとした力で胸を押されたら、蟬《せみ》の抜け殻《がら》のようにくしゃんと潰れてしまいそうな。

無理に眠ろうとしたけれど、だめだった。そうしてやがて、外の雨音がやんだのに気づいたことが、その後の行動のきっかけとなった。

この家にはいたくない、と思った。

あの人たちと同じ屋根の下にいたくない。

同じ建物の中の空気を吸っていたくない……。

衝動は止められなかった。数分後にはもう、翔二は家から抜け出し、雨上がりの夜の街を歩きはじめていたのだった。

どういった道を辿ってきたのか、よく憶えていない。その間ずっと、何かを一所懸命考えつづけていたようにも思うし、何も考えない——考えられないでいたようにも思う。——で。

ふと気づくとここに来ていたのだ。ベンチが濡れているのにもかかわらず坐ってしまったせいで、ジーンズの尻がひどく冷たい。

記憶喪失者になった気分で、翔二はきょろきょろと周囲を見まわした。

「市民公園」と名づけられた広い公園である。その中央に造られた広場の片隅に、翔二の坐っているベンチはあった。

あたりに人影はなかった。時刻は午後十一時過ぎ。

深夜に若いカップルが集まる場所として街では有名な公園だが、さすがに今夜はその姿も見当たらない。激しい雨が降ったあとだから、敬遠されているのだろう。

広場を取り囲んだ森の木々が、強い風にざわめいている。ところどころで白い光を放つ外灯。その隙間を埋めた闇の色は、じっと見つめると吸い込まれてしまいそうなほどに濃い。

頭上に張り出した木の枝から大粒の水滴が落ちてきて、翔二の首筋を冷たく打った。危《あや》うく悲鳴を上げてしまいそうになった。びくり、と右手を上げて

（……わらった）

滴を拭う。

そういえば――と、そこで翔二は、昼間に見かけた電柱のポスターを（流星サーカス団、来る！）思い出すのだった。

（あのサーカスはここであったんだな）

この広場に大きなテントを張って……。

「十五年ぶりの栗須市公演」とあった。十五年前といえば翔二は四歳、幼稚園に行きはじめた年齢だが。

巨大なオレンジ色のテントが遠い記憶の底からおもむろに浮かび上がり、目の前の広場に立ち現われる。木々のざわめきは人のざわめきとなり、賑やかなジンタの演奏がそれに重なり……。


（……わらった）


びくり、とまた首筋に手を上げる。今度は水滴のせいではなかった。ふいに何だかよく意味の分からない、妙な不安と恐怖が込み上げてきたのだ。

確かそう、昼間にポスターを見たときにも感じた。

これはいったい何なんだろう、とみずからの心を訝しみながら、翔二は両腕で胸を抱いた。——震えている、こんなに。

広場の真ん中を誰かが横切っていくのに、そのとき気づいた。肩を寄せ合って歩く二つの影……。

（……恋人、か）

京都で会ってきた彼女の顔が、いやおうなく思い出される。むきになってそれを振り払うと、翔二は足もとの砂利をざっと鳴らして立ち上がった。恋人たちがこちらを振り向き、くすくすと笑う。「何やってんだろうね、あいつ」とでもいった声が聞こえてきそうだった。

翔二はそっぽを向いて歩きだした。

風が、まだ十月の初めだというのに、まるで木枯らしのように冷たい。トレーナー一枚で飛び出してきたことが、今ごろになって悔やまれた。寒くて、おのずと歩みが速くなる。

さて、これからどうしようか。

家には戻りたくない。かといって、行く当てはどこにもなかった。小学校時代の同窓生の名前がいくつか浮かんだけれど、どれもこの数年まったく連絡を取っていない連中ばかりだった。こんな夜遅くにとつぜん訪ねていけるような友人など、この街には一人もいない。

「異国」という言葉が、また心に響く。

やはりここは「異国」なのか。帰ってくるべき場所ではないのか。だとしたら、本当の僕の「故郷」はどこにあるのだろう。

そんなものはどこにもない――と、突き放すような声が答える。

そんなものはない。おまえに「故郷」があるとすれば、それはやはりここなのだ。この街なのだ……。

公園を出て、通りをしばらく歩いたところで、翔二はその店を見つけた。

驚く一方で、これはまったくの偶然なのだろうか、とも疑ってみた。ひょっとすると自分は、無意識のうちにこの店をめざして歩いてきたのではないか、と。

赤煉瓦《れんが》の壁に赤い屋根の、こぢんまりとした建物だった。入口の横手に掛かった楕《だ》円形《えんけい》の看板に、白い飾り文字で店の名が記されている。

――市民公園の北っ側に、〈飛行船〉って名前の喫茶店がある。

円い縁なし眼鏡の向こうからこちらを見つめていた焦茶色の目を思い出し、翔二は冷えきった心がかすかに暖まるのを感じた。

2

午前九時半から午後十時まで、と営業時間が表示されていた。

入口の扉には〈CLOSED〉の札が出ていたが、中の明りはまだついている。

腋《わき》に挟んで持っていたポーチの中から例のブックマッチを探し出し、〈飛行船〉というその店の名をもう一度確認したうえで、翔二は思いきってドアを開いた。

「あらあら」

と声がした。柔らかな、けれども少し疲れた感じのする女の声だった。

「ごめんなさいね。お店はもうおしまいなんですけど」

彼女は入って右手のカウンターの中にいた。赤いエプロンを着けた小柄な女性で、見た感じ、翔二の母よりも何歳か上――五十前といった年配か。小造りな顔立ちに、さっぱりとしたショートヘアがよく似合っている。

「あ、あの……」

うろたえつつ、翔二は店内を見渡した。

カウンターのほかには四人がけのテーブル席が二つあるだけだったが、狭いという印象は受けなかった。こぎれいで、なかなか居心地が良さそうな店だ。

「あのぅ、ここ、占部直毅さんの……」

「直毅のお友だち？」

水仕事をしていた手を止め、彼女はちょこんと首を傾げる。その仕草や、黒眼がちの小さな目をまん丸く開いたその表情には、「可愛らしい」という言葉がぴったりときそうだった。

「すみません、夜遅くに。直毅さん、おられますか。ええと、僕……」

「ちょっと待っててくださいね」

さして怪訝《けげん》そうな顔をするでもなくそう云うと、彼女はカウンターの中から出てきた。店の奥に見えていたドアを開け、ぱたぱたと駆け出していく。戸口に佇んでその後ろ姿を見送りながら、彼のお母さんなんだろうか、と翔二は思った。

しばらくして、奥のドアから占部が現われた。スリムのブルージーンに、黒い襟《えり》なしのシャツを着ている。当然ながら、夕方に会ったときのスーツ姿とはずいぶん違う雰囲気だった。

「やあ」

べつに驚くふうでもなく、彼は翔二を迎えた。

「さっそく来てくれたのかい」

「突然すみません、こんな時間に」

「気にすることはないさ。そんなとこに突っ立ってないで、適当に坐れよ」

勧《すす》められるままに、翔二はカウンター席の一つに腰かけた。占部はカウンターの中に入り、翔二の正面にやってきて顔を覗き込んだ。

「ひどい顔色をしているね。唇の色も悪い。寒いのかな」

「待ってな。熱いコーヒー、淹《い》れてやるから」

「ええ、少し」

「じゃあ、直毅」

彼と一緒に戻ってきた先ほどの女性が云った。

「わたしはもう休ませてもらうから」

「後片づけはしとくよ。おやすみなさい」

「おやすみ」と返してから、彼女は翔二のほうに向き直り、「ゆっくりしていってください ね」と云って柔和《にゅうわ》な笑みを浮かべた。

「おふくろだよ」

彼女が奥のドアの向こうに姿を消したあと、占部が云った。

「この店はあの人がやってるんだ。俺はたまに手伝いをするだけ」

「いい感じのお母さんですね」

翔二が思ったとおりの感想を述べると、

「まあ、悪い人じゃないだろうな」

応えながら占部は、華奢な眼鏡のブリッジを押し上げる。澄ました顔だが、まんざらでもなさそうな様子だった。

「親父《おやじ》は早くに死んじまってね。俺がまだ三、四歳のときだったっけな。以来、ほとんど女手一つで俺を育ててくれたんだが、莫迦な一人息子のほうは、最近になってやっと感謝の気持ちが芽生《めば》えてきたところさ」

「おいくつなんですか」

「五十一」

「あ、違います。いま訊いたのは、占部さんの」

「俺？　この十二月で三十一だよ。俺を産んだのは、あの人が二十歳《はたち》のときだったことになる」

「ふうん。見えませんね、三十一には」

「定職にも就かずにふらふらしてるから」

と云って、彼は苦笑いしてみせた。

「若く見えるというのは、翻訳すれば、あんまりまっとうな人生をやってませんね、ってこと。だろう？」

「そんなつもりじゃ……」

「分かってるよ。――ほい、コーヒー」

少し色の褪《あ》せた赤いカップが差し出された。

砂糖をスプーン一杯ぶん溶かし、ほんのちょっとミルクを入れてから、あとは掻き混ぜずに飲んだ。空っぽの胃には刺激が強すぎたが、その焼けつくような感覚がかえって心地好かった。

「さてと」

カウンターから出てきて翔二のとなりに坐ると、占部は口調を改めて切り出した。自分のぶんに作ったコーヒーをうまそうにひとくち啜《すす》ったあと、おもむろに煙草《たばこ》をくわえる。

「訊いてみてもいいのかな。どんな事情があってここへ？」

「それは……」

「親と喧嘩《けんか》でもしたのかい」

カップに指をかけたまま、翔二は何も云わずにうつむいた。

「話したくないのなら、ま、無理に聞こうとは思わないが」

ぱちんとマッチを擦《す》る音。甘い煙のにおいが鼻先に流れてくる。

カウンターで頰杖《ほおづえ》をつき、占部はしばらく黙って煙草を吹かしていたが、やがて

「そうだな」と口を切った。

「じゃあ、俺のことをもっと話そうか」

「えっ」

「俺がどういう人間なのか、きみはほとんど何も知らない。俺のほうは伸一くんから聞いて、きみのことを多少は知っている。これはあまりフェアな関係とは云えないからね」

翔二の返事を待たず、占部は続けた。

「一九六〇年生まれ。生まれたのはこの栗須市だ。おふくろの名前は春海《はるみ》。栗須北高校を卒業、つまりきみの兄さんの先輩に当たるわけだ。大学時代は京都で下宿していた」

「京都……」

「ああ、きみは中学から洛英《らくえい》に行ってたんだって？」

「――ええ」

「洛英」というのが、翔二が六年間を過ごした進学校の名だった。

「大学では英文学を専攻した。といっても、講義に出た回数は普通の学生の十分の一くらいだったな。バイトと旅行で忙しくて。おかげで、卒業には普通の倍も時間がかかった。

こっちに帰ってきて、いったん予備校に勤めた。進々《しんしん》ゼミナールの栗須分校。駅前にあるだろう、無愛想なビルが。そこで役に立たない受験英語を教えていたんだが、一年ちょいで辞めちまった。伸一くんとは、その短い講師時代に知り合ったってわけさ」

「兄は……兄さんは、どんな？」

顔を上げ、翔二は占部のほうを横目で窺《うかが》った。彼は新しい煙草に火をつけて泰然《たいぜん》と煙を吐き出し、

「気になる生徒だったよ」

と答えた。

「ぎらぎらしたところがない、何と云うかな、妙に醒《さ》めたような雰囲気で。やる気がないというのともまた違った。成績にしても、あんまり優秀ではなかったが、能力がなくてできないという感じでもなくてね。本当は力があるのに、どこかで——意識してか無意識にか知らないけれども——みずから歯止めをかけているんじゃないか。俺には漠然とそんな気がした。同僚の講師連中は、必ずしもそうは見ていなかったみたいだが」

兄のことをそんなふうに語る人間と会うのは、初めてだった。何となく救われたような気分になって、翔二は小さな息をついた。

「ある日、たまたま俺が店にいたときに、彼がふらっと入ってきたんだよ。ここが俺んちだとは知らずにね。ちょうど今ごろの季節だったかな。つまりはそれが、個人的なつきあいの始まりだった」

「兄さんが大学に入ってからも、ずっとつきあいがあったんですか」

翔二がそろりと尋ねると、

「まあ、適当な距離をおいてね」

細かい頷きを幾度か繰り返し、占部はまた頬杖をついた。それからふと思案深げな面持《おもも》ちになって、

「大学をやめるときには相談されたよ」

「そうなんですか。——何で兄さんは、中退を？」

訊いて、これまでその理由を深く考えてもみなかった自分に気づく。占部はまっすぐ前方に目を向けたまま、少しも翔二のほうを見ようとはしなかった。

「博心会病院の院長、津久見政信。親父さんは有名な外科の先生なんだってね」

占部は云った。

「その長男として、当然のように彼は、医大へ進んで医者になる将来を望まれたわけだ。彼はそれに従おうとしたが、大学に入った時点でやはり耐えられなくなった。学

校の成績云々《うんぬん》の問題とは別に、医者にはなりたくないと、内心ずっとそう思いつづけていたらしいんだな」

「医者がいやだと？」

「ああ。というよりも、そう、こんなふうに云ってたな。自分にはそんな——医者になるような資格はない、と」

資格？　資格がないとは、いったいどういう意味なのだろう。

「それ以上の話は聞いていないよ」

静かに首を振りながら、占部は云った。

「しかしまあ、俺はべつに反対しなかった。なりたくないものになる必要はない。やめたいのなら、さっさとやめてほかのことを始めたほうがいい。でないと、あとできっと後悔する。たいていの大人たちは、逆の説教をするものだけどね」

「——でしょうね」

「彼にとって本当にそうすることが良かったのかどうか。今となっちゃあ、良かったんだと云いきる自信はないよ。けれどもあのときは、ほかに云う言葉が見つからなかった。俺自身、そうやって生きてきていたから」

占部は灰皿を手もとに引き寄せ、円を描くようにしてゆっくりと煙草を揉《も》み消す。

その動きが、どことなく寂しげに見えた。

3

「僕のことは、どんなふうに云ってましたか」

翔二が問うと、占部は新しい煙草を箱からはじきだしながら、

「気になるのかい」

と訊き返した。

「あまりその、ゆっくり話をする機会もなかったから」

そう。——そうだった。

翔二が休みにこちらへ帰ってきてたまに顔を合わせても、ひと言ふた言どうでもいいような言葉を交わすだけ。そんな関係だった。周囲の目には、間違っても仲の良い兄弟とは映らなかっただろうと思う。

幼い時分にはよく一緒に遊んだものだった。その記憶と現在とのあいだに、けれども今、こんなにも大きな距離が、強い不連続感ができてしまっているのはどうしてなのか。

「出来のいい弟だって褒《ほ》めてたよ」

占部は淡々とした調子で云った。

「頭もいいし性格も素直だ。立派な医者になって、父親の跡を継いでくれるだろう。だから、ある意味じゃあ自分は安心だ、と」

「安心？　ほんとにそう？」

「ああ。まあ、いくぶん自嘲めいた響きは聞こえたけれど、彼はそもそも、そんな感じで——自分を必要以上に蔑むような感じで話をするやつだったから」

「そうですか」

翔二は両手でカップを持ち上げ、残っていたコーヒーを飲み干した。占部は口をつぐみ、煙草の灰を灰皿に落とした。相変わらず、となりに坐った翔二の顔へは視線を向けようとしない。

「占部さん」

空っぽになった手もとのカップを見つめながら、翔二はぼそりと云った。

「僕……」

「うん？」

「僕は……」

そして翔二は、ぽつぽつと話しはじめたのだった。昨夜から今までの出来事を、ありのままに。まるで懺悔《ざんげ》でもするような気分で。

占部はひっきりなしに煙草を吹かしながら、黙ってそれを聞いていた。視線はやはり、ずっと前方に向けられたままだった。

「もう一杯コーヒー、飲むかい」

翔二の言葉が途切れたところで、彼はそう云ってふたたびカウンターに入った。新しいコーヒーを淹れて翔二の前に出すと、カウンター内に立ったまま腕組みをする。

「だいぶ感情を持て余しているね」

占部は穏やかな声で云った。

「どうして自分がそんなふうにつらい気持ちになるのか、自分でもよく分からないわけだ」

「分からないというか……」

「分かりたくない？」

腕をほどいて片手を腰に当てながら占部は、今度はじっとこちらに視線を注《そそ》ぐ。翔二は目を伏せ、曖昧に頭を振り動かした。

「京都へは何をしに？」

占部は続けて訊いた。

「友だちっていうのは、どういう？」

「――くだらないことなんです」

独り言のように呟いた。

「本当に、くだらない」

「まあいいから、云ってみろよ」

「…………」

「恋人、だったのかな」

さらにそう訊かれ、翔二はかすかに頷いた。

「――高校のときからつきあってた彼女が、いたんです。姉妹校の生徒で、同い年で」

頰が赤らむのが自分で分かった。上目づかいに占部の反応を窺うと、彼は腰に手を当てたまま真顔《まがお》でこちらを見すえている。円い眼鏡の奥で、焦茶色の目が柔らかく光った。

「彼女はあっちの女子大に入ったんですけど、夏休みにも会ったりしてたんだけど、九月に入ってから何だか様子が変で……それで、急にもう別れようって。僕、前期試験の勉強もまるで手につかなくて、それで……」

「よりを戻そうと？」

「会って話をしたら、きっと何とかなると思って。でも、だめでした」

京都へ行った次の日に彼女と会って、そこで話は済んだ。いや、済まされてしまった、と云うべきか。あんなにみじめな気分を味わったのは生まれて初めてだった。今はもう、あのときのことはこれっぽっちも思い出したくない。記憶をすべて消し去ってしまいたいとすら思う。

諦《あきら》めてすぐに帰ってくれば良いものを、どうしても諦めがつかず、向こうに滞在しつづけた。彼女は二度とは会ってくれなかったが、翔二はそれからの数日間、京都の街を独り歩きまわってはそのあちこちで彼女との思い出を拾い、後ろ向きな感傷に浸《ひた》っていたのだった。

「ふうん。なるほどな」

占部の声が聞こえた。翔二は伏せた顔を上げられなかった。

「くだらないこと、か。本気でそう思ってるのかい」

「だって……」

「何もくだらなくはないじゃないか」

「…………」

「くだらないのは、それをくだらないことだと思ってしまうきみの意識のほうだろうね」

きっぱりとそんなふうに云われ、翔二はうろたえた。

「好きな女にふられそうだから会いにいった。そのどこが悪い？」

「それは、けど……」

「ちょうど同じ時期に伸一くんが死んだのは、単にそういう偶然が重なっただけの話だろう。気持ちは分かるけどね、自分が自分の意志で選んだ行動を、そう簡単に『くだらない』だなんて云い捨てるものじゃないよ」

それからしばらく、沈黙があった。

翔二はうつむいたまま、新しく淹れてもらったコーヒーを啜った。占部は静かにカウンターから出てきて、翔二の隣席にまた腰かけた。

「一つ指摘してみようか」

と、やがて占部が口を開いた。

「説教じみた物云いはあまり得意じゃないんだけれど、どうも袋小路に入ってるみたいだから。——要するにね、きみは自分の汚さを認めたくなくて、それでじたばたしてるわけだろう」

「自分の、汚さ？」

激しい言葉だった。

翔二はぎくっと肩を震わせ、占部の横顔に目を上げた。

「きみと伸一くんの心理的な関係を、ごく簡単に図式化してみよう。俺は一人っ子だから、あまり分かったような口も叩けないが。——いいかい」

彼はゆっくりと、あくまでも落ち着いた柔らかな口調で続けた。

「まず、伸一くんが弟のきみに対して、ある種の劣等感を持たざるをえない経歴を辿ってきたこと。これは客観的に見て確かだろう。きみのほうは自分が、少なくとも親たちにとって兄貴よりも〝出来のいい子〟であったと自覚している。その一方で、そこにおのずと生じる優越感を、汚いものだ、醜いものだとも感じていたわけだ」

「…………」

「〝兄の死〟という事件に直面して多分に感傷的になったきみの心は、自分の中にそういった汚い感情が存在したことをどうしても認めたくない。だから、むきになって伸一くんの側の劣等感を否定しようとする。そうやって遠まわしに、自分の側の汚い優越感を否定しようとしているんだな。

両親の兄への態度に対して急に強い怒りや嫌悪を感じはじめたのも、同じような理屈で説明できる。その怒りや嫌悪は取りも直さず、親たちを通してきみ自身の汚さ、醜さへと向けられたものなのだ、とね。さらにきみは、みずからのそんな裏の意識にうすうす勘づいていて、だからよけいやりきれない気分になってしまう」

「ああ……」

翔二はたまらず、あえぐような声を落とした。

占部の分析は、たぶん正しい。そうだ。それだけのことだ。悲しいほどにただそれだけの。

逃げ出したくなる気持ちをかろうじて抑えつつ、翔二は「ああ」ともう一度、声を落とす。占部は翔二のほうを向き、意見を求めるようにちょっと首を傾げてみせた。

翔二は緩くかぶりを振った。

「そのとおりかも、しれませんね」

そう自分で云ってしまうと、不思議といくらか心が軽くなった。

「おやおや。あっさり認めちまったね」

と、占部は優しげに微笑む。翔二は云った。

「でも、一つ違うと思うのは」

「何かな」

「兄が僕に向けていた目。――あれはやっぱり、単純な劣等感だけじゃなかったと、どうしてもそう思えるんです」

「ふん？」

「まるで怯えているみたいだった。何だか、僕のことを怖がっていたみたいな」

「なるほど」と頷いて、占部は新しい煙草をくわえる。灰皿はもう吸い殻でいっぱいだった。

「いずれにせよね、翔二くん、これもさっきの、京都の恋人の件と同じさ。伸一くんに対して抱いてきた自分の感情を、そんなにむきになって否定する必要なんてないんじゃないか」

「――そうでしょうか」

「誰でも持ってるもんだよ。人間である限り、決して自由にはなれない部分さ、それは」

「だけど……」

「その様子だと、京都の彼女にはこんなふうに云われたんじゃないのかい。あなたはけっきょく自分のことしか考えていない、とか何とか」

「…………」

「あれ。図星みたいだね。他人を責めるときの決まり文句だからなあ。気にする必要はないさ。誰だって自分が可愛い。誰だってまず、自分のために生きてるんだから」

「…………」

「うーん。こんなふうに赤の他人が云ってみても、何の救いにもならないか」

この人はこの人なりのやり方で、一所懸命になって僕を元気づけようとしてくれている。——痛いほどに分かったから、翔二はどうにかして笑顔を作ろうとした。

「ありがとう、占部さん」

まっすぐに彼の顔を見て云った、その自分の言葉でまた、いくらか心が軽くなった気がする。占部は少し照れたような笑みを返し、

「身体は暖まったかい」

と訊いた。

「ええ、もう」

「じゃあ、今からちょっとつきあってくれないかな」

「はい？」

「腹、減ったんだ。食事に出よう。きみもいいかげん、何か食べたほうがいいだろ

う」

4

店の奥はそのまま住居になっているらしかった。先ほど母親が消えたドアの向こうにはまっすぐ廊下が延びていて、その突き当たりに裏口の扉があった。翔二を案内して、占部はその扉を開いた。

奥行きのある庭に出た。

雨上がりの夜気《やき》が不思議と心地好い。濡れた草木のにおいに混じって、金木犀《きんもくせい》の香りが仄《ほの》かに漂ってくる。

庭を横切る石畳の向こうに、離れらしきものが建っていた。平屋の小さな建物である。入口すぐ右手の軒下に、白い壁に沿って赤い50ccのスクーターが、その右どなりには、それよりもずっと大きなアメリカンタイプのバイクが並べて駐《と》めてある。

「待ってて」

そう云い置いて占部は離れに駆け込み、まもなく黒い革のジャンパーを着て出てきた。両手にヘルメットを二つ、それと銀色のウィンドブレイカーを持っている。

「これ、着な。寒いだろうから」

ウィンドブレイカーを翔二に渡すと、占部はヘルメットをかぶり、手袋を嵌めた。

「ほら、メット。顎紐《あごひも》もちゃんと締めること」

フルフェイスのそのヘルメットは、あつらえたように翔二の頭にぴったりのサイズだった。顎紐を留めるのに苦労しているあいだに、占部は軒下からバイクを出してきて、表通りへ続くものらしい路地のほうへ向かった。

「さ、乗った乗った」

バイクに跨《また》がると、占部は片手を挙げて翔二を促《うなが》した。

「あ……はい」

「もしかしてバイクは初めてかい」

「――ええ」

「後ろに坐って、そのフットレストに足をのっけて、膝はしっかりと閉じる。あとは荷物になったつもりでいればいい。曲がるとき、下手に自分で身体を傾けたりしないように。いいね」

「はい」

いささか緊張しながら頷いて、翔二はポーチを懐に入れ、一段高くなったタンデムシートに乗った。
力強い排気音《イグゾーストノート》が、湿った夜の空気を震わせる。——午前一時過ぎ。

† † †

彼が最初に現われたとき、彼らは戸惑ったが、やがて〝攻撃〟に転じた。

薄っぺらな嘲笑と。

おどけたような悲鳴と。

残酷な罵声《ばせい》と……。

……………

……………

けれども彼は、ぎくしゃくした笑顔でそれらを受け止めるばかりだった。

仲間に入れてほしいと彼が頼んだとき、彼らはまず拒否した。彼は〝異人〟だったから。自分たちとは違う種族だと判断したから。

「遊んでおくれよ」

それでも彼は引き下がらなかった。

「ね、遊んで……」

遠巻きに彼を取り囲み、〝攻撃〟を続けようとする彼らに、

「これ、あげるから」

そう云って彼は、小さな手を差し出した。

「だから遊んで」

# 第4章　疑惑

## 1

寝静まった街を抜け、二人が乗ったバイクは国道沿いにある二十四時間営業のファミリーレストランに到着した。金曜日の夜ということもあってけっこう店は混んでいたが、幸い待たされるほどでもなかった。

窓ぎわのテーブルに落ち着くと、占部はさっそく煙草に火をつけた。

会ってからいったい何本めかなと、そのヘヴィースモーカーぶりに翔二はお節介な心配をしてしまうが、これはつまり、気持ちにそれだけの余裕ができてきたということだろうか。

「初めてバイクの後ろに乗った感想は？」

訊かれて、翔二は「ちょっと怖かった」と正直に答えた。

「でも、いいですね。月並みな云い方ですけど、ほんと、風になったみたいで」

「転倒したら悲惨だがね。自転車どころじゃない」

「あるんですか、転んだこと」

「ま、無茶な走り方は金輪際《こんりんざい》やめようと誓うくらいの回数は、こなしてる」

占部は苦々しげに唇を尖《とが》らせ、面目《めんぼく》なさそうに頭を掻いた。

芝居がかったその表情と身ぶりに、翔二は思わず頰を緩める。眼鏡を押し上げながら、占部は円いレンズの向こうで目を細めた。

「袋小路からは抜け出せたみたいだね」

「――何とか」

「よろしい」

澄ました顔で頷くと占部は、

「さて、何を喰おうか」

と云ってメニューを開いた。

「きみもしっかり食べるんだよ。そんな華奢な身体でダイエットなんかしたら、倒れちまうぞ」

「あの、占部さん」

そこで翔二は、それまでずっと気にかかっていた問題を口に出そうと決めた。

「夕方に会ったとき、兄さんの件で訊きたいことがあるって、云ってましたよね。あれは……」

「ああ」

占部はメニューから目を上げ、唇の端にくわえていた煙草のフィルターを噛み潰した。

「さっききみの話を聞いて、ある程度の疑問は解消したんだが」

「というと？」

「きみの親父さんが、伸一くんの死を『事故』として済ませたがってるっていうくだりさ。津久見家から自殺者が出たなんてことになったら、それこそ家の恥だという」

「…………」

「独り暮らしの若者が、自室のヴェランダから飛び降りて死んだ。まず自殺じゃないかと疑ってかかるのが普通だろう。ところが、ことはあっさり『単なる事故』として処理され、新聞にもそう発表された。地方面の、しかもごく小さな記事で。『自殺』という言葉は一つも使われていなかった」

「まさか」

翔二は声を詰まらせた。

「父が、そのように仕向けたと」

「それだけの心理的な必然性はあったと、きみの話によって証明されたわけだ」

「そんな……でも」

「博心会病院の院長といえば、この街じゃあ五本の指に入る名士だよ。つまり、相応の強い発言力を、この街のいろんな部分に対して持っているだろうと。加えてだね、博心会の後ろには相里市の宗像《むなかた》家がついている」

「宗像？」

「おや。知らないのかい。有名な話だぜ」

「名前を聞いたことはありますけど」

翔二の母・貴志恵の旧姓は「峰川《みねかわ》」だが……そういえば、相里に住む母方の親戚に「宗像」の苗字を持つ者がいたように思う。

「聖真《せいしん》女学園っていう超名門高校があるだろう、相里に」

「ああ、それは知ってます」

「あの学校は宗像家の直接の経営だね。ほかにもいろいろある。宗像家の息がかかった企業、団体、政治的な人脈」

「はあ」

「要は、この地方で強大な権力を握っている一族だってことさ。その影響力は地元の警察機構にまで及ぶと聞く。たとえば警察の上層部に働きかけて、ある事件の捜査に何らかの圧力をかけたりもできるだろう。だから……」

「そういうこと、ですか」

自嘲まじりに呟いて、翔二は低く溜息をついた。

「何だかもう、うんざりさせられちゃいますね」

「まったくだ」

と相槌《あいづち》を打って、占部は鼻白《はなじろ》んだふうに軽く肩をすくめてみせる。翔二は訊いた。

「じゃあ占部さんは、事故じゃないと思うわけですか。噂のとおり、兄さんの死はやっぱり発作的な自殺だったと？」

すると占部は、黙ってかぶりを振って、

「レーザーディスクがプレイヤーに入っていたと云ったろう」

「え？　ああ、はい。兄さんの部屋での話ですね」

「そう。『風の谷のナウシカ』が〈SIDE 2〉を上にしてプレイヤーにセットされていた」

「ええ。それが何か」

「聞くところによると、警察がマンションの部屋を調べに入ったとき、問題のＬＤプレイヤーは電源が入った状態だったらしい。テレビもついたままだった。これは素直に解釈すれば、伸一くんは事件の直前まで部屋でレーザーディスクを観ていたということだね」

「――ええ」

「いったい『ナウシカ』を観おわった直後に、自殺の衝動に駆られる人間がいると思うかい」

何年か前にテレビの映画劇場で観たそのアニメの記憶を、翔二は慌てて手繰《たぐ》り寄せてみる。自然破壊によって滅亡に向かいつつある未来世界を舞台にしたファンタジーＳＦだった。主人公はナウシカという名の少女で、王蟲《おうむ》という巨大な虫の怪物が出てきて……。

何と答えたらいいのか、翔二が戸惑ううちに、

「もちろん、そういう人間がいないとは限らない」

と、占部は言葉を続けた。

「しかしね、伸一くんは違うと思うんだな。彼とはよく映画やアニメの話もしたものだが、少なくとも、たとえば『ナウシカ』を評して、あんな救いのないドラマはないと力説してしまうような屈折した感性の持ち主じゃあ、彼はなかったよ」

「でも……」

「あまり説得力がないかな。それじゃあね、アプローチの仕方を変えようか」

占部は長い髪をゆっくりと掻き上げた。

「要するに、伸一くんは発作的に自殺するようなタイプの男じゃない、と俺は思うのさ。いくら薬と酒に酔っていたとしても、ね。基本的に彼は、悪い云い方になるけれど、とても臆病なやつだった。七階のヴェランダのフェンスを乗り越えて飛び降りるなんて真似が、自分の意思でできたとはとても思えない」

それは分かるような気がする。

兄は臆病な男だった。加えて彼は、そうだ、彼はあんなにも、下りのエレヴェーターの落下感が嫌いだったではないか。

ずいぶん前の話だが、誰だったか有名人の飛び降り自殺が報道されたとき、兄が顔を青くして洩《も》らした言葉を憶えている。何だって、よりによって飛び降りなんていう方法を選ぶんだろう——と。

「自殺だったはずはない、というわけですね」

翔二は眉根《まゆね》を寄せながら、

「すると占部さんは……」

「まあ、待てよ。ちゃんと順を追って説明するから。その前に、とりあえず腹ごしらえだ」

そう云って、占部はメニューに目を戻す。

2

「きみとおんなじで、俺はゆうべ旅行から帰ってきて初めて伸一くんの『事故死』を知った。おふくろが新聞で読んでて、教えてくれたんだ。そこで——」

占部が事件に関する話を再開したのは、注文した料理をきれいにたいらげたあとだった。翔二は半分ほど残してしまったが、それでもここしばらくのことを考えればよく食べられたほうだ。われながら情けない話だけれども、京都で彼女にふられてからというもの、ほとんど食べものが喉を通らない状態が続いていたのである。

「実はね、高校時代からの友だちで警察官がいるんだよ。今は栗須署の刑事課にいるんだが、そいつに連絡を取って、事件の詳しい状況を知っているかどうか訊いてみたわけさ。そうしたら——」

言葉を切り、占部はちょっと心配そうに翔二の反応を見る。

「ぜんぶ話してください」

翔二は背筋を伸ばし、大きく息を吸った。

「何を聞いても、もう大丈夫ですから」

占部は頷き、先を続けた。

「ここだけの話だが、と断わったうえで彼が云うにはね、あれは単なる事故じゃないだろう、と。それにしては現場の状況に不審な点がありすぎる、と云うんだな」

一方でさっき、自殺とは思えない、と占部は断言した。ということは……。

「それじゃあ」

翔二はそろりと云った。

「まさか、他殺の可能性があると」

「自殺と他殺、両方の線で当然、捜査が進められるものだと思っていたそうだ。ところが事件発生後、半日も経たないうちに、上のほうから捜査を打ち切るようにとのお達しが来た」

「部屋には指紋を調べた形跡がありましたけど」

「指紋は、伸一くん自身のもの以外はほとんどなかったらしいね」

「不審な点、というのは？」

「まず、部屋の鍵の問題」

云って、占部は煙草をくわえた。

「転落して国道に叩きつけられた彼を、ちょうどそこへ走ってきたトラックが轢《ひ》いてしまったことは知ってるね。警察は、そのトラックの運転手の通報で駆けつけた。運転手の証言や現場付近の状況などから、ただの交通事故じゃないようだとはすぐに判明した。やがて、死者がマンションの住人だと分かって部屋が調べられたわけなんだが、このとき部屋のドアには鍵がかかっていなかったっていうのさ。事件が起こったのは深夜の二時とか三時とかの時刻だった。その時間にドアをロックしていなかったのは変なんじゃないか、ということだね」

「――確かに」

「それから、同じマンションの住人が何人か、事件が起こったと思われる時刻に妙な声を聞いている。転落時に伸一くんが上げた悲鳴だったと考えられるわけだが、それにしては妙な、異様な喚き声だった、という証言もあるらしい」

仮に事件が他殺なのだとすると、それは伸一が、犯人に襲われたさいに発した声だったということか。

「もう一つ。ヴェランダの戸は開けっぱなしになっていたらしいんだが、その手前の床に珍しいコインが一枚、落ちていた」

「コイン？」

思わず聞き直した。「コイン」というその単語に心のどこかが響き合い、

（……あげるから）

かすかに揺れ動いた。

「どんなコインが」

「昔の五十銭銀貨だ」

「五十銭……」

（これ、あげるから）

翔二はびくり、と左の首筋に手を当てた。

（……遊んでよ）

「伸一くんに、古銭収集の趣味なんてなかっただろ。事実、部屋からは、その種のコインはほかに一枚も見つからなかったそうだ。——うん？　どうしたんだい。何か気

がついたことでも」

これは何なのか。どうして心が揺れるのか。考えてみても分からなかった。翔二は歯がゆい思いで小さく首を振った。

「べつに。——何でもないんです」

「ふうん」

占部は訝しげに眉をひそめたが、すぐにもとの表情に戻り、言葉をつなげた。

「大きな不審点は、ざっとこの三つだね。そこへもってきて、さっききみが話してくれただろう？　伸一くんを悩ませていたっていう『深夜の怪電話』だ。こうなってくると、どうかな、いやでも疑わざるをえないじゃないか」

「誰かが、兄さんを殺したんだと？」

云って、翔二はまた首筋に（……冷たい）手を当てた。

「部屋にあった五十銭銀貨は、たとえばその犯人が落としていったものだとか？」

「かもしれないね。——何か、きみの兄さんが命を狙《ねら》われるような心当たりはないだろうか」

「そんな……僕にはまったく」

揺れは続いている。翔二は落ち着きなく、視線を窓のほうへ逃がした。占部は続け

て、

「例のバースデイカードは？　家に置いてきたのかい」

「あ、いえ。ここに持ってます」

「見せてくれないかな」

「ええ」

翔二はとなりの椅子に置いておいたポーチから問題の封筒を取り出し、「これなんですけど」と云って差し出した。占部は封筒の表裏を確かめてから、中のカードをひっぱりだして開いた。

「なるほどね。——三沢千尋か」

「知ってるんですか、その人を」

「伸一くんから聞いたことがある」

カードを開いたままテーブルに置き、占部はまた煙草に火をつける。

「東京の専門学校で知り合ったそうだよ。今は漫画家のアシスタントをしながら、自分の作品を描いたりもしているらしい。漫画家のタマゴってやつだな」

「恋人だったんでしょうか」

「いや、それは違うだろう」

占部は静かに否定した。

「特別な関係ではなかったと思うよ。気が合う友だちで、たまに電話で無駄話をしたりもする相手。伸一くんはそう云ってた。嘘をついているような口ぶりじゃなかったし、べつに俺に対して隠し立てするような理由もなかったはずだから」

「そうですか」

カードをもとどおり二つ折りにして封筒に収めながら、「いずれにせよ」と占部は続けた。

「この女性には一度、連絡を取ってみるべきだろう。問題の怪電話の具体的な内容を知っているかもしれない」

「それって……ひょっとして、僕たちで事件を調べてみようという？」

「俺たちにできることなんて高が知れてるがね。さっき云った知り合いの刑事——武藤《むとう》ってやつなんだが——あいつも、頼めば何らかの協力はしてくれるかもしれないが……にしても、あまり大っぴらには動けない。上司に知られたりしたら、面白くない目に遭《あ》うだろうからね」

「…………」

「それとも、翔二くん」

占部は目をすがめて翔二の顔を見た。

「このまま何もせずに東京へ帰るかい？　きみはそれでいいのかな」

「…………」

自殺だけではなく他殺の可能性もある、という情報は当然、父の耳にも入っているに違いない。なのに、彼は「世間体」を理由に、実の息子の死を「単なる事故」としてうやむやに済ませようしているのか。

許せない——と、やはり翔二は思う。

占部に指摘されたこと——みずからの内側にある「汚い優越感」を否定したいという心の動きが、必要以上に両親への義憤や嫌悪を煽り立てているということ——を認めたうえでなお、そう思う。

自分が兄を、どれほど愛していたのかは分からない。もしかしたら自分たちのあいだには世間並みの兄弟愛などなかったのかもしれない。しかし——。

このまま何も知らないふりをして日常生活へ戻るなどということが、どうしてできるだろう。あまりにも、死んだ兄が可哀想《かわいそう》ではないか。あまりにも、自分自身が恥ずかしいではないか。

翔二はふたたび窓のほうへ視線をやった。

闇に染まったガラスの向こうに、国道が見える。車のヘッドライトが近づいてくるのが見える。黒い鉄の体を背後に備えたその光が、まっすぐこちらへ突っ込んできそうな恐れに囚われて、強く瞬《まばた》きをする。——そこで。

ガラスに映った店内の人影が、ふと目にとまった。

通路を挟んで斜め後ろのテーブル。そこに、その男の姿があった。

「あっ」と小さな声を洩らし、翔二はそちらを振り返った。

「どうした」

と、占部が訊く。

「いえ、ちょっと……」

三人の男たちが坐っている。

手前に一人、奥に二人。三人とも、二十代なかばくらいの年ごろだろうか。その中の一人——奥に並んで坐った二人のうちの片方——の風貌に、見憶えがあった。あの男は——。

兄のマンションへ行ったとき、ヴェランダから見かけた男ではないか。歩道の真ん中に立ち、じっとこちらを見上げていた、あの。

生成りのジャケットに黒縁の眼鏡。あのときは、顔の造作《ぞうさく》までは見て取れなかった。だが、今こうして見ていると、間違いなく同一人物に思える。そしてさらに——。

小柄で痩せ型で、やや頭でっかちな感じがする。秀《ひい》でた蒼白《あおじろ》い額にぺたんとした短い髪。……ずっと以前にも、自分は彼と会ったことがあるのではないか。何だかそんな気もしてくるのだった。

3

「あの三人がどうかしたのかい」

声をひそめて占部が尋ねた。翔二は彼のほうに向き直り、ことの次第を説明した。

「ふうん。そいつは気になるね」

両手の指を組み合わせて肘をつき、占部はテーブルの三人を見やった。

「あとの二人に見憶えは？」

云われて、翔二はもう一度、そっと斜め後ろを振り向いた。

黒縁眼鏡の男のとなりには、ぽってりと太った色白の男が坐っている。手前の一人はパンチパーマをあてた肩幅の広い男だが、こちらからは顔が見えない。——翔二は中途半端に首を傾げた。

「太った男がいるだろ。あいつは榎田《えのきだ》っていったっけ」

占部が何でもないふうに云うので、翔二はちょっと驚いた。

「どうして知ってるんですか」

「伸一くんの同級生だよ。同じ時期、予備校に来ていたんだ」

「同級生……」

「それから、きみが見たっていうあの眼鏡の男ね、あれは一ノ瀬《いちのせ》って名だな。うちの近所にある薬局の息子さ。店に出てるのを何度か見たことがある。手前のやつは、知らないな」

一ノ瀬に榎田。眼鏡に太っちょ。薬局の息子。伸一の同級生。

翔二の心の中で、それらが一つの小さな渦《うず》を作った。渦は徐々に回転の速度を上げながら、堆積《たいせき》した記憶の内部へと潜り込んでいく。

（……いちのせ・ふみお）

知っている、と思った。

（……えのきだ・かつみ）

眼鏡の男だけではない。榎田という太った男も、僕は知っている。どちらも昔、会ったことがある。あれは――あれは……。

「出ようか、翔二くん」

伝票を取り上げ、占部が立ち上がった。その急な行動に翔二は慌てたが、占部はまっすぐレジには向かわず、問題の三人がいるテーブルのほうへ足を進めるのだった。

「やあ、お久しぶり」

占部は片手を挙げ、気さくな声を投げかけた。

「榎田くん、だったね」

それまで何やら重苦しげな雰囲気でひそひそと話をしていた三人が、いっせいに占部の顔を見上げた。ふいを衝《つ》かれてぎょっとしたような表情を、少なくとも榎田と一ノ瀬は浮かべた。

「進々ゼミナールで英語を教えたことがあったろ。占部だよ。憶えていないかな」

「占部さん？」

榎田は当惑の面持ちで、小さく頷いた。

「ああ、はい。どうも……」

「今は確か、中学で国語を教えてるんだっけ」

「ええ。よくご存じですね」

「津久見くんから聞いたのさ。彼とは、小学校から高校まで同じだったって？」

「津久見って、あの……」

ますます当惑する元教え子に、占部は取り澄ました声で云った。

「彼が死んだことは、もちろん知ってるね」

すると榎田は、おろおろと目を伏せた。となりの一ノ瀬も向かいに坐ったパンチパーマの男も、似たような反応を見せた。

占部は翔二を振り返り、「こっちへおいで」と顎で合図した。

「津久見伸一の弟くんだよ」

「こんばんは」と軽く頭を下げながら、翔二は三人の様子を観察する。

突然の出来事に、彼らがそれぞれに動揺しているのは明らかだった。

ちらちらと上目づかいにこちらを見るまなざし。それが、兄がいつも自分に対して向けていたあの怯えたような目と共通の色を含んでいる気がするのは、これは気のせいだろうか。

「翔二くんかあ」

榎田が、体型とは正反対の細く高い声を、ことさらのように元気よく張り上げた。

「いやあ、大きくなりましたね。確かもう、大学に入ったんでしたよねえ」

「はあ」

「おや。憶えてませんか。ちっちゃいとき、よく一緒に遊んだでしょう」

ぎこちない笑みを丸い顔いっぱいに広げながら喋《しゃべ》る榎田の横腹を、となりの一ノ瀬が「おい」と肘で小突いた。榎田がはっと口をつぐむと、代わって一ノ瀬が、

「お兄さんの件はショックでした」

低く抑えた声で云った。

「まさか、彼があんな……」

榎田だけではなく、この一ノ瀬という男もまた伸一の友人だったのか。昔の同級生？　とすれば、もう一人のパンチパーマの男も？

翔二は、こちらを向いた三人めの男の容貌に注目した。

浅黒い大造りな顔。ゲジゲジ眉に少し吊り上がった細い目。鼻の下に、あまり似合わない髭《ひげ》を薄く蓄えている。

「酔っ払って足を滑らせたんだって？」

と、その男が口を開いた。しゃがれた声音で、ちょっと乱暴な口調だった。

「本当は自殺だったんじゃねえのか」

「おいおい、畑中《はたなか》」

一ノ瀬がたしなめた。

「そんな云い方はないだろう」

(畑中……)　　　　　　　　　　　　(……はたなか・しろう)

知っている名前だ――と、とっさに感じた。


「あのう」

翔二は思いきって質問に出た。

「皆さん、むかし兄と同級生だった方ですか。僕、うまく思い出せなくって」

「そう。そうだよ」

眼鏡の縁に指をかけながら、一ノ瀬が答えた。

「小学校のときね、おんなじクラスで。あとはいろいろ……中学も高校も、学校は一緒だった」

「俺は高校中退だけどな」

と、畑中がぶっきらぼうに付け加える。

妙に気まずい沈黙が、そのあと生まれた。

そわそわと互いの顔を窺い合う三人。占部は何も話そうとしない。翔二はポーチとヘルメットを両手に持ったまま佇み、どうにも落ち着かない気分で、誰かが口を開くのを待った。

一ノ瀬に榎田、そして畑中。眼鏡に太っちょ、そして……。

翔二は軽い眩暈《めまい》を覚えた。

足もとの床が緩やかに波打っているような感覚。頭上の照明が明るさを変化させながら、ゆっくりと回転しているような感覚。

心のどこか――遠い記憶の底から、ふいに誰かの

（……わらった）


声が聞こえてくる。――子供の声？

懐かしい声だ。そしてなぜか、恐ろしい。これはいったい……。


（おじぞうさま、わらった）


「行くか、翔二くん」

と、占部が沈黙を破った。翔二は夢から覚めたような心地で、細かく目をしばたたいた。

「じゃあ、また機会があれば」

三人に向かってそう云うと、占部はそっけなく踵《きびす》を返す。物怖《ものお》じしたような彼らの

視線を背中に感じながら、翔二は占部のあとを追った。

4

占部は何も訊かず、翔二をまっすぐ阿瓦多町の家まで送ってくれた。

家を飛び出したときの激しい感情は、すでに消えていた。占部と話をして、少なくとも、何をどう考えればいいのか分からないといった混乱状態からは抜け出せたようだし、むやみにおのれを責める気持ちからもある程度、解放されたように思う。

親たちのもとに帰るのは、それでもいやでたまらなかったけれど、今夜はもう彼らと顔を合わせることもないだろう。時刻は午前三時をまわっている。息子の無断外出に気づいてさえいなければ、二人はとっくに眠っているはずだから。

とにかく占部には感謝しなければ、と思った。もっといろいろな話をこの人としてみたいと、そんなふうにも思った。

空冷二気筒のエンジンが頼もしく唸り、深夜の静寂を裂く。風を切る音に、自分の心臓の鼓動が混じって聞こえる。

ハンドルを握った占部の身体にしがみつき、慣れないスピード感に全身をこわばらせながらも、翔二は不思議なくらいに心が安らいでくるのを感じていた。

「ぶじ到着」

門の手前でバイクを停めると、占部はヘルメットのシールドを上げて云った。

「金持ちの御曹司《おんぞうし》を乗っけると緊張するな」

「どうもありがとうございました」

タンデムシートから降りてヘルメットを取り、翔二はぺこりと頭を下げた。

「いきなり押しかけていって、あの……」

「なかなか楽しかったよ」

占部は涼しげに目を細める。翔二は借りていたウィンドブレイカーを脱ぎ、ヘルメットの中に入れて差し出した。それを左腕に掛けてハンドルを握り直しながら、

「きょうまた、うちに来いよ」

と、占部は云った。

「とりあえず、東京の三沢千尋の電話番号を調べて、連絡を取ってみようと思うんだが。どうだい？」

「そうですね」

翔二は頷いた。ゆっくりと、力を込めて。

どうして兄は死んだのか。本当に誰かの手によって殺されたのか。だとしたら、いったい誰が殺したのか。

知らなければならない、と思う。

今ここで何もしなければ、僕はきっと一生後悔するだろう。できるだけのことをしてみる。兄のために、という云い方はあえてするまい。彼の死を、少しでも意味のあるものにするために。それはつまり、ほかならぬ自分自身のために、ということでもある。

「時間は、そうだな、午後一時でどうだい」

「行けると思います」

「よし。万が一、家を出られないようなら電話してくれ」

「分かりました」

「おやすみ」と手を挙げて、占部はシールドを下ろし、アクセルを捻った。バイクが走り去るのを見送ってから、翔二は門に向かった。

音を聞きつけて、パピーが出てきていた。これが見知らぬ人間だったら、いくらのんびりものの彼でも猛然と吠《ほ》えかかってくるところだろうが、不思議なもので、相手が翔二であることは姿を見る前から分かっているらしい。小道の真ん中にちょんと坐って、真っ白なふさふさした尻尾を振っている。

「夜更《よふ》かしだねえ。いや、僕が起こしちゃったのかな」

話しかけると、パピーは小さく鼻を鳴らして応えた。翔二が歩きだすと、のっそりとした足取りでついてくる。

勝手口へまわり、持っていた合鍵を使って家に入った。足音を忍ばせ、二階へ向かう。幸い、誰も起きている気配はなかった。

その夜の眠りの中で、翔二はまた夢を見た。

昏く赤い……黄昏の色に染められて、世界はやはり、円く切り取られていた。

5

占部直毅と津久見翔二が立ち去ったあと、テーブルの三人のあいだにはふたたび気まずい沈黙が漂った。

一ノ瀬史雄《ふみお》は不安そうな目で、店を出ていった二人の姿を窓の外まで追いかけている。榎田勝巳《かつみ》は団子鼻《だんごばな》の頭に滲《にじ》んだ汗をおしぼりで拭き、せわしない貧乏揺すりを始める。そんな昔の友人たちの様子を眺めながら、畑中志郎《しろう》はしかめっ面《つら》で煙草に火をつけた。

三人の中で、喫煙者は畑中だけだった。

遠慮なく吹きかけられた煙に、一ノ瀬があからさまに表情を曇らせる。将来、肺癌《はいがん》になったらおまえのせいだ——とでも云わんばかりだったが、知ったことじゃない、と畑中は思う。

いきなり電話をしてきて今夜ここへ呼びつけたのは、そもそも一ノ瀬なのだ。こちらはべつに会いたいとも思っていないものを、なかば強引に。あしたは久しぶりに土曜日の休暇が取れたというのに、何が嬉しくて、こんなところでこんな面白くもない連中と顔を突き合わせていなければならないのだろう。

(まったくもう)

畑中は心の中で毒づいた。

(何で、今ごろになって……)

二人と会うのはずいぶん久しぶりだった。五、六年ぶりになるだろうか。高校をやめたあとは、少なくともこんなふうにして話をした記憶はない。津久見伸一との関係も同じだった。

彼らとはとうに縁が切れたものと思っていた。だから、津久見が死んだと聞いたとき、むろん驚きはしたが、さほど深刻なショックを受けることもなかったし、ましてやそれを、ずっと昔のあの出来事と結びつけてみようなどとは考えもしなかったのである。ところが……。

「翔二くんは、何も憶えていないみたいだね」

榎田がおずおずと口を開いた。

「僕たちのことも、よく分かっていないみたいだったねえ」

「十五年も前の話だから」

一ノ瀬が押し殺した声で応える。

「彼はまだ、幼稚園へ行くか行かないかっていう年だったから。忘れていても不思議じゃない」

「このまま思い出さないでいてくれたら……」

「だったら、よけいなことは喋るなって。昔よく一緒に遊んだなんて、わざわざ云わなくてもいいだろう」

「あ、ああ」

榎田はだぶついた顎の肉を震わせた。

「黙ってるのも変だと思ったから、つい」

「にしても、どうしてあの二人が一緒にいたのかな。しかもこんな時間に。前から知り合いだったんだろうか」

「さあ。津久見は予備校時代から占部さんと仲が良かったけど。〈飛行船〉にもちょくちょく行ってたみたいだし」

「飛行船？」

畑中が口を挟んだ。

「何だ、そりゃあ」

「うちの近所にある喫茶店だよ」

一ノ瀬が答えた。

「できてもう十年くらいになるかな」

「知らねえな」

「そこが、あの占部って男の家なんだ」

「予備校の先生なんじゃないのか」

「勤めてたのは一、二年だけだってさ。店はお母さんがやってるんだけどね。彼は勤めにも行かずにぶらぶらしてるらしい」

「やけに詳しいな」

「薬局に来る奥さんがたの噂だよ」

「はあん」

畑中は足を組み直し、テーブルに片肘をついた。腕時計が目に入る。もう午前三時過ぎだった。

「さてと、そろそろいいだろ。話は済んだよな」

と云って、畑中は友人たちをねめつけた。二人は心もとなげに顔を見合わせるだけで、何とも答えない。

「おまえら、気にしすぎだよ」

畑中は苛立たしい気分で吐きつけた。

「津久見が死んだのはただの事故か、でなきゃあ自殺さ。俺は自殺だと思うね。ちらっと噂にも聞いたぜ。家を追い出されて、くさってたって。働きもせずに酒ばっかり飲んで、何かクスリもやってたらしい、なんてさ。ふん。クスリっていやあ一ノ瀬、ひょっとしておまえが流してたとか？」

「何を……」

一ノ瀬は蒼白い頬をぴくっと引きつらせた。思いつきで云ったことだが、もしかすると図星なのかもしれない。畑中はくっくっと口の中で笑い、

「帰るぜ、俺」

と云った。

「気にするこたぁねえさ。何をびくびくしてんだよ。今ごろになって、あいつが――ハ、ハ、ハリちゃんっていったっけな――あいつが、それともあいつの幽霊がか？　俺たちに復讐しようとしてるってのかよ。莫迦らしい」

二人の表情が目に見えてこわばった。畑中はそれを無視して、独り席を立った。

「おい、畑中」

一ノ瀬が腰を浮かせ、呼び止めた。

「そのこと――あのときのことは絶対、人に云うなよ。絶対、誰にも」

「子供時代の固い約束だもんな」

わざと茶化した口ぶりで、畑中は応えた。

「分かってるよ。そう怖い顔すんなって。おまえらに云われなきゃあ、あんな大昔の話はとっくに忘れちまってたさ」

「…………」

「そんじゃあな。この次があるんなら、もっと面白い用件で呼び出してくれよ」

# 6

帰り道、愛車のRX－7を飛ばしながら畑中は、続けて何度か強い眠気に襲われた。そのたびに慌てて頭を振り、ハンドルを握り直した。

（疲れてるな）

風に当たろうと思って窓を開けたが、前を行く長距離トラックの排気ガスが流れ込んできたのですぐに閉めた。

「居眠り運転だけはすんなよ」

声に出して自分にそう云い聞かせ、カーステレオのヴォリュームを上げる。

この夏、職場――駅の裏手にある小さな自動車の整備会社だが――の後輩が、それで事故を起こしたばかりだった。休みに海へ泳ぎにいった帰り、停車中のトラックにノーブレーキで突っ込んでしまったらしい。運転していた後輩は奇跡的に一命を取り留めたが、助手席と後部座席に乗っていた友人二人は即死したという。

（トラックに突っ込んで……）

その光景を想像して、思わずアクセルを緩めた。

前のトラックとの距離が開く。闇に滲んだ赤いテールランプの光。それがふと、遠いあの日の夕焼けの色（昏く、赤い空……）に重なった。

あの日――十五年前のあの日の出来事を、そうしてぼんやりと思い出しながら、畑中は苦々しく舌打ちをする。

思い出したくなどなかったのだ。

今さらあんなことを。あんな忌まわしい事件を。

とうに忘れかけていたというのに、津久見がちょっと変わった死に方をしただけで、どうしてわざわざ……。

……十五年前。

一ノ瀬史雄、榎田勝巳、津久見伸一、そして畑中志郎。当時八歳か九歳、小学校の三年生で同じクラスだった四人は、放課後や休日にはよく一緒に遊んだものだった。外での遊び場所は校庭や公園などが主だったが、たまに「地蔵丘《じぞうおか》」と呼ばれる小さな丘の上の空き地にも足を延ばした。

そんな彼らの前にある日、あいつが現われたのだった。あいつ――「ノリちゃん」が。

（ノリちゃん、か）

　さっき何でもないふりでその名を口にしてみせたときの、一ノ瀬と榎田のこわばった表情、蒼《あお》ざめた顔色。まったく連中は何であんなにおどおどしているのだろうと思う、それは畑中の本心だ。しかし一方で、彼の心の中にもやはり、十五年前のあの出来事はある種の恐怖に彩《いろど》られた記憶として存在しつづけているのだった。

　あの日のあのとき、あの一瞬——。

（……わらった）

　あいつは畑中の何メートルか後ろで止まり、いびつな、気味の悪い笑顔を作っていた。右手を低く上げ、左足を踏み出し、斜め前方にバランスを崩した、今にも倒れてしまいそうな恰好で。

（おじぞうさま、わらった）

　あいつは必死になって止まり、笑っていた。そして、そのとき……。

「ああ、そうだ」

　呟いて、畑中は思わずまたアクセルを緩めた。

「トラック、だった」

　そう。トラックだった。あのときのあの車も、トラックだったのだ。坂道の途中に駐められていた汚い小型トラック。あれが……。

あのあと「ノリちゃん」がどうなったのかは知らない。死んだのかもしれない。それとも、ひょっとして怪我だけで済んだのか。しかしまさか、十五年後の今になって……。

「まさかな」

知らず、腕に鳥肌が立っていた。

舌打ちを繰り返しながら、ステレオのヴォリュームをさらに上げる。交差点を曲がり、前方のトラックが見えなくなってしまったあとも、畑中の脳裡からその黒い影は消えようとしなかった。

家の前まで帰り着いたのは、午前三時四十分だった。

街の西外れ、博心会病院のそばに建つ鉄骨造りの古いアパートで、かれこれもう四年近く、彼はここで独り暮らしをしている。

畑中の両親は、彼が中学一年のときに離婚した。その前に父が事業に失敗し、阿瓦多町に持っていた屋敷を手放して街外れの狭い借家に移ったのが、夫婦のいさかいのきっかけだったらしい。離婚後、母親はこの街を出ていき、一人息子の彼は父親のもとに残された。

父が再婚したのはそれから三年後だった。何の相談もなく、いきなり連れてきた見知らぬ女を「新しいお母さん」として紹介され、以来彼は、この家を出たいということばかり考えるようになった。まもなく高校を退学してしまったのも、半分は父とその女への面当《つらあ》てだったように思う。

学校をやめてからは、職に就くわけでもなく、ふらふらと遊びまわっていた。暴走族やチンピラまがいの悪さをしていた時期もある。さんざんでたらめをやって父親を困らせ、幾度か警察の厄介にもなったあげく、二十歳のときに家を出た。

その後しばらくはアルバイトを転々としていたが、やがて、親戚でただ一人、彼のことを気にかけてくれている伯父の口利《くちき》きで、今の会社に就職した。それからはずっと、自分でも感心するくらい真面目に働いている。

今夜会った二人には云わなかったが、近い将来の結婚を約束した恋人が、畑中にはいた。会社のそばの仕出し弁当屋に勤める一つ年下の女で、つきあいはじめてもう一年余りになる。彼女と一緒になるためだと思うと、残業だらけのきつい仕事も苦にはならない。親への当てつけで遊びまわっていたころとはまるで質の異なる充実感が、今は確かにあった。

きょうは午後から、その恋人と会う予定だった。ここのところどちらも忙しくて、ゆっくりとデートできるのは久しぶりだった。天気が良ければ、ちょっと遠くなるけれども烏裂野《うさきの》のあたりまでドライヴに行こうかと考えている。

昔、まだ父の羽振《はぶ》りが良くて母との夫婦仲も悪くなかったころには、烏裂野の森に別荘があった。山奥の、ちっぽけな湖があるだけでほかには何もないところだったけれど、子供時分によく連れていってもらったあの土地の風景は、忘れがたいもう一つの「故郷」として畑中の心に残っていた。

いつかまた、今度は自分の甲斐性《かいしょう》で、あの森のあの湖のほとりに別荘を持ちたい。誰にも話したことはないが、そんな夢をひそかに抱いていたりもする。

アパートの近くに借りている月極《つきぎ》めの駐車場に車を入れると、トランクから車体カバーを取り出して掛けた。いちいちカバーを掛けるのは面倒だが、悪戯で傷でもつけられたら大変だ。今年の初めにローンで購入したばかりのこのRX－7は、彼にとってきょう会う恋人の次に大切なものなのだった。

丁寧にカバーを掛けおえ、手の汚れを払いながら身を起こした。——と、そこで。となりに駐めてあるランドクルーザーの陰から突然、音もなく現われた人影に、畑中はぎょっと目を見張った。

(何だ、こいつ)

灰色のレインコートを着て、鍔《つば》の付いた黒い帽子を目深にかぶっている。うつむいていて、顔はよく見えなかった。

胡散《うさん》臭くは思ったが、この時間にこういう恰好でここにいてはならないという決まりはないし、もしかするとこれから自分の車を出すところなのかもしれない。無視して通り過ぎようと、畑中は歩を進めたのだが――。

「待ってたよ」

と、掠れた声で云われた。

「待ちくたびれたよ」

「えっ」

畑中は驚いて立ち止まった。その人物はおもむろに近づいてきて、コートのポケットに突っ込んでいた左手を抜き出した。

「これを」

と、彼の前に差し出されたその手は、黒い薄手の革手袋を嵌めていた。

「何だよ、あんた」

畑中が訊くのには答えもせず、相手は握りしめた拳を胸もとに突きつけて、

「これを」

わざと声色《こわいろ》を変えたようなくぐもった声で、そう繰り返す。

わけが分からなかった。ひょっとしたら博心会病院の精神科病棟から脱走してきた患者かもしれないぞ——と一瞬、疑ってみもしたが、とりあえず畑中は相手の呼びかけに応えて右手を上げた。

黒い拳が開いた。小さな冷たい物体が、畑中の掌に落ちてきた。

「これ、あげるから」

その言葉と、受け取ったその品物——銀色のコイン——、両者の結びつきを悟るのに、

(……あげるから)

数秒の時間がかかった。

(これ、あげるから)

(……遊んでよ、ね)

「まさか」

鋭い戦慄に貫《つらぬ》かれて(まさか、そんな)目を上げた、ほとんどそれと同時だった。

最初の衝撃が、畑中を襲った。

「遊んでよ」

掠れ、くぐもった声とともに、懐から取り出された凶器が勢いよく振り下ろされ

る。抵抗はおろか、身をかわすいとまもなかった。凶器は彼の額に命中し、鈍い音を立てて皮膚を破り骨を砕いた。

「ね、遊んでおくれ」

ぐうっ、と低く呻いて（そんな）、畑中は膝を折った。両手を額に当て、今の衝撃の意味を（こんな……）確かめる。激しい痛みと、溢れ出てくる生温かい血の感触が、そこにはあった。

「ほら、笑えよ」

抑揚のない声が頭上に降りかかった。

畑中は相手を見上げた。

帽子の下の顔は、鼻と口が大きな白いマスクで覆われている。薄闇の中、こちらを見下ろす双眸に宿った冷たい光が、その人物の尋常ならぬ意志（……狂ってる、こいつ）を如実に示していた。

「ま、待て」

血に濡れた両手を突き出し、畑中はあえいだ。

「待ってくれよ。あんた、いったい」

「笑え」

ぶん、と風を切る音。「よけろ」と心が叫んだが、身体が思うように動いてくれない。二度めの衝撃がそして、今度は脳天に来た。

（ほら、笑えよ）

（笑えよな）

（笑わなきゃあダメだろう）

はじけとぶようにして、畑中は後ろ向きに倒れた。アスファルトの地面に大の字になって横たわる。頭を庇いたくて腕を持ち上げようとしたが、ぴくぴくと指先が震えるだけだった。

かつっ、と足音が耳に響いた。目を開くと、すぐそばに立つその人物の姿がぼんやりと見えた。

（まさか、俺……）

痛みにのたうちまわる力すら、湧いてこない。弱い電流を通されたような痺れが、だんだんと全身に広がってくる。

（……死ぬのか？）

（死んじまうのか？）

（こんなところで）

（こんなに呆気《あっけ》なく……）

きょうは午後から、彼女と会う約束なのに。久しぶりのデートだというのに。天気が良ければ、鳥裂野まで——あの懐かしい森までドライヴに行くつもりなのに。いったい何で、こんな……。

「笑え」

とまた云いながら、殺人者は三たび凶器を振り上げ、倒れた彼の顔面めがけて容赦なく打ち下ろした。鼻が潰れ、前歯が何本か折れた。

「笑えよ」

云って、さらにもう一度——。

「おまえたちが、悪いんだ」

血しぶきが闇に散り、あたりの地面や殺人者のレインコート、そしてついさっき畑中の手によって掛けられた車のカバーを、点々と濡らした。

「おまえたちが……」

声を出す力もものを見る力も失い、ずるずると急な傾斜を滑り落ちていく畑中の脳裡に、十五年前のあの黄昏の風景が広がった。


（おじぞうさま、わらった）

子供の声が聞こえる。

動きを止めた四人。いびつな笑い。迫りくる黒い大きな影。

(わらった……)

(……危ない)

(危ないぞぉ)

恐ろしいその光景を必死で打ち消し、代わりに鳥裂野の湖のほとりで遊ぶ幼い自分の姿を思い浮かべようとしたのを最後に、畑中の意識は死の暗黒へと途切れた。

† † †

「これ、あげるから」

そう云って彼が差し出した手には、一枚の銀貨が握られていた。

「だから遊んで」

彼らは訝しげに顔を見合わせた。きっとそれが、自分たちがふだん目にしたことのない硬貨だったからなのだろう。

「何だよ、これ。変てこなお金だなあ」

一人が彼の掌から銀貨を取り上げ、首を捻る。彼はちょっと言葉に詰まったあと、

「昔のお金だよ」

と答えた。

「へー？」

「本当だ」

別の一人が、仲間の手を覗き込んで指摘した。

「ほら。五十銭って書いてあるぞ」

「おっ、ほんとだ」

「値打ちものだぞ、これ」

「すごい」

「おれにも見せろよ」

「ぼくにも」

子供たちは目を輝かせる。

薄っぺらな胸を得意そうに張りながら、彼は云った。

「一緒に遊んでよ、ね。それ、あげるから」

こうして、彼と彼らのあいだに単純な〝取引〟が成立したのだ。しかし……。

# 第5章　追憶

## 1

十月五日土曜日は、朝から秋晴れの上天気だった。

ゆうべ家を抜け出したことは、親たちには気づかれていないようだった。翔二が起きて二階から降りてきたとき、父はすでに出かけていておらず、母はリビングでぼんやりとテレビを観ていた。

「こっちにはいつまでいられるのかしら」

息子の顔を見ると、彼女はすかさずそう話しかけてきた。昨晩のいざこざは少しも気にしてなんかいないから――と、必要以上に穏やかな声と表情が訴えている。

「まだしばらくは」

翔二もまた、なるべく穏やかな調子で言葉を返した。

「兄さんの部屋の片づけ、手伝いたいから。かまわないよね」

母は一瞬、当惑を見せたが、すぐに「そうね」と答えて、

「あなたの好きにしたらいいわ。――大学の講義のほうは大丈夫なんですか」

「一、二週間出なくても平気だよ。中学や高校とは違うんだから」

「そう。あなたがそう云うのなら」

頷いて口をつぐんだものの、彼女はまだ何か云いたげな様子である。それを封じるように「大丈夫だよ。心配しないで」と微笑んでみせながら、翔二は異様に醒めた気分で、心中ひそかに溜息をつくのだった。

父や母に対して、昨夜のような否定的な激情が湧いてくることはもうなかった。

この人たちはこの人たちだ、と思う。好きなようにものを考え、行動すればいい。そして、僕は僕だ。僕は何よりもまず僕の頭で思考し、価値を判断し、僕自身のために生きる。だから……。

せつ子が用意してくれた遅い朝食を、一人で食べた。本調子とはまだとても云えないけれど、ひと晩ぐっすり眠って、ずいぶんと胃も元気になってきている。

「ねえ、せつ子さん」

給仕をしてくれる家政婦に、翔二はふと思いついて尋ねた。

「せつ子さんがこの家に勤めるようになったの、どのくらい前からなのかな」

大きなあくびをしかけていたせつ子は、それをはっと止めて翔二の顔を見直した。

「十五年くらい？」

続けてそう訊いたのはおそらく、「十五年ぶりの栗須市公演」というあのサーカスのポスターの文句が気にかかっていたからなのだろう。

「十五年……」

呟いて、せつ子は物思わしげに首を傾げた。

「確か、もう少しあとのことでございましたね。おぼっちゃまが小学校に上がられた年でしたか」

「というと、十二年前かな」

「そういう計算になりますかしら」

「じゃあね、兄さんの友だちで一ノ瀬っていう人、知ってる？」

「一ノ瀬さん、ですか」

せつ子はまた同じように首を傾げ、

「伸一ぼっちゃまのお友だち……」

「家は薬局らしいんだけど」

「そういえば、お葬式のお香典帳に、そんな名前があったような気がいたします」

一ノ瀬が兄の葬儀に来ていた？　それは充分ありうる話だと思う。

翔二は質問を重ねた。

「榎田と畑中っていう名前は？　聞いたことないかな」

「そちらも伸一ぼっちゃまのお友だちですか」

「うん。小学校の同級生なんだ。知らない？」

「さあ。私にはちょっと。お友だちをおうちに連れてこられることは、ほとんどありませんでしたから。——その方たちが、どうか」

「いや。いいんだ、知らないんなら」

「コーヒーのお代わり、いかがですか」

「ありがとう。いただくよ。——ところでさ、これは前々から思ってたんだけどね、せつ子さん、結婚はしなかったの」

「はぁい？」

コーヒーのサーヴァーを取り上げたところで、家政婦はびっくりしたように小さな目をぱちぱちさせ、

「いやですねえ、おぼっちゃま。急にそんな」

「失礼な質問だった？」

「いえいえ。べつにかまいませんけどね」

せつ子は何でもないふうに答えたが、その声には微妙な翳りがあった。

「若いころに一度、一緒になった人がいたんですよ。でも、早くに先立たれてしまって」

「あ……ごめんよ、つまらないこと訊いて」

「いいえ。お気になさらず。もう、ずうっと昔の話ですからねえ。相手の顔もとっくに忘れてしまいましたよ」

そう云って、せつ子はからりと笑う。小皺と染みの目立つ彼女の顔を見ながら翔二は、この人も年を取ったな、と改めて感じていた。

## 2

〈飛行船〉には、約束の午後一時よりもいくらか早くに着いた。市民公園北側のそのあたりは御森町《みもりちょう》という町名で、阿瓦多町の津久見家とは歩いて三十分余りの距離関係である。

風は秋らしく爽《さわ》やかだった。高い青空にうっすらと幾筋《いくすじ》かの曲線を描いた雲。透明感溢れる陽射《ひざ》しに照らされた街はきのうとはまるで違う風情《ふぜい》だったが、そこに感じる「異国感」には変わりがなかった。

本当に自分はこの街で生まれ、子供時代を過ごしたのだろうか。

幼いころに自分を取り巻いていた風景と現在とのあいだの、どうしても否《いな》みがたい不連続感。一歩進むごとに世界が頼りなく揺れ動くような、この不安定感。

もしかしたらこれは、ある年齢に達したとき誰もが抱く感覚なのかもしれない――などと、きょうは思う。

〈飛行船〉は営業中だった。

店内にはサラリーマン風の客が二人いて、新聞を読みながら食事をしていた。有線放送で女性ヴォーカルのバラードが流れている。最近のヒット曲なのだろう、何度か聴いた憶えはあるが、歌手の名前や曲名は知らなかった。

翔二が入っていくと、カウンターの中にいた占部の母――春海という名前だったか――が、「いらっしゃい」ではなく「こんにちは」と声をかけてきた。ゆうべ息子を訪ねてきた者だと、すぐに分かったらしい。

「どうぞ」

と微笑んで、彼女は奥の扉を指さした。

「まっすぐ行って突き当たりのドアを抜けたら、庭に出ますから。直毅はその向こうの離れに。案内しましょうか」

「いえ、分かります」

翔二は店内を横切り、薄暗い廊下を通り抜けて裏庭に出た。金木犀の香りが、心地好く鼻をくすぐる。

離れの軒下には、昨夜と同じ配置でバイクが二台、並んでいた。向かって右側のアメリカンバイクのそばに寄り、しげしげと眺める。

丸みを帯びた黒いタンクに大きく曲がったハンドル、銀色のエンジンと、そこから突き出して後方に延びた太い排気管《イグゾーストパイプ》。まさに「鉄の馬」とでもいった趣《おもむき》である。また乗せてもらえるかな、と思うと、何だか胸がどきどきした。

離れの入口のほうへ歩を進めたところで、妙なものを見つけた。

赤いスクーターが置かれた、その後ろ——白い外壁の下のほうに、何だろうか、銀色に光る円盤のようなものがくっついているのだ。

身を屈めて覗き込んでみて、それが汚れたステンレスの盆であることが分かった。

直径三十センチほどの円形の盆が、壁にぴったりと貼り付けてある。

こんなところにこんなものが、何のために？

あとで占部に訊いてみようと思いながら、翔二は入口へ向かった。

呼び鈴はなかった。「占部さん」と呼びかけ、ドアをノックする。何度かそれを繰り返してやっと、彼が顔を出した。まだ眠っていたらしい。白地に青い縞模様《しま》が入ったパジャマを着ていて、長い髪は寝癖がついたまま。眼鏡もかけていない。

「あっ、やあ、翔二くん」

占部はごしごしと目をこすった。

「もうそんな時間か。ううむ。確かに目覚ましが鳴ったような気もするが」

彼と会うのはこれで三度めだが、こんなにも毎回イメージの違う人も珍しいな、と思う。占部は面目なさそうに頭を掻き、

「すまないね。ちょっと待っててくれ。すぐに着替えるから」

「ごゆっくりどうぞ」

しばらくして、占部は昨夜と同じ革ジャン姿で中から出てきた。明るい陽射しに目を細めながら、

「さて、行こうか」

と云って、ぽんとヘルメットを手渡す。翔二が「どこへ」と首を傾げると、

「伸一くんのマンションだよ。部屋の合鍵は持ってきてるよね」

「ええ。でも……」

「手帳か電話番号簿か、その手のものが残っているだろう。それで三沢千尋嬢の電話番号を調べる」

「あ、そうか」

「番号案内で訊いてもいいが、俺も一度〝現場〟を見ておきたいから。いやかい？」

「いえ。――行きましょう」

そうして庭に出たところで、翔二は先ほど見つけた壁の円盤を指さし、これはいったい何なのか、と訊いてみた。

「おかしな代物《しろもの》だろ」

手袋を嵌めながら、占部はにやりと笑った。

「何だと思う」

「さあ。お盆ですよね、これ」

「ここに引っ越してきたのは、今からもう十何年か前になるかな。俺が大学に入ったくらいのころ。借家なんだけどね、表を店舗兼住居に改造して、おふくろが店を始め

た。こっちの離れはもとから建っていたんだが、越してきた当時から、この壁にはこいつが貼り付けてあったんだ。べつに剝《は》がす必要もないから、ずっとそのままにしてある」

「何なんでしょう。家を建てたとき、何かのおまじないで取り付けたとか」

「いや。あとで接着剤か何かでくっつけたものだろう。壁に埋め込んであるわけじゃない」

「じゃあ……」

翔二は両膝に手をついて腰を曲げ、壁の盆に目を寄せた。土で汚れているだけでなく、その表面はかなりでこぼこになっている。

「ヒントを出そうか」

と、占部が云った。

「その一。前に住んでいた家族には、小学生の子供がいたらしい」

子供の悪戯？　それだけのことなのだろうか。

占部はちょっと間《ま》をおいてから、「ヒント二」と続けた。

「庭の隅——あそこの躑躅《つつじ》の生垣の中に、軟式野球のボールが落ちていた」

「ボール……ははあ」

翔二は心中で手を打った。

「ピッチング練習の的、ですか。これを標的にして、あっちからボールを投げて」

「と推理したんだがね」

占部は眼鏡を外し、ヘルメットをかぶった。

「ちょうどキャッチャーがミットを構えたような高さだろう。よく見てみると、うっすらと球の跡が残っている」

「ああ、ほんとだ」

そういえば幼いころ、庭でときどき兄とキャッチボールをして遊んだ。五歳も年が違うと力や技術に差がありすぎて、兄はいつも何だかつまらなそうだった。

強いボールを受けたときの掌の痛みを思い出しながら、翔二はなおも少しのあいだ、汚れた銀色の円盤を見つめていた。


（円く切り取られた……）

3

705号室の様子は、きのう翔二が訪れたときと変わりがなかった。

占部は散らかったリビングをざっと見渡すと、となりの六畳間を覗き、それからヴェランダを見に出た。その間に翔二は、ソファベッドの横の床に放り出されていた黒い電話機を見つけ、テーブルの上に置き直した。東京の部屋で使っているのと同じような型の、留守番機能付きの電話である。受話器を取ってみると、正常な発信音が聞こえた。回線は生きている。

電話番号簿らしきものはないかと周囲を見まわしたとき、外から「翔二くん」と占部の声がした。

「ちょっとこっちへ」

急いでヴェランダに出る。

「これを」

と云って、占部はフェンスの一部分を指さした。

「何か？」

「ほら、ここんとこ」

茶色に塗られた鉄の手すり。占部が示したその部分は、数センチにわたって細長く塗装が剝がれ、下の鉄が赤黒く露出している。

「これは……」

「何か硬いものでひっかいたか、強く叩いたかしてできた傷みたいに見えないかい。それも比較的、新しい」

「ええ、そう云われれば」

「こんな想像はできないかな」

占部は問題の箇所を凝視《ぎょうし》しながら、

「五日前の夜、この部屋を訪れた犯人は、凶器を——たとえば鉄パイプとかバットとか、その種の鈍器を振りかざして伸一くんに襲いかかった。ヴェランダへ逃げ、フェンスの手前まで追いつめられた伸一くんは、犯人の攻撃を必死になってかわしたが、ついに捕まってしまった。あるいは、攻撃をよけたはずみに誤って転落してしまったのかもしれない。この手すりの傷は、そのとき犯人が振りまわした凶器が当たった跡じゃないか、と」

「…………」

「警察もきっと、初動捜査の段階でこの程度の検討はしたんだろうがね。マンションの住人の証言にも、そのような物音を聞いたっていうのがあったかもしれないな」

占部は憮然《ぶぜん》と両腕を広げた。フェンス越しにちらりと地上を見下ろしてから、室内に戻る。

電話番号簿はそのあとすぐ、積み上げられた雑誌の上に無造作に置いてあるのが見つかった。さっそく三沢千尋の番号を調べる。「きみがかけたほうがいいだろう」と占部に云われ、翔二が受話器を取った。

土曜日の午後二時。在宅の可能性は低いなと思いつつ番号をプッシュしたのだったが、案に相違して、三回めのコールで相手が出た。

「はい。三沢ですけど」

バースデイカードの文字やイラストから漠然と想像していたよりも線の太い、どちらかというと男性的な声だった。翔二は緊張を抑えながら、

「三沢、千尋さんですか」

「ええ。どなた？」

「あのう、ええとですね、僕、津久見翔二といいます。津久見伸一の弟です」

「津久見くんの、弟さん？」

「そうです。とつぜん電話、すみません」

千尋はいまだに事件の発生を知らないようだった。

「実は……」

と、そして翔二は、五日前に兄が死んだ事実を告げた。瞬間の沈黙のあと、小さな短い悲鳴が耳もとではじけた。

「ほんとに？　そんな、急にどうして」

狼狽《ろうばい》する彼女に、翔二は簡潔に事情を説明した。

「ヴェランダから落ちたって――」

彼女は喉を詰まらせながら、

「まさか津久見くん、自殺を？」

「事故だったということになってます。でも、はっきりしたところはよく分からなくて。――三沢さんが兄にくれたバースデイカード、きのう僕が見つけて、読んだんです。それで僕、何だか気になって」

「…………」

「カードに書いてあったこと――『深夜の怪電話』って、いったいどういう電話だったんでしょう。それをお訊きしたくて」

「怪電話？　ああ、あの……」

千尋は気を鎮めるように深い呼吸をした。

「夜中に変な電話がかかってくるって、津久見くんがこぼしてたの。何だか、ずいぶん元気のない声で。ただのイタズラ電話だって云ったんだけど。あたしなんかしょっちゅうよ、って」

「どんな内容の電話だったんでしょうか」

「ええっと……」
二、三秒考えてから、彼女は答えた。
「確かそう、『忘れちゃいないよね』とか、『遊んでくれ』とか」

「遊んでくれ？」

翔二はひくっと眉を

（……ね、遊んでよ）


ひそめ、受話器を握り直した。

「それだけ云って、すぐに切っちゃうんだとか」

「男の声で？　それとも女の？」

「どっちか分からないような声だって」

「その話を聞いたの、いつですか」

「――一週間ほど前だったかな」

「電話がかかってくるようになったのは、いつごろからだったんでしょうか」

「四、五日前からって云ってたかなぁ」

伸一と千尋が最後に電話で話したのは九月の二十八日ごろ、問題の怪電話がかかってくるようになったのは二十三日ごろ、ということか。

「兄はその電話、そんなに気にしていたんですか」

「ええ。――でもあのとき、津久見くん、だいぶ酔ってたみたいだから。何だかうまく呂律もまわっていなかったし。それを考えると、実際のところどこまで怖がっていたのかは……」

「怖がっていた？　そうなんですか」

「何となく、そんな感じが」

「ほかに何か、兄は云ってませんでしたか。何でもいいんです、気になるようなことがあれば……」

「眠れなくてよく睡眠薬を飲むって。あたし、良くないよって云ってたんだけど」

「ほかには？」

千尋は「そうね」と呟いてしばらく口を閉ざしたが、やがてこう云った。

「そういえばあのとき、おじぞうさまがどうしたとかこうしたとか」

「えっ」

どきん、と大きく心臓が（何だろう）鳴った。翔二は胸に手を

（……わらった）

当て、それからその手をびくりと（ああ、これは……）左の首筋に上げた。

「何て云ってたんだったかな。――ああそう。確かこんな……」

ぴたん……と、水の滴る音が耳の奥で響く。

「『おじぞうさま、わらった』って知ってるかって。恐る恐るそんな質問を。何それって訊いたんだけど、知らないならいい、って」

脂汗《あぶらあせ》がじわりと滲む。

翔二はしばし声を失い、千尋が云った言葉（おじぞうさま、わらった）の意味を、

（……遊んでよ）

そしてそれが自分にこんな反応を起こさせることの

（……わらった）

意味を、どうにかして探ろうとした。

「もしもし？」

訝しげな千尋の声。

「もしもし？　翔二さん、だったっけ。どうかしたの」

「いえ。――すみません。何でもないんです」

ゆっくりと首筋を撫でながら、翔二は電話線を隔《へだ》てた相手に向かってかぶりを振った。

「あたしね、実はあしたから、友だちと一緒に香港《ホンコン》へ行く予定になってて。ほんとはすぐお悔やみに行きたいんだけど」

「ああ、いいです。いいんですよ。気にしないでください」

彼女と伸一は特別な関係ではなかったはずだ、という占部の指摘は、どうやら正しいようだ。

「本当に気にしないでください。いただいたバースデイカードは兄さん、きっと喜んでますよ。だから」

「…………」

「じゃあ。どうもすみませんでした。急に、変な用件で」

そうしてこちらから電話を切ったあとも、翔二は受話器を握ったまましばらく、当たり前な思考状態に戻れずにいた。焦点のぼやけた目で宙を見すえ、半開きの唇を凍らせ……。

「どうした、翔二くん」

占部の声が、ひどく遠く聞こえる。それに何と答えたらいいのか、翔二には分からない。

(何なんだろう、これは)

どこかに何か(円く切り取られた……)響き合うものがある。心の底(十五年前の、あの)、記憶の奥深く(サーカスの音楽が、かすかに)——そこに、確かに。不安と(昏く、赤い空)恐怖と(長く伸びた真っ黒な影法師が、五つ)激しい胸騒ぎ(銀色のコインが、一枚)を伴った、これは……?

(遊んでよ、ね)

モザイク処理を施《ほどこ》されたテレビの画面のようだった。しかも、電波が乱れてノイズだらけの。

(……わらった)

(……わらった)

(おじぞうさま、わらった)

ぴたん、とまた水の滴る音が響き、首筋に手を当てる。

「どうしたんだ」と占部に繰り返し訊かれても、翔二はほとんどうわの空で、ただゆるゆると首を振るばかりだった。

# 4

そのあと占部と翔二は、手分けをして部屋を調べた。何か手がかりになるようなノートやメモのたぐいが残っていないか、と考えたのである。

だが、二時間余りかけてあちこちをひっくりかえしてみたものの、結局それらしきものは何も見つからなかった。パソコンのフロッピーディスクの内容も占部がひととおりチェックしていたが、問題のありそうなデータは見当たらなかったという。

マンションを出たのは午後四時半。

二人はとりあえず、占部の家に戻ることにした。

バイクを店の前に駐めると、占部はヘルメットをかぶったまま窓から店内を覗き、

「あれ。珍しく満員だな」

と肩をすくめてみせた。

「うかつに入ると、手伝わされる。店がすくまで俺の部屋にいるか」

「ええ。僕はどうでも」

バイクはそこに置きっぱなしにして、二人は店の横の路地から裏庭にまわった。

「ひどく散らかってるから、心して入るように」

離れのドアを開けながら、占部が云う。その言葉にたがわず、通された部屋の散らかりようは相当に凄《すさ》まじかった。

六畳の和室をふた間、間仕切りを取り払ってぶちぬきで使っているのだが、文字どおり足の踏み場というものがほぼない。大量の本や書類、紙切れなどがところかまわず散乱し、床を埋め尽くしているのだった。

入って左手の窓ぎわには、大きなデスクとパソコンのラックが並んでいた。右手の一角には布団の掛かっていない電気炬燵《ごたつ》があり、この上も本と書類でごったがえしている。奥にはさらにもう一つ部屋があって、半開きになった襖《ふすま》の向こうに二段ベッドらしきものが見えた。が、どうもベッドの機能を果たしているのは上の段だけで、下段は完全に物置と化しているようだ。

「これでもいちおう、俺の仕事場なんだぜ」

がさがさと紙屑を掻き分けて腰を下ろすスペースを作りながら、占部が云った。

「締切《しめきり》が近くてね、てんやわんやの状態なんだ」

「締切？」

「旅行で長いことサボってたもんだから、そのぶん厳しくなっちまってね。普段はもうちょっと片づいてるんだが」

「何の仕事、してるんですか」

「三文小説の翻訳」

占部は澄ました顔で答えた。

「といっても、訳書はまだ二冊しか出してない。どっちもあまり売れなかった」

「へー。翻訳家なんだ、占部さん」

「駆け出しもいいとこだがね。バイトに毛が生えたみたいなもんさ。この辺まで生きてりゃあ、それなりにコネもできるってこと。東京の出版社に何人か大学時代の友だちがいてね、気が向くと仕事をまわしてくれる」

「へえぇ」

「ま、その辺に坐れよ。何か飲むかい。もっとも、こっちにはインスタントコーヒーしかないけど」

「いただきます」

占部が出ていくと、翔二はブルゾンを脱いで炬燵の前に腰を下ろし、興味津々で部屋を見まわした。

壁を埋めたいくつもの書棚。ぎっしりと並んだ本には、洋書もたくさん含まれている。漫画や雑誌の量も半端《はんぱ》ではない。壁面の空いた部分には、いろいろなものが貼ってあった。世界地図に日本地図。バイクの写真。マグリットの複製画。外国のロックバンドの色褪せたポスター。

「レッド・ツェッペリン」

カップをのせたトレイを持って戻ってきた占部に向かって、翔二はポスターに書いてあるバンドの名を読み上げた。

「好きなんですか」

「ああ、あれ？　まあ、昔ちょっとね」

占部は照れ臭そうに笑って、

「知ってるかい」

「名前だけは」

「うーん。世代の差を感じるなあ」

炬燵の上の本を何冊か床に払い落としてトレイを置くと、占部は書棚の端に立てかけてあったセミアコースティックのギターをひょいと取り上げ、デスクの前の回転椅子に腰かけた。じゃらんとコードを鳴らしてチューニングを確かめるとやおら、ミドルテンポのアルペジオを始める。

「あ、それ聴いたことがある」

「『天国への階段』」

「あのバンドの？」

「いかにも。わが青春の名曲なのだよ。ストーンズの『悲しみのアンジー』は知ってる？」

「さあ」

何だか申しわけない気分で首を傾げると、占部は苦笑しながら、

「音楽はあんまり？　クラシックしか聴かないなんて云わないでくれよ」

「みんなが聴いてるようなものなら、多少は」

「どんなの」

「ドリカムとか、岡村孝子《おかむらたかこ》とか」

「――ううむ」

「占部さん、兄弟がいたんですか」

「いや。一人っ子だって云ったろう。弟か妹を作る暇もなく親父が死んじまったからね」

「でも……」

翔二は奥の部屋のほうを見やった。占部は「ん？」とその視線を追い、

「ふん。あのベッドか。なかなか観察眼が鋭いじゃないか」

「どうして二段ベッドが」

「深読みする必要はないよ。見てのとおり」

無造作にギターを置きながら、占部は云った。

「下宿時代に開発した省スペース法さ。片方の段は物置代わりに使う。たまに上下を入れ替えれば、気分転換にもなる」

「なるほど」

コーヒーを啜りながら、翔二はなおも室内の様子に視線を巡らせた。

テレビの上に白木《しらき》の写真立てが置いてある。収められている写真を見て、翔二は尋ねた。

「占部さんですか、あれ」

大きなリュックサックを背負った髭もじゃの男が写っている。縁なしの円い眼鏡はいま占部がかけているのと同じものだが、一見とても同一人物とは思えなかった。背景は、どこか外国の古い寺院のようである。

「初めてネパールへ行ったときの写真」

煙草に火をつけ、占部は答えた。

「このあいだまで旅行に出てたっていうのも、実はネパールなんだ。学生時代から、もう五回めくらいになるかなあ」

「五回も？」

翔二はちょっと目を丸くして、

「そんなにいいところなんですか」

「ああ。というより、何て説明したらいいかな、最初——十年ほど前にあそこへ行って、思ったんだ。俺の故郷みたいだって」

「故郷……」

「俺が生まれたのはこの栗須だけどね、ここに似てるとか、そういう意味じゃない。どう云うんだろうか。街や自然の風景や……それからそこで暮らしている人たちの姿がね、無性に懐かしい感じなんだ。ああ帰ってきたんだなって、初めて訪れた場所なのに、そんなふうに思えて。以来、時間と金を見つけては行くようになった」

占部の言葉は、魔法のように翔二の心を惹きつけた。

「故郷」「懐かしい感じ」「帰ってきた」……そこで語られるイメージのどれもが、きのうから翔二が抱きつづけているある種の喪失感を癒《いや》してくれるものばかりだったから。

「ネパールには、大きく分けると二つの民族がいてね、一つはインド・アーリア系、もう一つはモンゴル・チベット系。このチベット系の人たちの顔が、日本人そっくりなんだ。だから、というのもあるかもしれない」

くわえ煙草で炬燵のそばに移動してきて、占部はコーヒーのカップに手を伸ばす。

「そんなわけだから、行くたびに必ず誰か、知り合いのそっくりさんに出会ったりする。これがまた、たいそう不思議な感じでね」

「そっくりさん、ですか」

「最初に行ったときには、ある村を歩いていて、死んだ祖父《じい》さんにそっくりな人と会った。母方の祖父さんなんだがね、ずっと一緒に住んでて、死んだのは俺が高校生のときだったっけな。その祖父さんに生き写しの老人が、牛を連れて向こうから歩いてくるわけさ。思わず声をかけそうになったくらいだよ、本当に」

「ふうん。今回も、誰か似た人に会いました？」

「中学のときの数学の教師。あまり思い出したくない相手だったが」

「そのうち自分のそっくりさんを見つけたりして」

「ありうるかも」

と、占部は真顔で頷いた。

「しかしね、翔二くん、何だかそういうことがあって俺、気が楽になったんだな」

「というと？」

「ゆうべはきみに対してずいぶん偉そうな話をしたけれど、俺もさ、きみくらいの年のころは、これでかなり悩み多き青年だったわけだよ」

「はあ……」

「『結局は自分のことしか考えてない』って、あれは俺が、昔——二十歳のころだったか、つきあってた女の子に云われたせりふさ。自分のことしか考えていない、大した力もないのにプライドばかり高くて、汚い自己愛で凝り固まっていて……いやでいやで、それこそね、自己嫌悪で吐きそうになった。何とか世のため人のために生きられないかと考えれば、そんなのはひっくりかえせば、いちばん体裁のいい自己愛撫じゃないかって声が聞こえてくる。あれこれと悩んだあげく、誰だってまず自分が可愛い、それはどうしようもないんだ、などと云い聞かせて開き直ってみたりね。そんなときにあそこへ行って——」

占部は写真を見やり、

「何て云うかな、救われた、とでも云っちまうのかなあ。故郷を見つけたみたいな懐かしい気持ちに浸って、祖父さんそっくりの老人を見て、ヒマラヤのどでかい山を目《ま》の当たりにして……」

夢見る少年のように両目を細めながら、占部は斜め上を向いて煙草の煙を吐き出す。翔二はそんな彼の口もとをじっと見つめていた。

「〝俺〟は一人じゃないって、そんなふうに思えたんだ。人間は独りぼっちではないとか、そういう意味じゃなくて。この世界のどこかには〝俺〟と同じ〝存在の形〟を持ったやつが、きっと何人もいるんだろうなって、そんなふうにね。過去にも現在にも、未来にも。俺が俺のために生きるのは、だから、そいつらみんなが生きることとつながっているんだろうな、ってさ。そこから始まって、家族とか国家とかそういった枠を超えて、人間っていうのはどこかでつながっているんだな、とも思ったんだが……ううっ、われながら分かったような分からないような、妙な理屈だなあ」

「悟っちゃった、ってことですか」

「まさか」

占部は大きく肩をすくめた。

「相も変わらず煩悩《ぼんのう》のかたまりだよ、俺は。ただ、ちょっとばかり気の持ちようが変わっただけさ」

きのう雨の中で彼と会ったときに感じた「懐かしさ」が何なのか、翔二はこのときふと理解できたような気がした。

似ているのだ、きっとこの人は。外見とか育った環境とか趣味とか経歴とか、そういったレベルの問題ではなくて、いま彼が云った「存在の形」みたいなものが、僕と似ているのだ。だから……。

「僕も、行ってみたいな」

テレビの上の写真に視線を投げかけながら、翔二はしみじみとそう云った。すると占部は、優しげに微笑んで応えた。

「いつか一緒に行くか？　ただし、ひどい貧乏旅行だぜ」

「行きたい。ぜひ連れてってください」

「よし。約束だ。忘れるなよ」

「楽しみにしてます」

5

そのあとも二人の話ははずみ、けっきょく二時間近くもそこにいたことになる。占

部は腕時計を見て、それから両手で胃のあたりを押さえ、

「腹、減ったな」

と云いだした。

「考えてみりゃあ俺、起きてから何も喰ってない。――きみは？」

「昼は食べてきましたけど」

「おふくろに何か作ってもらうか。店もいいかげんすいてるだろう」

二人は離れを出て、表からまわって〈飛行船〉に入った。客はカウンターに一人いるだけで、赤いエプロン姿の女店主は後片づけの洗いものをしているところだった。

母親に「お疲れさま」と声をかけて、占部は奥のテーブル席に着いた。翔二も同じテーブルの椅子に、向かい合って腰を下ろす。

「何か喰わせてくれる？」

「はいはい、いらっしゃいませ」

水とおしぼりを用意して、母親――占部春海がやってくる。翔二は恐縮して、「すみません」と頭を下げた。

「ちゃんと紹介しようか」

占部が云った。

「彼、津久見翔二くん」

「津久見さん？」

彼女は黒眼がちの目をきょとんと見張って、

「じゃあ……」

「伸一くんの弟さん。未来の博心会病院院長」

と、冗談めかしてそんなふうに云われても、相手が占部だとべつにいやな気もしなかった。

「まあ。それは……」

ぱちぱちと瞬きしながら、春海は翔二の顔を覗き込むようにして見た。

「大変だったでしょ。急に、あんな」

「いえ。ずいぶん占部さんに励ましてもらいましたから」

「コーヒーを二つと、俺、ミックスサンドね。翔二くんは？」

「僕も、同じものを」

カウンターに戻る母親の後ろ姿を見送りながら、占部は煙草をくわえた。甘いにおいとともに立ち昇る紫煙を透《す》かして、そのとき翔二は、奥の壁に一枚のポスターが貼ってあるのを見つけた。

**流星サーカス団、来る！**

「あ……」

思わず声が洩れる。

**世紀の一大エンターテインメント！**

**十五年ぶりの栗須市公演！　……**

翔二の視線に気づいた占部が、後ろを振り返ってポスターを見上げる。翔二は云った。

「サーカス、来てたんですね」

「みたいだね。九月二十日から二十三日、か。俺はもう、日本にいなかったな」

「賑やかだったわよ」

二人の会話を耳にとめて、カウンターの中から春海が云った。

「直毅が出発したすぐあとだったかしらね、ポスターをお店に貼らせてくれって頼まれて。何となくそのままにしてあるんだけど」

「十五年前にも、同じサーカス団が来たんですね。占部さん、憶えてますか」

「ああ、うん」

占部はちらりとまたポスターを見上げ、

「友だちと観にいったよ。高校一年のとき、季節も今ごろだったっけ。——何だかうらぶれた雰囲気の、ちっぽけなサーカスだった。最近はサーカスも、かなり様変わりしてるんじゃないかな。きみも昔、観にいったのかい」

「それが、よく憶えてなくて」

乾いた唾《つば》を呑み込みながら、翔二は壁のポスターを見つめた。

きのう電柱に貼ってあったものよりも、だいぶサイズが大きい。素人臭いレタリングで記された広告の文句は同じだが、その下に描かれたイラストの絵柄が、これはまったく違っていた。五人の子供が手をつないで、

(……五つの黒い影)

赤と青でカラフルに彩られたサーカスのテントを振り仰いでいる。そんな
(……わらった)

絵だった。

(……わらった)

「……わらった」

言葉が、知らないうちに唇を震わせていた。

「うん？」

占部が眉をひそめる。

「何だって」

「おじぞうさま……わらった」

「ああ、それは昼間の？」

三沢千尋との電話のあと、記憶の底で揺れ動くものの正体がいったい何なのか、翔二はけっきょく探り当てることができずにいたのだった。いくら心を集中してみても、モザイクの向こうにある光景のはっきりとした形は見えてこず、だから、どうしたのかという占部の質問に対しても満足に答えが返せなかった。ところが、その一部分が今……。

「何か思い出せそうなのかい」

占部が眼鏡の奥で目を光らせる。翔二はポスターを見上げたまま、

「――五人」

ぽそりとそう答えた。

「え？」

「五人……子供が五人、いたんです。夕方で、空は赤くて……サーカスが来てた。遠くから、その音楽が」

「十五年前の出来事、というわけか」

「おそらく」

「――で？」

「『おじぞうさま、わらった』って、そう云う声が。子供の声が」

「はあん。どうやらそれがポイントのようだね」

占部は煙草のフィルターを嚙み潰した。

「何のことなのか、分からないのかい」

「…………」

「『おじぞうさま』っていえば、この街に地蔵丘っていうところがあるっけな。ここに越してくる前、すぐ近くに住んでたんだが。その場所は何か関係ありそうかな」

「地蔵丘……」

そっと目を閉じ、翔二は何度かその地名を口の中で繰り返す。記憶にある名前、だった。

「上のほうが、今は霊園になってる。きみんちからもわりと近いね。行ったことはない？」

「あるような気も」

「ふん。――ほかに何か、『おじぞうさま』っていう言葉に心当たりは？」

「地蔵……ああ、そういえば昔、兄さんが」

じっとこちらを見つめる占部の視線を受け、翔二は云った。

「ほら、京都に『地蔵盆』っていう催《もよお》しがあるでしょう。八月の下旬ごろかな、町内会で子供を集めて、道に縄を張って車が入れないようにして、そこで福引きや何かをしたり」

「ふんふん。ありゃあどうも、京都のほうだけのローカル行事らしいね」

「ええ。だから、中学で向こうへ行ってそのことを聞いて、珍しいなあと思って。それで、こっちに帰ってきたときに確か、兄さんにそれを話した憶えがあるんです。そしたら――」

翔二は額に掌を当て、そのときの記憶をそろそろと手繰り寄せる。

「そしたら、何だかとてもびっくりしたような顔をして、怖い目で僕を見て、『おまえ、何が云いたいんだ』って怒鳴りつけた」

「ほう」

「僕もびっくりしちゃって。どうしてそんなふうに云われるのか、分からなかったから。だけど、兄さんはすぐに、今度はちょっと怯えたみたいな——例のどこか卑屈な感じの顔になって、『悪い。何でもないんだ』って」

何となくそこで、会話が途切れてしまった。

占部はひっきりなしに煙草を吹かしつづける。翔二はこれ以上、何をどう話したらいいものか分からないまま、やがて運ばれてきたサンドウィッチを頬張った。

十五年前の秋、黄昏の空の下……。

いま一度、壁のポスターに目を上げながら、翔二は懸命に記憶を探る。

五人の子供。——五つの黒い影。昏い夕焼けを背景に、あのとき……。

そうだ。そこには、兄がいた。残り四人のうちの三人は、昨夜レストランで会ったあの三人だったのではないかと思う。一ノ瀬に榎田、そして畑中。

では、もう一人は？

もう一人は誰だったのか。いったい誰だったのだろう。

翔二自身ではない。それは確かだ。

十五年前——翔二がまだ四歳のころ。兄にくっついて外へ遊びにいっても、なかなか仲間には入れてもらえなかった。兄たちが遊んでいる様子を、翔二はたいてい少し離れた場所から見ているだけだったのだ。——だから。

　　　　　　　　　　　（……わらった）

子供たちの声が聞こえる。

右手が、無意識のうちにまた左の首筋を撫でる。

　　　　　　　　（おじぞうさま、わらった）

もう一人は（……遊んでよ）誰だったのか。あのときそこにいた、もう一人の影

（これ、あげるから）は……。

「なにぃ？」

とつぜん占部が掠れた声を上げ、翔二の追憶は途切れた。

「おい、翔二くん。大変だぞ」

翔二は「は？」と首を傾げて占部のほうを見た。彼はすでにサンドウィッチをたいらげ、いつのまに取ってきたのか、きょうの夕刊を膝の上で広げていた。

「この記事を」

と云って、占部は新聞をテーブルに置いた。

「畑中って男、ゆうべ会った中の一人だよな。二十四歳。年齢も合う。畑中志郎、自動車整備会社勤務」

「――ええ」

翔二はさらに首を傾げ、

「あの人が、どうかしたんですか」

「きょう未明――」

占部は新聞を指先ではじいた。

「その畑中志郎が殺されたって書いてある。自宅近くの駐車場で、頭を殴られて」

† † †

昏く赤い、黄昏の空の下。円く切り取られた世界の中で、今――。

彼らはいつものように遊んでいる。

「おじぞうさま、わらった」

大きな声で。歌うように。

子供の一人――太っちょの男の子――が、今回の〝オニ〟だ。空き地の端っこに生えた木のそばにいて、ばらばらに離れて立ったほかの四人を振り返る。

「いいかぁ」

いいぞぉ、と声が返されて、太っちょは木のほうに向き直る。片腕を上げて木の表面に当て、その腕に顔を押しつけ……。

「おじぞうさま――」

もそもそと動きだす、四つの赤い影。

「――わらった」

黄昏の時間《とき》が、止まる。破局の手前の一瞬。

# 第6章　浮上

## 1

「整備工の青年、殺される」というゴチック体の見出しが、まず目に入った。

被害者は畑中志郎、二十四歳。市内の〈K&M自動車整備〉に勤務。住所は栗須市青芽沼町《あおがぬまちょう》——とある。街の西外れ、博心会病院があるのと同じ町名だった。この自宅付近に借りていた月極めの駐車場内で、彼は殺されたのだという。

事件の発見者は同じ駐車場に車を置いていた近所の会社員で、発見時間は今朝の五時半ごろ。釣りへ行くのに車を出しにいったところで死体を見つけたらしい。死体には頭部に数ヵ所、鈍器で殴打されたと思われる傷があり、これが直接の死因と見られる。被害者の所持品に物色の形跡がないことから、警察では怨恨《えんこん》による殺人という線で捜査を始めている……。

翔二が問題の新聞記事を読んでいるあいだに、占部は席を立ち、レジの横に置かれた電話機に向かった。革ジャンのポケットから小さな手帳を取り出し、ページを繰りながら受話器を持ち上げる。

やがてテーブルに戻ってきた占部は、

「連絡つかず、だ」

と云って、空になった煙草の箱を捻り潰した。

「きのう云っただろ。警察に武藤っていう知り合いがいるって。署のほうにもかけてみたんだが、外へ出てるってさ。事件の担当なのかもしれない」

「これ、兄さんの事件と関係があるんでしょうか」

「何とも云えないな」

占部は渋い顔で頬杖をついた。

「とにかくもっと詳しい情報を仕入れたいところだね。夜中になれば武藤とも連絡が取れるだろうけど……さぁて」

手もとの新聞にふたたび目を落としながら、翔二はゆうべ会った彼――畑中志郎の姿を思い出す。

がっしりした肩にパンチパーマ、浅黒い顔に太い眉、吊り上がった細い目、鼻の下の薄い髭。態度や物云いはずいぶんとぞんざいな感じだったが、三人の中ではいちばん落ち着いていて、大人びて見えた。あの男があのあと、何時間もしないうちに死んでしまったなんて……。

思えば、物心ついてからこれまで、翔二は身近な人間の死を一度も経験していなかった。祖父母は皆、翔二が生まれたときにはもう他界していたし、親しい友人はもちろん親戚からも死者が出たことはなかったのだ。それが……。

兄、そしてその友人。——立て続けに起こった二つの死。

地割れのような深い亀裂《きれつ》が、翔二の心中に走る。「死」という言葉が、その真っ暗で寒々としたイメージが、どす黒い霧となって亀裂の底からじわじわと湧き出してくる。

無性に口の中が渇いてきて、翔二はグラスに残っていた水を一気に飲み干した。重い溜息が、知らぬまに何度もこぼれおちる。

占部は翔二の手から新聞を取り上げると、しばらくのあいだ険《けわ》しいまなざしで記事を睨《にら》んでいた。新しく封を切った煙草を二本三本と灰にしてから、「そうだな」と低く呟き、翔二の顔に目を上げる。

「とりあえず今から、薬屋にでも行くか」

「薬屋？」

「一ノ瀬薬局だよ」

「ああ……はい」

「彼に会って、ちょっと探りを入れてみよう」

云うなり、占部は新聞をたたんで椅子から立ち上がった。

2

時刻は午後七時半。すでに太陽は落ち、外はすっかり暗くなっていた。

夜風が少し肌に冷たい。いつのまに出はじめたのか、うっすらと霧が漂っている。通りを往来する車のライトには、黄色いフォグランプがぽつぽつと混じっていた。

「歩いてすぐだから」

と云って占部は、ジャンパーのポケットに両手を突っ込んで足速に歩道を進む。まとわりついてくる霧を振り切るようにして、翔二はあとを追った。

十分も歩いたころだろうか。公園の東側を走る道に折れていくらか南へ行ったところで、目的の店が見えてきた。

白い壁に大きなガラス張りの窓。〈一ノ瀬薬局〉という緑色の電光表示が、徐々に濃くなってきた霧の中、滲むように光っている。

午後十一時まで——という営業時間が、入口のガラスに記されていた。そんなに遅くまで開店している薬局は、この地方都市では珍しかった。

「いらっしゃいませ」

自動ドアに連動して、無表情な女性の声がスピーカーから流れる。店には、白衣を着た初老の男が出ていた。おそらく一ノ瀬の父親なのだろう。見事に禿《は》げ上がった頭に、息子と同じような黒縁の眼鏡をかけている。

「やっ、いらっしゃい」

と、男は気さくな調子で声をかけてきた。どうやら占部とは顔見知りらしい。

「そういえば、このあいだお母さんが、頭痛がひどくてと云っておられましたなあ。その後、お加減はいかがですかな」

「おかげさまで。元気そうですよ」

「いやあ。ああいうお店も、いろいろとストレスがあって大変なんでしょうなあ」

話し好きのオヤジさん、という感じである。ゆうべ会った一ノ瀬の、どことなく陰気で神経質そうな雰囲気とは対照的に見えた。

「息子さんは今、おられますか」

と、占部が云った。

「史雄ですか。ええ。そろそろ店番を交替してくれる時間ですからな。奥におるでしょう」

「ちょっと話をしたいんですが、呼んでいただけませんか」

「史雄に話ですか。そりゃあまた……」

店主は不審げに占部の顔を見直し、それから翔二のほうを一瞥《いちべつ》した。

「あいつが何かやらかしましたかな」

「いえ。べつにそんな大した用事でもないんですが。こっちの彼が」

と、占部は翔二を目で示し、

「翔二くんといって、先日亡くなった津久見伸一くんの弟さんなんですよ。伸一くんと息子さんとは小学校からの友だちだったそうで、だから彼が一度、お兄さんのことについて話を聞きたいと」

「ははあ、そういうわけですか。ちょっと待ってくださいよ」

まもなく出てきた一ノ瀬史雄は、見るからに冴《さ》えない顔色をしていた。

二人の姿を認めるとたん、ぎくりと表情を硬くする。物怖じしたようなかぼそい声で「何か」と云いかけたが、そこで父親のほうを振り返り、

「もういいよ、父さん、休んでくれて」

「おや、そうかい。それじゃ、頼んだよ」

そうして父親が姿を消すのを見送ってから、一ノ瀬はおずおずと二人のほうに向き直った。黒縁の眼鏡をかけなおし、痩せた蒼白い頰を落ち着きなくさすりながら、

「何の用でしょうか」

上目づかいに来客の顔を窺う。

「畑中くんの件はもう知ってるかい」

と、占部が訊いた。

「――ええ、それは」

一ノ瀬は逃げるように視線を横へ向けた。

「刑事が二人、夕方に訪ねてきて……」

「俺たちも実は、その辺の問題でちょっと訊きたいことがあってね。やっぱりほら、気になるもんだからね。――昨夜はあのあと、どのくらいまであのレストランにいたのかな」

占部は相手の目を見すえて尋ねた。口調は柔らかだが、その視線は鋭い。

「三十分ほどしてから、出ました」

一ノ瀬はぼそりと答えた。

「畑中くんも、そのときに？」

「いえ。彼はもう少し早くに、一人で帰っていったんですが」

「ふん。――刑事には、アリバイだとか何だとかを質問されたのかい」

「ひととおりのことは。だけど、僕は何も……」

「どうして畑中くんが殺されたのか。誰に殺されたのか。何か思い当たるふしはないのかい」

「僕は何も」

と繰り返して、一ノ瀬は小さく首を振る。

「よくああやって、三人で会うのかな」

「畑中と会ったのは何年かぶりでした。榎田とも、ゆうべ久しぶりに」

「ふうん。どうしてまた、急に会うことになったわけ？」

占部の問いに、一ノ瀬は頬をさすりつづけていた手をひくっと止めた。

「このあいだ伸一くんが死んだ件と、何か関係があったとか？」

「…………」

「何でもきのうの午後、伸一くんが住んでたマンションの前にいたそうだね。彼の部屋のヴェランダをじっと見上げてたって？」

一ノ瀬は驚いた顔で「そんなことは」と云いかけたが、占部はそれをさえぎって、

「ちょうどそのとき、翔二くんがあそこのヴェランダに出ていて、きみの姿を見たってさ」

「ああ……」

弱々しい吐息とともに肩を落とし、一ノ瀬はまた頰をさすりはじめる。

「たまたまあっちのほうへ行く用があって、通りかかっただけで。ヴェランダを見ていたのは、あそこから津久見が落ちたのかと思って、だから……」

「伸一くんとはよく会ってたのかい」

「――たまに」

「彼が死んだのは、本当に酔って足を滑らせただけなんだと思う？」

一ノ瀬は何とも答えず、力なく顔を伏せる。占部は鼻白んだように肩をすくめると、翔二に向かって「きみからも質問しろ」というふうに目配せした。

翔二は神妙に頷いて一歩、前へ進み出た。

「兄の葬儀に来てくださったそうですね。お忙しいところを、どうも」

「ああ、いやあ」

と応え、一ノ瀬はちらりと目を上げる。翔二は云った。

「僕もいくつか、お訊きしたいことがあるんです。一つは……一ノ瀬さん、『おじぞうさま、わらった』って、知ってますか」

その瞬間、一ノ瀬はひときわ大きなうろたえを見せた。

蒼白い顔がさらに色を失い、薄い唇の端が引きつるように震える。狼狽というよりもむしろ、激しい恐怖に憑《つ》かれたかのような表情だった。

「声が、聞こえるんです」

翔二は詰め寄った。

「おじぞうさま、わらった……そんな子供の声が、聞こえるんです。でもそれが何だったのか、僕にはうまく思い出せないんです。たぶんあれは、今から十五年前のことだと思います。街にサーカスが来ていたとき……夕暮れのころ、場所はどこか広い空き地のようなところで。五人の子供が遊んでいて、そのうちの一人は兄だった。僕はまだ小さくて、一緒に遊んではもらえなくて」

「…………」

「一ノ瀬さん、あなたはあのころ、よく兄と一緒に遊んでいたんですよね。憶えてませんか。いったいあのとき……」

「知らない。何も知らないよ」

一ノ瀬は何度もかぶりを振った。

「十五年前って、そんな昔の話はもう憶えちゃいない」

「本当ですか」

「知らないと云ったら知らないんだ」

「そうですか。――じゃあ、もう一つ」

翔二は続けて訊いた。

「二週間ほど前から、兄の部屋に奇妙な電話がかかってきていたらしいんです。その件については、何か聞いてませんか」

「妙な、電話?」

「夜中にかかってきて、『遊んでよ』とか『忘れちゃいないよね』とか、そんなことを云ってすぐに切ってしまうって」

「――まさか」

一ノ瀬は消え入りそうな声で呟き、怯えきった視線を翔二の鳩尾あたりに彷徨《さまよ》わせた。

「誰が、そんな電話を」

「分かりません。兄はずいぶん気にしていた――怖がってもいたそうなんですけど、一ノ瀬さんは何か……」

「帰ってくれ、もう」

片方のこめかみをひくひくさせ、一ノ瀬はいきなり声を昂《たかぶ》らせた。

「僕は何も知らない。何も憶えていないし、何の関係もない。だから、もう」

「あと一つだけ、質問させてくれないかな」

有無を云わさぬような強い調子で、占部が割って入った。

「五日前の事件のあと、伸一くんの部屋には五十銭硬貨が一枚、落ちていたらしいんだよ。百円玉よりもひとまわりほど大きい、銀色のコインだ。それに何か心当たりはないだろうか」

「五十銭？　そんな……」

一ノ瀬の顔にいちだんと恐怖の色が濃くなる。ぶるぶるとまたかぶりを振ると、彼はさらに声を昂らせて二人に訴えるのだった。

「僕は知らない。本当に何も知らないんだ。さあ、もう帰って。帰ってください」

3

外の霧は先ほどよりも目に見えて濃くなっていた。この街でこんなに霧が出るのは珍しい。少なくとも翔二は、これまで数えるほどしか経験がなかった。

通りの向こうに広がる公園の森の中から次々、新たな霧が製造されて流れ出してくるような気がする。ゆうべ独りベンチに坐っていたあの広場いっぱいに、今は深い沼ができていて……と、そんなでたらめな幻想を抱いてしまうほどに、夜の街を包んだ霧の動きは妖《あや》しく、どこか蠱惑《こわく》的にも感じられた。

「かなり参ってるふうだったね」

歩きながら、占部が云った。

「一ノ瀬の様子だよ。あんなに蒼ざめて、取り乱して。いったいどんな秘密が、彼らにはあるっていうんだろう」

何も知らない、帰れ——と喚き立てた彼の顔に、生前の兄が自分に向けていた怯えたような目が、卑屈な翳りを含んだ微笑が重なる。

一ノ瀬と伸一、二人はきっと、同じ「秘密」を共有する仲間だったのだ。殺された畑中志郎も、おそらくはあの榎田という太った男も。そして——。

彼らのその「秘密」とは、十五年前の秋に自分が見ていたあの黄昏どきの光景の中に隠されているのではないか、と翔二は考える。

(昏く、赤い空の下……)

(五人の子供が、いた)

立ち込める霧をスクリーンに見立てて、翔二は記憶の底に見え隠れするその者たちの形を映し出してみようとする。

(五つの黒い影法師……)

太っちょの影が、見える。円く切り取られた世界の隅で、大きな木のそばに立っている。これは、榎田だろうか。それから——。

痩せっぽちの影が一つ。

頭でっかちの影が一つ。

ひょろりと背の高い影が一つ。

痩せっぽちはたぶん、伸一だと思う。頭でっかちは眼鏡をかけていた。——一ノ瀬だ。背が高いのは、すると畑中か。

三人の影は、木のそばに立った太っちょのほうを向いて、離ればなれに散らばっている。そして、そのさらに後ろに……。

(……もう一人の子供)

ぴたっ

ぴたん……と水の音。首筋に伸びる右手。

(あれは……)

「このぶんだと、榎田を訪ねてみても同じようなものかな。どう思う」

占部の声で、翔二ははっとわれに返った。

「いちおう電話番号だけは控えてあるんだが」

「いつのまに調べたんですか」

「きょう伸一くんの部屋で、さ。あの電話番号簿に書いてあったよ」

「ああ、なるほど」

「かなりの霧だねえ。今夜はもう、ドライヴはよしたほうがいいかな」

二人が〈飛行船〉に戻ったのは、午後八時半を何分かまわったころである。店のドアを開けるなり、占部は「おっ」とびっくりしたような声を洩らして足を止めた。

「やあ、お帰り」

と、張りのある太い声が聞こえてきた。見ると、グレイの背広を着た男が一人、奥のテーブルで片手を挙げている。

「ついさっきいらしたのよ」

と、カウンターの中の春海が云った。

「良かったわ、ちょうど戻ってきて」

「電話をくれたってか」

男が云った。

「そのあとすぐ署に戻ったんだ。きょうはもう終わりだったから、帰りがけに寄ってみたわけだ。そっちの彼が、津久見伸一の弟さんか？　いや、今さっきおふくろさんから聞いたのさ」

「津久見翔二くん」

と、占部が翔二を紹介した。続いてテーブルの男を示して、

「あっちは武藤秀法《ひでのり》。例の刑事クンだよ」

「はじめまして。津久見です」

「やあ、こちらこそ」

武藤は右手の指を伸ばし、こめかみに当てて敬礼のようなポーズを取った。「刑事」という言葉から翔二が漠然と抱いていたイメージとはずいぶん違い、どちらかと

いうと童顔で、気の良さそうな丸い目をしている。体格もさほど厳《いか》つくはない。撫で肩でころころとした、何だか仔熊《こぐま》のような感じだった。

「一ノ瀬薬局へ行ってたんだって？」

占部と翔二が並んでテーブルに着くと、武藤はまばらに不精鬚《ぶしょうひげ》の生えた顎を撫でながら云った。

「あの息子に会ってきたわけか」

「ああ、ちょっとね」

「何か隠してるみたいだったろう。まあ、ありゃあ間違っても人殺しなんてできるタイプじゃないがね。そのうちまた会いにいって、絞り上げてやろうとは思ってるんだが」

一ノ瀬が訪問を受けたと云っていた二人の刑事のうちの一人は、どうやらこの男だったらしい。

「榎田勝巳のところへは行ったのか」

占部が訊くと、武藤は「もちろん」と答え、

「あいつもいやにおどおどしてたな。あれで中学の教師が勤まるのかね」

「あの三人がゆうべ会っていたことは、どうやって知った？」

「莫迦にしてもらっちゃあ困る。そのくらいの捜査能力は、うちの警察にだってあるさ。それより、おまえこそ何でそのことを？」

自分と翔二が昨夜、彼ら三人と出会ったいきさつを、占部は話した。武藤は納得顔で頷き、テーブルのカップに手を伸ばした。ちびりとコーヒーに口をつけてから、丸い目をすがめて友人を見すえ、

「わざわざ署まで電話してきたのは？　畑中志郎の件で何か訊きたいわけか」

「そう」

占部は額に落ちた髪を搔き上げた。

「殺された畑中、一ノ瀬に榎田。彼らはみんな、このあいだ死んだ津久見伸一の友だちだった」

「らしいな」

「偶然にしてはできすぎてる。そう考えるのは当然だろう。今朝の事件、どんな状況だったんだ」

「単純な殺しだよ」

武藤は吐き捨てるように云った。

「鉄パイプか何かの鈍器で、さんざん頭を殴られていた。車から降りて、車体にカバ

ーを掛けおえたところを襲われたらしい。現場から凶器は見つかっていない」

「物盗《ものと》りの形跡はなかったって？」

「ああ。数万の現金とキャッシュカードの入った財布が、ジャンパーのポケットに入ったままだった」

「犯行時刻は？」

「午前三時半から五時ごろまでってとこだ」

「ふん。その時間、あの二人にアリバイはあったのかな」

「微妙なところだね。畑中が先に帰っていって、そのあと二人がレストランを出たのはだいたい三時半ごろ。これは店の従業員の証言とも合う。そのあと一ノ瀬が、車で榎田を家まで送っていった。一ノ瀬が帰宅したのは午前四時過ぎだったそうだ。しかしまあ、俺の見たところじゃあ、あの二人が事件に直接の関係があるとは思えんな」

「怨恨が動機だろうと新聞にあったが、何かそれらしきものは出てきたのか」

「何とも云えんなあ」

武藤は八の字に眉を寄せ、

「畑中という男、最近は真面目に働いていたが、昔はかなりのワルでね」

「というと？」

「高校を中退したあと、暴走族だの何だのとお決まりの悪さをひととおりやってたのさ。警察沙汰《ざた》になったこともある。そのころに買った怨みで襲われたんじゃないかと見て、捜査が進められてはいるんだが」

「その線じゃあ割り切れない点が、何かあると？」

「ああ」と答えると、武藤はテーブルに両肘をついてぐっと身を乗り出し、二人に顔を寄せた。

「例によってこれはマル秘事項だぜ。津久見くんも、むやみに他言《たごん》しないでくれよ」

「あ、はい」

翔二は慌てて頷いた。

「分かってます。誰にも云いませんから」

「心配要《い》らないさ、彼は」

と、占部が云い添える。

「で、それはどんな？」

「実はだな」

心持ち声をひそめ、武藤は云った。

「現場に気になる代物が落ちてたんだ。死体が倒れていた、そのすぐそばに」

「気になる代物？」

占部は眼鏡のブリッジに指を押し当てながら、

「まさか、そりゃあ」

「たぶん、今おまえが想像したとおりだよ」

「コイン、なのか」

「そうさ。津久見伸一の部屋にあったのと同種類のコインが、一枚。発行年は違ったが」


（……あげるから）

翔二は息を呑んだ。びくり、とまた右手が左の首筋を

（これ、あげるから）


撫でる。

「五十銭銀貨、か」

呟いて、占部は眼鏡を外した。テーブルに備え付けの紙ナプキンを一枚、取ってレンズの汚れを拭きながら、

「そのコインに指紋は？」

「検出されたのは畑中の指紋だけだ。ついでに云っとくと、畑中が住んでいたアパー

トの部屋からは、その種の古銭は一枚も見つからなかった」

「やはり二つの事件は関係あり、ってわけか」

「普通に考えれば、そういうことになる。しかし、このあいだの〝事故〟については例の事情があるからな。上の連中は今ごろ、どうしたものかと考えあぐねてるんじゃないかね」

「だろうな」

と相槌を打ってから、占部は隣席の翔二に気づかわしげな目を流す。翔二は憮然と首を振った。その様子を興味深そうに眺めながら武藤は、黄ばんだワイシャツの胸ポケットからプラスティックの禁煙パイプを取り出してくわえた。

「何だ、おまえ。煙草やめるのか」

「今年になって五度めの禁煙だ。最近、ノリヨがうるさくてね」

「はあん。いつからノリちゃん、そんな無粋《ぶすい》なことを云うようになったんだ」

(えっ？)

翔二はびくんと肩を震わせた。自分でも一瞬、それがなぜなのか分からなかった。

(——ノリちゃん？)

い、い、い、い、い、い……

そうか。この名前だ。

「ノリちゃん」というこの名前の響きに、いま心のどこかが反応したのだ。——これは。この名前は……。

「嫌煙運動の旗を振ってる教授の影響らしい。煙草を吸う学生には単位をくれないってさ」

「やれやれ。そんな教授、何か罪状をでっちあげて逮捕しちまえ」

「おいおい、無茶云うなよ」

「あのう、武藤さん」

翔二はそろりと口を挟んだ。

「あの、そのノリちゃんっていうのは……」

「ん？　ああ、俺の妹だよ。法代《のりよ》っていうんだ。それでノリちゃん」

「だいぶ年は離れてるがね。といっても、もう二十一になるのかな」

「妹さんですか」

「学校はどちらへ」

「相里の女子大に通ってる。兄の俺が云うのも何だが、なかなかの美人だよ」

武藤はにたっと唇を曲げ、鼻の下を指でこすった。

「真面目につきあうつもりがあるのなら、紹介してやってもいいぞ。博心会病院の跡取り息子なら、あいつも本望《ほんもう》だろう」

「いえ。べつに僕、そんな」

「冗談冗談」

刑事は愉快そうにからからと笑う。ほかに客のいない店内に響くその声が、翔二にはこのとき、なぜかしら妙に空々しく聞こえた。

4

武藤刑事が帰っていったあと、占部は翔二に「今から地蔵丘へ行ってみようか」と提案し、翔二はそれに賛成した。「おじぞうさま」と「地蔵」、二つの言葉の符合とは別に、自分はむかし兄に手を引かれてその場所へ行ったことがある——と、そんな記憶が浮上してきていたからである。

午後十時前。二人はバイクに乗り、霧が立ち込める夜の街へ出た。

占部の運転はさすがに、これまでになく慎重だった。フォグランプをつけていても、せいぜい五、六メートル先までしか見通しが利《き》かないのだ。のろのろと前を行く車のテールランプが乳白色の帳《とばり》の中から忽然《こつぜん》と現われるたび、ぎくりと身体に力が入る。ヘルメットのシールドは、いつしか細かな水滴で濡れはじめていた。

　バイクは翔二の家がある阿瓦多町を抜け、まもなく緩やかな上り坂に入った。この辺まで来ると霧はいくぶん薄まっていたが、それでも周囲の景色はよく見えない。ときおり道路沿いに建つ民家の明りが目に入るくらいだったから、この道を歩いた憶えがあるのかどうかも判定できなかった。

「もうすぐだよ」

と、占部の声が聞こえた。

「丘とはいっても、大した高さじゃない。子供が走って登れる程度のものだから」

進むにつれて、霧はだんだんと退いていった。やがてそれが完全に消えたころ、バイクはちょっとした広場のような場所に着いた。

まばらな雑木林に取り囲まれた殺風景な広場――いや、空き地と云ったほうがふさわしいだろうか。道に沿ってぽつりぽつり立ち並ぶ外灯の光と、夜空から降る星明りが、仄白《ほのじろ》くその様子を照らし出す。

「とりあえず、ここが地蔵丘なんだが」

云って、占部はエンジンを止めた。ヘッドライトが消え、闇の密度が増す。

「あっちの坂をずっと登っていけば、突き当たりに小さな霊園がある。――このあたりを宅地として開発する計画もあったらしいが、業者の経営事情のせいで頓挫《とんざ》したって聞くな」

「地名の由来は何なんでしょうか。やっぱり、お地蔵さまがあるのかな」

「どこかにあったんだろうね。今はどうだか」

占部は何となく物思わしげに、バイクに跨ったまま腕組みをする。

翔二はタンデムシートから降り、大きく伸びをしながら空を振り仰いだ。天球に、くっきりとオリオン座の形が見える。

「ちょっと歩いてみるか」

「そうですね」

ヘルメットを脱いでシートの上に置き、バイクを離れた。占部が、用意してきた小型の懐中電灯を取り出して足もとを照らす。地面を覆った雑草を踏み分けながら、二人はゆっくりと歩を進めた。

空き地の端に、立ち木のあいだから街を俯瞰《ふかん》できる場所があった。二人はそこに並んで立ち、闇を震わせる秋の虫たちの鳴き声を聞きながら、しばらく黙って夜景を眺めた。

街が、すっぽりと霧に包み込まれている。何やら幻想的な光景だった。美しい星空の下、ぼうっと薄暗い光を発して浮かび上がったその姿は、さながら羽化《うか》を間近に控えた巨大な繭《まゆ》のようにも見える。

「何か思い出せそうかい」

やがて占部が尋ねた。翔二は唇を結んだままゆるりと首を振り、身体の向きを変えた。——と。

「あっ」

空き地の隅に、雑草に埋もれるようにして横たわった黒い影を見つけ、翔二は思わず小さな声を洩らした。

「あれは……」

「うん？」

占部が振り向き、懐中電灯の光を差し向ける。

「——土管、か。宅地計画のなごりかな。見憶えがあるのかい、あれに」

「………」

翔二はふらふらと、その土管のほうへ歩み寄っていった。「おい」と声をかけ、占部が追ってくる。

「足もとに気をつけろよ」

直径にして一メートル余りの太さがある土管だった。相当に古いものらしく、あちこちに罅《ひび》が入っていたり、壊れて孔があいていたりもする。

翔二は身を屈め、そろりとその中を覗き込んだ。

真っ暗な、円い穴。円い……。

（円く切り取られた……）

ふうっ、と一瞬、意識が現実から離れたような気がした。そして次の瞬間、翔二は目に見えぬ何かに操《あやつ》られるようにして、土管の中に身を潜り込ませていたのだ。

冷たく湿っぽい感触。ひんやりと澱んだ空気に、土と草、苔《こけ》のにおい。――手をつくと、ずるりと滑る。ふいの侵入者に驚いて虫たちの逃げる音が、かさこそと響く。

身を縮めて膝を抱え込み、外を見た。

世界はそこで、円く切り取られていた。

（――ここだ）

翔二は膝頭《ひざがしら》に顎をのせた。息をひそめ、目を凝らし、耳を澄ます。

（あのとき、僕は）

（ここで、こうして……）

ふたたび意識が、現実から離れていく。

視界がどろりと歪み、闇色の絵の具に塗り潰され、そうしてそこに、十五年前のあの秋の日の、昏く赤い風景が滲み出した。

『……わらった』

子供の声。

『おじぞうさま、わらった』

五つの黒い影法師。どこか遠く――丘の下からかすかに響いてくる、微妙に音程の狂ったサーカスのジンタ……。

土管の縁で円く切り取られた世界の左端――大きな木のそばに、「太っちょ」が立っている。彼が今、〝オニ〟なのだ。

その右側に、離ればなれに散らばった子供たち。思い思いのポーズで、時間が止まったかのように静止した黒い影が四つ。――痩せっぽち。頭でっかち。のっぽ。それからもう一人、赤い野球帽をかぶり、ちょっとだぶだぶした服を着た彼が、いる。

『いいかぁ』

と、オニが四人を振り返る。いいぞぉ、とそれに答える声。

オニは木のほうに向き直る。片腕を木の表面に当て、顔を腕に押しつけ……。

『おじぞうさま――』

大きな声で。歌うように。

『——わらった』

その間に、四人はもそもそとオニのほうへ向かって移動する。

おじぞうさま、わらった。そう云いおえると同時に、オニは後ろを振り向く。四人はそこでぴたりと動きを止め、そして顔に笑いを作る。

『ノリちゃんが動いた』

と、オニが指さした。いちばん後方——〝世界〟の向かって右端——に立った野球帽の彼は、それでも不自然な形に身体を凍りつかせたままでいる。

『またおまえかよ』

誰かが不満げに云った。

『ほんとにおまえは、いつも鈍いんだから』

『バカぁ』

『のろま』

『やってらんないなあ』

子供たちは寄ってたかって、彼をなじる。

『止まっても、ちゃんと笑わないとダメなんだぞ。ほら、笑ってみなよ』

『笑えよ』

『笑え……』

ぴたっ
ぴたん……と、耳もとで音が響く。

土管の上部から滴り落ちてきた水滴が、左の首筋を冷たく打つ。円く切り取られた世界を見つめたまま、翔二はびくりと右手を上げて（ああ、これが……）濡れた首筋を撫でる。

『最初っからやりなおそうぜ』

『今度はちゃんとやれよ』

『でないともう、遊んでやらないぞ。いいか』

戯《たわむ》れる五つの黒い影。丘のさらに上へと続く急な坂道が、その向こうに見える。坂の途中には、汚れた小型トラックが一台、駐められていて……。

ぴたん、とまた水の音。反射的に首筋を撫でる右手。胸の奥でわらわらと広がってくる不安と恐怖に（……いけない）、翔二は息を詰める。

『おじぞうさま――』

大きな声で。歌うように。

『――わらった』

(いけないよ、兄さん……)

「翔二くん?」

どこかで自分の名を呼ぶ声が聞こえた。サーカスの音楽が消え、黄昏の空は眩《まぶ》しい懐中電灯の光に変わった。

「おい、翔二くん。どうしたんだ」

「――えっ」

「大丈夫か。こんなところで寝るなよ」

「ああ、占部さん」

翔二は強く目をしばたたきながら、深い呼吸を繰り返した。

「僕……」

「びっくりさせるなよ。急に土管の中に潜り込んだかと思ったら、ひと言も口を利かなくなっちまうんだから」

「僕、今……」

「何だ。何か思い出したのかい」

「――ええ、たぶん」

翔二はのろのろと土管の中から這い出ると、〝今〟という現実を確かめるように、ぐっと地面を踏みしめた。

夜風が冷たく頰を撫でる。ズボンの汚れを払いながら、物問いたげにこちらを見つめる占部の顔に目を上げた。

5

「『ノリちゃん』って、そんな名前の男の子が、いたんです」

浮上してきた記憶を慎重に手繰り寄せながら、翔二は語った。

「みんなにいじめられてた。最初は仲間外れにされていたんです。いじめるばっかりで、誰も一緒に遊んであげなかった。でも、その子が珍しいものを持ってきたから、それと引き換えに仲間に入れることになって」

「珍しいもの？」

占部は鋭く眉をひそめた。

「まさか……」

ぞわり、と悪寒《おかん》にも似た震えが翔二の背筋に走った。両腕を交差させて自分の肩を

抱きながら、

「昔のコインだったんです」

と、翔二は云った。

「——五十銭銀貨？」

「おそらく。家にあったのをこっそり持ち出してきてたんだろう、と。その子はそれを一枚ずつ持ってきて、『これをあげるから、遊んでくれ』って」

「ノリちゃん、か」

占部は低く呟いた。懐中電灯を腋に挟み、ポケットから煙草を取り出して火をつける。

「そうか。それでさっき、武藤の妹の名前を聞いて、あんな？」

「——ええ」

「どういう子供だったのかな。苗字とか正確な名前とかは憶えていないのか」

「ただ、ノリちゃん、としか」

翔二はこめかみに親指を押しつけながら、

「どこのどういった子供だったのかは……ああ、分かりません。赤い野球帽をかぶっていた。ひよわな感じで、何となく動きがぎくしゃくしていて」

そこまでしか、どうしても思い浮かばなかった。彼がどんな顔立ちをしていたのか、それもうまく思い出せない。——ただ。

幼い自分がその「ノリちゃん」に対して抱いていたのは、何だか普通とは違う不気味な子供だな、という印象だったような気がする。その一方で、彼がみんなにいじめられるのを見て、可哀想だと感じていたようにも思う。

「それで？」

と、占部が先を促した。翔二はこめかみに親指を押しつけたまま、手繰り寄せた記憶を言葉にしていった。

「『おじぞうさま、わらった』っていう、あれは遊びの名前だったんです。この空き地とか公園とかに集まって、兄さんたちがよくやっていた遊び。僕はまだ小さかったから、いつも見ているだけで。——あのときは僕、ここに積み上げてあった土管の一つに潜り込んで、その中から、五人が遊んでいるのを見ていた。五人っていうのは、兄さんと、あとはあの三人——一ノ瀬さんと榎田さんと畑中さん、それからその、ノリちゃんっていう子」

「どんな遊びなんだい」

「オニが一人いて、木のそばに立って、『おじぞうさま、わらった』と云ってから振り返るんです。その間にほかのみんなはオニに近づいていって、オニが振り返ると止まる。動いているところを見られたらアウトで、オニに捕まってしまって……」

「『だるまさんがころんだ』か」

「ええ、そうですね」

「そんなローカルヴァージョンがあるって話は知らなかったな。俺が子供のころは『だるまさん』でやっていたが」

「おじぞうさま、わらった」――きっとこれは、たとえばこの丘の名称にちなんで、伸一たちの世代のこの街の子供が作った独自の文句なのだろう、と翔二は思う。占部が知らないくらいだ、三沢千尋が何のことだか分からなかったのも無理はない。

「『だるまさんがころんだ』とは違うところが、一つあるんです。オニが振り返ってみんなが動きを止めたとき、笑わなきゃいけないっていうルールで」

「笑う？」

「笑った顔を作って、止まるんです」

「…………」

「ところがその、いじめられっ子のノリちゃんは、何て云うか、要領が悪くて。ぴったり止まれなかったり、止まってもすぐに身体を動かしてしまったり、笑うのを忘れたり。そんなだから、結局またみんなにいじめられて……」

「──で？」

「何か……そう、何か大変なことが起こったような気がするんですけど」

「この空き地で？」

「だと思います。でも……ああ、自信ないです。もしかしたら別の場所だったのかもしれない」

「大変なことっていうのは、どんな？」

「それは……」

翔二は答えに詰まった。大変なこと、恐ろしいこと──という、漠然としたイメージだけしか摑めないのである。

五人が「おじぞうさま、わらった」をして遊んでいた。ノリちゃんがいじめられていた。その先にどんな出来事があったのか。具体的に思い出そうとすればするほど、意思とは裏腹に、記憶のその部分が不透明な殻で閉ざされてしまうのだ。

心が竦《すく》み上がっている。思い出すのを怖がっている。──そういうことなのか。

翔二は土管の端に背を寄せ、深く夜気を吸い込みながら暗い空き地を見渡した。斜め前方に、急な上りの坂道がある。見憶えのある坂だった。──ああ、そうだ。

（……危ない）

あのとき、あの坂道の途中にトラックが一台、駐められていて……。

（危ないぞぉ）

激しい恐怖が胸の奥から

込み上げてきて、そこでぷつんと、まるでレコードの針が飛ぶようにして、心に浮かんだ場面が切り替わってしまう。

……うろたえる子供たち。

先ほどまで残酷な〝いじめっ子〟を演じていた元気はどこにもない。めそめそと泣きだす者もいる。ぽかんと口を開けて棒立ちになっている者もいる。地面にぺたりと坐り込んでしまった者もいる。その中にはしかし、彼――ノリちゃんの姿はなかった。

『誰にも云うなよ』

度を失った兄の声が聞こえる。

『いいか、翔二。絶対に誰にも云うなよ。お母さんにもお父さんにも、云っちゃダメだぞ。これはおれたちの秘密だぞ。いいな。分かったな』

恐怖と不安、困惑。……〝世界〟を覆い尽くした異様な崩壊感。

黄昏の空は加速度をつけて夜へと向かい、彼らはそこで「秘密の誓い」を立てた。きょうの出来事は一生、各々の胸のうちにしまっておこうという約束。そうしてすぐに、彼らはその場から逃げ出してしまったのだった。拭い去りがたい罪悪感に責めさいなまれつつ——。

「占部さん」

翔二は頭を抱え込み、年上の友の名を呼んだ。

「占部さん、僕は、僕たちは……」

「寒くなってきたな」

押し殺したような声でそう云うと、占部は懐中電灯を持ち直した。

「そろそろ動こうか。もうここはいいだろう」

† † †

〝取引〟が成立したあとも、彼と彼らの基本的な関係が変わることはなかった。

彼が持ってくる珍しい硬貨は、彼らをたいそう喜ばせた。だが、そうして五人が一緒に遊ぶようになっても、彼らの彼に対する〝攻撃〟は続いた。

薄っぺらな嘲笑と。

おどけたような悲鳴と。

残酷な罵声と……。


……

……


それでも彼は、相も変わらずぎくしゃくとした、けれどまるで邪気のない笑顔で、それらを受け止めるばかりだったのだ。

きょうもまた、五人は遊んでいる。

「おじぞうさま、わらった」

昏く赤い空の下、響き渡る子供の声。

「おじぞうさま、わらった……」

円く切り取られた世界の中で、子供たちは戯れつづける。迫りくる崩壊のときを予感することもなく。

# 第7章　恐怖

1

何人かの客が続いたあと、ようやく店に誰もいなくなった。

時刻は午後十時過ぎ。閉店まで一時間足らず。親たちはもう風呂を済ませ、茶の間でのんびりとテレビでも観ているはずだ。

一ノ瀬史雄はレジの奥の椅子に腰を下ろすと、白衣のポケットから丁寧に折りたたんだ紙片を取り出した。そっと電話機に手を伸ばし、紙片に書き留めておいた榎田勝巳の電話番号をプッシュする。

「はい。どちらさんですか」

嗄《しわが》れた女の声が応答に出た。榎田の祖母だ。一ノ瀬が名を名乗ると、彼女はすかさ

ず「ああ、はいはい」と応え、

「泰則《やすのり》のお友だちでしたっけねえ」

泰則というのは、榎田の弟の名前だった。

「いえ、違います。勝巳さんをお願いしたいんですけど」

「ああはい。勝巳の学校の生徒さんね」

「いえ、そうじゃなくて……」

ついこのあいだも榎田の家に電話をかけて、ほとんど同じようなやりとりを彼女とした。認知能力がもう相当に怪しいようだ。――会ったことはないその老婆の顔を想像して、一ノ瀬はひどく暗い気分になった。

しばらくして、やっと榎田が電話に出た。

「一ノ瀬だ」

と、声をひそめて云った。榎田のほうも、普段は甲高い声を低く抑えて、

「電話しようかどうしようか、迷ってたんだ。畑中が誰かに殺されたって……」

「知ってるさ。昼のニュースで見て、夕方には刑事が来た」

「うちにも来たよ」

「よけいな話はしなかっただろうな」

「そりゃあ……」

榎田は心もとなげに言葉を濁らせ、

「畑中があのあと殺されただなんて、僕には信じられないよ。こんなことって、いったい……」

「俺たちを疑ってるふうだったか」

「刑事がかい？」

「そうだ」

「さあ。ゆうべあのレストランで会ったときのこと、根掘り葉掘り訊かれたけど、さほど疑ってる感じでもなかったと思う」

「三人で会った理由は、何て答えた？」

「適当に。久しぶりにお茶でも飲もうかって話になって、と。まずかったかな」

「…………」

「それ以外に答えようがなかったから」

「ああ、そうだよな。――ほかに何か」

「べつに。――畑中が殺されたのは、あいつ昔かなりワルをやってたから、その辺の関係じゃないかって云ってた」

「そうか」

夕方にやってきた二人組の刑事の顔を思い出しながら、一ノ瀬は重い溜息をつく。確かに当面、少なくとも自分たちが畑中殺しの犯人だと疑われるようなことはないだろう。しかし……。

「今夜、占部っていうあの男と翔二くんがうちの店に来たんだ。そっちには行かなかったか」

「いや。——何で彼らが」

「二人で嗅ぎまわっているみたいなんだよ。津久見の事件について」

「占部さんと翔二くんが？　じゃあ、翔二くんはあの日のことを……」

「ちゃんと思い出してはいないようだった。ただ、『おじぞうさま、わらった』というのは何なのか、って訊かれて」

あのときあんなふうに取り乱してしまったのはまずかった——と、大いに後悔している。もっと落ち着いて対応するべきだった。あらかじめ彼らがああいう質問をしにくると分かっていれば、もう少しうまく態度を取り繕《つくろ》えたのに。

「それから、知ってたか？　津久見の部屋に、妙な電話がかかってきてたっていう話。『遊んでよ』とか『忘れちゃいないよね』とか」

「何だってぇ？　そんな……誰が」

「分からない」

「…………」

「それと、まだある。コインが……」

「コイン？」

「津久見の部屋にコインが落ちてたらしいんだ。昔の五十銭銀貨が、一枚」

「十五年前の、あのときのコインを、津久見が持っていたと？」

「莫迦な。そんなものをあいつが大事に取っておいたわけがないだろ。とっくに捨てたはずだ」

「それじゃあ……」

一ノ瀬はゆっくりと唾を呑み込み、さらに声をひそめて云った。

「津久見はやっぱり殺されたんだよ、誰かに。コインはきっと、その犯人が置いていったんだ」

「ひっ」と弱々しい悲鳴が聞こえた。

「そんな、そんな……」

榎田は声を震わせて、

「じゃあまさか、畑中も？」

「——かもしれない」

「誰が？　いったい誰が……」

怯え、狼狽しきった榎田の息づかいが耳に伝わってくる。やがて彼は、今にも泣きだしそうな声音で「復讐だ」と云いだした。

「あいつの復讐なんだ、きっと。あいつが怨《うら》みを晴らそうとして」

「待てよ」

と、一ノ瀬は榎田の言葉をさえぎった。

「冷静に考えてみれば、そんなはずはないだろう」

「生きていたのかもしれない。あのとき、あいつがどうなったのか誰も確認しなかった。放ったらかしにして逃げてしまったんだから」

「それは、しかし……」

「いらっしゃいませ」とそのとき、入口のスピーカーから声が流れた。

「あっ、客が来た」

一ノ瀬は椅子から腰を上げた。店に入ってきた客のほうをちらちらと窺いながら、

「電話じゃあ話しにくい。あとで会わないか。誰もいないところで、話を」

「いっそ警察に云ってしまったほうがいいんじゃないだろうか」

「その問題も含めて、相談しよう」

「ああ。だけど、これから会うっていうと、また夜中になるな」

「出にくいのか」

「あまり夜遅くに出歩くのは、ちょっと。ゆうべも母さんに怒られた」

「何歳だ、おまえ。学校の先生やってるんだろ？」

「そんなこと云ったたって」

「とにかく今夜、会おう。店の片づけが終わってから……そうだな、十二時半にしようか。車でおまえんちの近くまで行く。五ツ谷《いつつだに》のバス停の前にしよう。そこで拾ってやるから、こっそり家を抜け出してこい」

「――分かったよ」

「じゃあ、十二時半に」

　電話を切ると、一ノ瀬は客のほうに向き直り、入口の自動装置と似たり寄ったりの無表情な声で「いらっしゃい」と云った。

## 2

地蔵丘をあとにすると、占部と翔二は霧深い街を抜け、昨夜と同じ国道沿いのファミリーレストランに立ち寄った。

バイクの後ろで占部の身体にしがみついているあいだ、翔二の頭は十五年前の出来事の問題でいっぱいだった。だが、ある程度の記憶は浮上してきたものの、いちばん肝心《かんじん》なところが依然として見えない。立ち込めた霧が心の中にまで流れ込んできて目隠しされているような、そんな気分にさえ囚われてしまう。

「おじぞうさま、わらった」が何だったのかは分かった。

五十銭銀貨の持つ意味も分かった。

「ノリちゃん」という呼び名にも間違いはないと思う。

では、あのときあの場で、具体的にどんな出来事があったのか。「絶対に他言するな」と兄が命じた、あれは……。

「何となく話が見えてきたな」

昨夜と違って店はがらがらだった。オーダーを済ませると、占部はこれまでになく厳しい面差しで、噛みしめるような口調で云った。

「『遊んでよ』『忘れちゃいないよね』という謎の電話に、伸一くんは怯えていたっていう。その彼が変死し、現場には古いコインが一枚、落ちていた。十五年前、彼と一緒に遊んでいた仲間たちが久しぶりに集まって、深夜にこのレストランで話をしていた。彼らは何か、他人に知られたくない秘密を共有していたらしい。その直後、今度はその中の一人、畑中が殺され、現場にはやはり古いコインが落ちていた」

事件を整理する占部の言葉に耳を傾けるうち、もやもやと心の視界を覆った霧の向こうに、ぼんやりと大きな影が見えてきた（ああ……これは？）。

「一方で――」

と、占部は続ける。

「むかしノリちゃんという子供がいて、いつも彼ら四人にいじめられていた。そこで何か恐ろしいことが起こったと、そんな記憶がきみにはあるわけだが」

これは……そうか、トラックの影だ。丘の上へ続く坂道の途中に駐まっていた、あの汚れた小型トラックの。

十五年の時間《とき》を超え、またしても胸の奥から込み上げてくる激しい恐怖を抑え込みながら――。

さっきのように〝場面〟が飛んでしまわないよう、翔二は霧に隠されたそれに意識を集中させた。

「――トラック〈が」

譫言《うわごと》のように呟いた。ぐらりと突然、その影が揺れた。と思うまに、ゆっくりとこちらに向かって

（……危ない）

動きはじめる。

「トラックが、ああ、こっちに……」

（危ないぞぉ）

「なに？」

と、占部が眉を吊り上げる。翔二は両手を顔の前に上げ、われ知らず「危ない」と口走って上体をのけぞらせた。膝がテーブルに当たり、水の入ったグラスが派手な音を立てる。

「翔二くん？　おい」

占部が軽くテーブルを叩いて声をかけた。

「しっかりしろ、翔二くん」

「あ、ごめんなさい。僕……」
翔二は額に手を当て、ゆるりと頭を振った。注文のコーヒーを運んできたウェイター
が、胡散臭げにその様子を見下ろしている。
「何かまた、思い出したのか」
出されたコーヒーにちょっと口をつけてから、占部が云った。翔二は「ええ」とか
すかに頷いて、
「たった今」
「話してみろよ」
「トラックが――坂道の途中に駐車してあったトラックが、何かのはずみで急に動き
だしたんです。後ろ向きに、坂を転がり落ちてきて。そのトラックにあの子が――ノ
リちゃんが轢《ひ》かれてしまって」
「トラックに轢かれた……」
「ノリちゃんはきっと、逃げられなかったんです。『おじぞうさま』をやっていて、
オニが振り向いて止まっていたところだった。だから動けなかったんです。動くと、
みんなにまた莫迦にされるから」
翔二は肩を落とし、険しく眉根を寄せる占部の顔から目をそらした。

「そんな事故が、あのときあったように……。兄さんたちはそれが自分たちのせいだと思って、誰にも知らせずに逃げ帰ってしまった。僕はたぶん、その一部始終をこの目で目撃していて……」

以来十五年間、伸一はずっとそのときの忌まわしい記憶を背負って、そのときの罪悪感を引きずって生きてきたわけだ。自分たちの〝罪〟を目撃した翔二の視線に怯えながら。

だから、伸一が翔二に向ける表情には、いつもあんな、卑屈で自嘲的な翳りがあったのか。どうしても拭い去れないその罪悪感ゆえに、だから彼は、人の命を預かる「医者」という職業に就くのを拒んだのかもしれない。自分には医者になるような資格はないと、みずからそんな宣告を下して。

かたや翔二は、四歳のときに目撃したその出来事の意味を正しく把握できないままに、ただ「誰にも云うな」という兄の云いつけに従った。そうして時間が経つうち、翔二の頭の中でそれは、幼いころに見た〝悪夢〟の一つとして整理され、記憶の底に埋もれていくことになったわけである。

だが伸一のほうには、そんな翔二の心中を覗くすべがなかった。あのときの出来事を憶えているのかどうか、成長した弟に問いただすわけにもいかない。だから彼は、常に弟の目を恐れていた。翔二が京都の地蔵盆の話をしたとき、「おまえ、何が云いたいんだ」と怒鳴りつけた、あの反応の意味も理解できる。彼はてっきり、昔の出来事への皮肉がそこに含まれているものと受け取ってしまったのだ。

「そういう事故があったのだとすると――」

ざわめく心を深呼吸で鎮めながら、翔二は過去を離れ、現在の問題に立ち戻った。

「兄さんたちには殺される理由があった、ということになりますね。『遊んでよ』『忘れちゃいないよね』っていう深夜の電話、現場に残されていたコイン……すべて話は合う」

「ノリちゃんの、復讐？」

占部は焦茶色の目をすがめ、くわえていた煙草のフィルターを噛み潰した。

「十五年前のその事故で、その子は死んだのかい？　それとも……」

「――分かりません」

「生きているかもしれない、と？」

「さあ……」

ノリちゃんが生きていて、むかし自分をひどい目に遭わせた子供たちへの復讐をみずからの手で始めたのだろうか。それとも、ノリちゃんはあのときの事故で死んでしまったのか。ならば現在の事件は、事故の顚末《てんまつ》を知る何者かが、死んだノリちゃんに代わって復讐を行なおうとしているのだということになる。

大きく云って可能性はこの二つに分かれるわけだが、どちらが真相なのか、翔二にはまだ判断がつかなかった。

「一ノ瀬と榎田も近い将来、命を狙われるかもしれない、か」

占部は溜息まじりの声で呟き、相変わらず霧の立ち込めた窓の外へ目を向ける。

「しかし、それにしても……」

そこで翔二は、事件の真相に近づく方策を一つ思いついた。「ね、占部さん」と彼の顔を見やり、

「昔の新聞って、図書館に行ったら置いてありますよね」

「ああ、そりゃあ。たぶん、縮刷版が」

「十五年前の新聞を調べてみようと思うんですけど、どうでしょうか」

「——ふん。問題の事故が記事になっているかもしれない、と?」

「そうです」

翔二は強く頷いた。

「その記事が見つかれば、ノリちゃんという子供の本名が分かる。彼が事故で死んだ

のかどうかも、きっと。それを糸口にして……」

「なるほど」

占部は眼鏡を外し、瞼を二本の指で押さえつけながら、

「ちゃんと記事になっているかどうか、だな。ちょっとした事故くらいだと、ほかに大きな事件が重なっていたら報道されなかったかもしれない」

「とにかく調べてみましょうよ」

「そうだな。——じゃあ、あすの午後にでも市立図書館へ行ってみるか」

3

居間にはまだ両親がいるようだった。テレビの音と、くすくす笑う母親の声、それから低いいびきが聞こえてくる。ガラスの入った扉越しに室内を覗いてみると、座椅子の背もたれを倒して眠り込んでいる父の姿が見えた。

榎田勝巳は足音を殺して扉の前を通り過ぎ、廊下を玄関へ向かった。そっと靴を履き、ドアのノブに手を伸ばしたところで、

「出かけるのかい」

と、いきなり声をかけられた。ノブを握ったまま、ぎょっと背後を振り返る。ぴりぴりと首の筋肉が引きつり、少しのあいだうまく呼吸ができない状態になった。

「学校の先生が夜遊びばっかりしてていいのかな」

トイレに行った帰りなのだろう、そこにいたのは弟の泰則だった。榎田とは八つも年が離れていて、今年地元の私立高校に入ったばかり。兄とは対照的に痩せぎすで、兄よりもずっと背が高い。

榎田は「しっ」と指を唇に当てて、

「大事な用があるんだよ」

声をひそめてそう答えた。泰則はにやにやと笑いながら、

「どんな用事なの」

「おまえには関係ない。母さんに云うなよ。ばれたら面倒臭いから」

二十四になろうかという長男のことを、母はいまだに子供扱いしてやめない。一浪して大学に入り、東京で独り暮らしをしていたころは、毎週のように上京してきて、部屋の掃除をしたり洗濯をしてくれたりしていた。卒業して実家に戻り、市内の公立中学に勤めだしてからも、彼女の息子への接し方は（夜更かしは身体に悪いわよ、勝巳ちゃん。好き嫌いをしちゃあだめでしょ、勝巳ちゃん。きょうの帰りは何時ごろ？

遅くなるようなら電話しなさいね、勝巳ちゃん。悪い友だちとつきあっちゃいけませんよ、勝巳ちゃん。……）いっこうに変わらなかった。

そのぶんの情熱を泰則の教育に注げばいいのに、と思うのだが、どうやら彼女にとって「長男」という言葉にはよほど特別な意味があるらしい。

榎田家の長男。——子供のころから耳にタコができるくらい聞かされてきた、過度の愛情と呪縛に満ちた言葉。彼女は榎田家の一人娘で、「家」の名を残すために父を婿《むこ》養子に迎えた。その辺の事情が、やはり関係しているのだろうか。

そんな母親の過保護をこれまで甘んじて受けつづけてきた息子のほうにも、むろん大いに問題はあるだろう。榎田自身、それは重々承知しているのだが……。

どうにか弟を黙らせて、榎田は家から忍び出た。

外はひどい霧だった。上着のポケットに手を突っ込みながら、ぶるりと身を震わせる。昨夜よりもだいぶ寒い。セーターを着込んでくれば良かった、と思う。

時刻は午前零時二十五分。約束の五ツ谷のバス停は、榎田の家から歩いて五、六分のところにある。

昔は一ノ瀬と同じ町内に住んでいたのだが、高校へ上がったばかりのころ、こちらに広い家を建てて移り住んだ。街の南東の外れに当たる山ぎわで、徐々に開発が進んできてはいるものの、まだ宅地よりも田畑のほうが圧倒的に多い地域だった。

県道に出て、バス停へ向かう。

道を走る車の姿はまったくなかった。深い霧を分けて足速に歩くうち、一ノ瀬はちゃんと来られるんだろうな、と心配になってくる。

霧の中にやがて、バス停が見えてきた。歩道の外側に、掘っ建て小屋のような木造の待合スペースが設けられた停留所である。一ノ瀬はまだ来ていないようだった。

榎田は待合スペースに入り、奥の壁に造り付けられたベンチに腰を下ろした。ぎっ、と小屋全体がかすかに軋む。天井に一本だけ取り付けられた蛍光灯は、両端にかなりの幅で黒ずんだ帯ができている。今にも消えてしまいそうな白い光の下、汚れた壁の木目《もくめ》の模様がいつになく不気味に見えた。

腕時計で時刻を確かめる。

約束の時間を二分過ぎていた。一ノ瀬が来られるのかどうか、ますます不安になってきたが、とにかくここで待つしかない。

世界中の音が霧に吸い取られてしまったかのように、あたりは静かだった。車の音はおろか、虫の鳴き声も聞こえない。

そんな妖しい静寂の中で、おもむろに。

『……遊んでよ』

耳の奥に生々しく蘇《よみがえ》ってくる、過去からの声。彼の――ノリちゃんの声。

わざと大きな咳払《せきばら》いをしてそれを打ち消そうとしたが、無駄だった。

『ね、遊んで……』

『これ、あげるから』

死んだ津久見のもとにかかってきていたという、何者かからの電話。そして、部屋に落ちていたという五十銭銀貨。

一ノ瀬からそれを知らされたときに爆発した恐怖（……復讐だ）が、ここに来てふたたび膨れ上がってくる。たるんだ頰の肉を震わせながら榎田は、約束を反故《ほご》にしてもうすぐにでも家へ逃げ帰ってしまいたくなる衝動を（あいつの、復讐なんだ）抑えた。

『おじぞうさま――』

子供の声が聞こえる。これは、そうだ、あのときの自分の声。

『――わらった』

十五年前のあの日。地蔵丘のあの空き地の隅で、木のそばに立ったオニの榎田が後ろを振り返った、あのとき。あの瞬間。

彼はいびつな笑いを満面に作り、止まっていた。右手を低く上げ、左足を踏み出し……斜め前方にバランスを崩しかけた不自然なポーズで。

ところが……。

坂道の途中に駐めてあった汚い小型トラック。それが、よりによってあのとき、おそらくサイドブレーキが緩んでいたのだろう、ゆっくりと動きはじめたのだった。

異変に気づいた榎田が、「危ない」と大声で叫んだ。「危ないぞぉ」と、ほかの誰か(あれは津久見だったか)も叫んだ。「逃げろ」「逃げるんだ」「早くっ」……叫び声が入り乱れ、彼らはその場から逃げ出した。――しかし。

ただ一人、ノリちゃんだけは逃げようとしなかった。不自然なポーズでそこに立ち止まったまま。いびつな笑いを顔に貼り付けたまま。

動いてはいけない、いけない――と、彼は思ったのだ。

オニが振り向いているうちは、何があっても身体を動かしてはいけない。そして笑わなければならない。さんざんみんなからそう命じられ(動いちゃダメだろ)、そんなこともできないのかと責められてきた(ほら、笑えよな)。だから彼は……。

トラックは見る見る加速をつけ、坂道を転がり落ちてきた。

子供たちの悲鳴が轟音《ごうおん》に掻き消された。

紙細工の人形が押し潰されるように呆気なく、彼は車体の下に巻き込まれた。もうもうと舞い上がる土煙の中、トラックは津久見の弟が潜り込んでいた土管にぶつかる寸前で止まった。

その惨事を、榎田は呆然《ぼうぜん》と見ていた。右手を木の表面につき、首を捻って後ろを振り向いた姿勢で……。

(……ああ)

あれ以来十五年間、何百回、何千回となく思い出してきた光景に、榎田は改めて身震いする。

(何で、あんな……)

肩をすぼめて壁に背をもたせかける。いくら繰り返してもきりのない溜息に浸りながら、あと十分待っても一ノ瀬が来なかったら帰ってしまおう、と思った。――そのとき。

ことっ……という音と振動を感じ、榎田は身をこわばらせた。背後の壁を誰かが外から小突いたような物音、だった。

榎田は跳び上がるようにしてベンチから立った。

後ろの板壁には、ちょうど彼の目の高さあたりに、ガラスの入っていない小さな窓が口を開けている。壁に右手をつき、ベンチの縁に膝を当て、恐る恐るその窓から外を覗き見た。だが、何者の姿もない。見えるのは夜の闇と霧だけ。

ほっと息をつくまもなく――。

かつっ、と音が、今度は待合スペースの表のほうで響いた。

榎田は壁に右手をついたままびくっと後ろを振り向き、そこで身を凍らせた。――十五年前のあのときとまるで同じ姿勢。ぴりぴりとまた首の筋肉が引きつる。見えない何かの力で胸が圧迫され、うまく呼吸ができなくなる。

表の歩道に、霧に包まれた人影が見えた。

「――誰？」

榎田はやっとの思いで声を出した。

「誰？　一ノ瀬かい」

霧の中から、人影が歩み出てくる。

一ノ瀬ではなかった。灰色のレインコートを着て、広い鍔の付いた黒い帽子を目深にかぶっている。口もとは白い大きなマスクで覆われている。

「榎田さん？」

と、その人物が云った。掠れ、くぐもった声の色だった。

「榎田勝巳さんだね」

榎田はわずかに顎を引いて頷いた。

不審と恐怖がじわじわと盛り上がってくる。けれども彼は、壁に右手をついて振り向いた恰好で止まったまま、まるで石化《せきか》の呪文をかけられたかのように身動きができなかった。

「これを」

と云って、その人物は待合スペースに入ってきた。左手をコートのポケットから出し、こちらへ差し上げる。

「これを、さあ」

榎田は小刻みに身を震わせるばかりだった。垂れ下がった左手を上げることすら、ままならない。相手は仕方がないとでもいうように、黒い薄手の革手袋を嵌めた手を榎田の鼻先に近づけ、

「これ、あげるから」

云うと同時に拳を開いた。

銀色の光が煌めき、次の瞬間、チャリンと音がしてそれが床に落ちた。足もとに転がった小さな円い物体（五十銭銀貨が一枚……）を認め、榎田は顔全体を歪めて「う

う」と呻いた。

「そんな……」

逃げなければ、と思った。

（……逃げろ）

こいつが、復讐者なのだ。

こいつが津久見と畑中を殺したのだ。

こいつが……。

（逃げるんだ）

しかし、いくら焦ってみても身体が動いてくれない。右手が壁から離れない。捻った首がもとに戻らない。――十五年前のあのとき、トラックが迫ってきても動くことができなかった彼の魂が今、この肉体に乗り移ってしまったかのように。

「遊んでよ」

コートの懐から取り出された凶器が高く振り上げられ、

（……危ない）

額めがけて打ち下ろされる。それでも榎田は、その場に止まったままでいた。恐怖と絶望に大きく見開いた目が、迫りくる凶器の動きをまるで

（危ないぞぉ）

スローモーションの映像のように捉える。

「遊んでおくれ」

凄まじい衝撃、そして激痛。いとも呆気なく深い暗闇の底に落ちていく意識の片隅で——。

（まあ、勝巳ちゃん）

（こんな怪我をして）

（夜遅くに出歩いちゃいけないって云ったでしょ、勝巳ちゃん……）

そんな小言《こごと》を繰り返す母親の声を、榎田は聞いていた。

4

午前零時を何分か過ぎたころ、占部と翔二はレストランを出た。

ヘルメットをかぶってバイクに向かいながら、翔二は何気なくブルゾンのポケットを探り、そこに入っているはずのキーホルダーがないことに気づいた。

慌ててあちこちのポケットに手を突っ込んでみたが、どこにも入っていない。ポーチの中を調べてみても、なかった。——どこかで落としてしまったのか。

東京の部屋の鍵だけではなく、実家の勝手口の合鍵も、せつ子から借りている仲一のマンションの鍵も、そのホルダーに付けてあった。なくしてしまったとなると、これは弱った話だ。当面の問題として、今から家に帰ってもこっそり中へ入れない。

占部に事情を告げると、翔二はすぐレストランに引き返した。店員に云って、さっきまでいたテーブルのまわりを探したが、ホルダーは見つからなかった。

「いつなくしたのか、心当たりはないのかな」

とぼとぼと店から出てきた翔二に、バイクに跨った占部が訊いた。翔二は「さあ」と首を捻る。

おそらくどこかでブルゾンを脱いだとき、こぼれおちてしまったのだろうと思う。どこでだろうか。ブルゾンを脱いだ記憶があるのは、夕方に長時間、占部の部屋で喋っていた、あのときだけだが。

「じゃあ、とりあえず俺の部屋を探してみようか」

と云って、占部はエンジンをかけた。

「すみません」

「いいさ。どうせ阿瓦多町まで送っていく通り道だから」

霧の深さは相変わらずだった。
バイクはのろのろ運転でひとけのない街を抜ける。国道沿いのレストランから御森町の〈飛行船〉まで、きっと普段の倍ほども時間がかかったに違いない。
店の明りはとうに消えていた。脇の路地から裏庭に入る。占部がサイドスタンドを立ててエンジンを切る直前、ヘッドライトに照らされた離れの壁で円い銀色の光が煌めき、

（円く切り取られた……）

翔二の目をくらませた。壁に貼り付けられた例の円盤が、ライトの光を反射したのだ。

（昏く、赤い空の下）

瞬間、何やら得体の知れぬざわめきが心に押し寄せてきた。翔二は思わず強く目を閉じ、

（……黒い影）

ヘルメットの上から額を押さえつけた。ぴたん、と水滴の音が響き（ああ、まただ）、びくりとその手を左の首筋に

（ぎらりと光る、円い……）

移す。

「ちょっと待ってな。見てきてやるから」

と云い置いて、占部が独り離れの中へ駆け込んでいく。

翔二はサイドスタンドに支えられたバイクのタンデムシートに乗ったまま、ざわめきつづける自分の心をそろそろとまさぐった。だが、どうしてもうまく〝形〟を摑み取れない。正体が見えてこない。ただ、どこかしら冷たい、ぞっとするような手触りだけを感じた。

何かまだ、あるのだ。

そう思った。

十五年前のあの日。あの黄昏どきの光景。——そこにまだ、何か思い出すべきことが……。

「あったよ」

占部が戻ってきた。指に掛けたキーホルダーを、ちゃらちゃら音をさせてまわしながら、

「炬燵の横に転がってた」

と報告する。

「──良かった。ごめんなさい、よけいな時間を取らせちゃって」

受け取ったホルダーを、ポケットはやめにして、ポーチの中にしまった。正体不明の冷たいざわめきは、この時点ですでに消え去っていた。

そのあとすぐ、占部は昨夜と同じように翔二を阿瓦多町の家まで送ってくれた。

到着したのが午前一時半ごろ。門の前でバイクを降りると、霧の中からパピーの甘え声が聞こえた。もしかするともう、このバイクのエンジンの音を憶えてしまったのかもしれない。

午後一時に〈飛行船〉で落ち合おうと決めて、翔二は占部と別れた。

5

インパネの時計で時刻を読み取ると、一ノ瀬史雄は少しだけアクセルの踏み込みを深くした。

午前零時四十分。榎田との約束の時間をもう十分も過ぎている。

二年前に免許を取得した一ノ瀬だが、こんなひどい霧の夜に車を運転するのは初めてだった。

とにかく視界が悪い。下手にスピードを出しすぎて事故でも起こしたら、まったく洒落《しゃれ》にならない。余裕をもって家を出たはずだったのだけれど、このぶんだと五ツ谷のバス停まで、まだあと十五分ほどはかかりそうだった。

(忌々《いまいま》しい霧だな、ほんとに)

シートから背を離し、フロントガラスに額をくっつけんばかりにして前方を睨みつける。

不定形の白い壁の向こうに、先行車のテールランプが赤く滲んでいた。その光がふいに強くなるたび、一ノ瀬も慌ててブレーキを踏む。さっきからしばらく、この繰り返しが続いていた。

(ちゃんと待っているかな、あいつ)

榎田のことだ、二、三分も待って相手が来ないとなったら、早々に引き揚げてしまっているかもしれない。もしもそうだったら、外からまた電話をかけるしかないのか。あるいは、このさいだから気を遣う必要はない、家まで行って呼び出してやろうか。

津久見はやはり誰かに殺されたのだ、とさっきの電話で伝えたとき、榎田が発した弱々しい悲鳴を思い出しながら、まったくあいつは臆病者だから——と、自分のことは棚に上げて思う。

　――復讐だ。

　今にも泣きだしそうな声で訴えていた、彼。

　――あいつの復讐なんだ、きっと。

　そんなふうに思考が短絡してしまうのも、ある意味で当然だろう。だが待てよ――と、一ノ瀬は考えるのだった。

　あいつが生きていて、自分たち四人に復讐をしようとしている。本当にそんなことがありうるのだろうか。

　十五年前のあの事故で、トラックに轢かれたあいつ――ノリちゃんがどうなったのか、あのとき自分たちは怖がって確かめようとしなかった。死んでしまった可能性が高いと思うが、ひょっとするとあのあと病院に運ばれて処置を受け、一命だけは取り留めたという可能性もなくはない。しかし、仮にそうだったとしても……。

　ノリちゃん。

　十五年前の秋、自分たちがいじめていた彼の本名を、彼らは誰も知らなかった。ただ「ノリちゃん」としか。それは、初めて彼が彼らの前に現われたとき、みずからをそう呼んだ名だった。

彼をからかったり、いじめたり、持ってくる珍しいコインと引き換えに一緒に遊んでやることにしたり……その辺の事情はもちろん、親たちには内緒にしていた。知られればきっと、咎《とが》められたに違いないから。一ノ瀬だけではなく、津久見も榎田も畑中も皆、そうだっただろう。云ってみればノリちゃんは、彼ら四人が共有する秘密の〝いじめられっ子〟だったのである。

あの忌まわしい事故のあと、幼い津久見の弟を含めた五人は、この出来事を永久の秘密にしようと誓い合った。それまでの自分たちの彼に対する仕打ちに、みんな多かれ少なかれ後ろめたさを感じていたから、その思いがかえって、大人たちに知らせようとか救急車を呼ぼうとかといった常識的な発想を妨《さまた》げた。むしろ逆に、「これがばれたらおれたち、刑務所行きだぞ」と誰かが（あれは畑中だったたか）云った言葉のほうが、当時八歳か九歳だった彼らの心理と行動を強く拘束したのだった。

事故の発生そのものは、当然すぐに明るみに出た。親たちが噂していたのを今でも憶えている。坂道に駐車してあったトラックのサイドブレーキが外れていて、勝手に動きだして……という話だった。

——本当に何が起こるか分からないわねえ。

そんな母親のせりふも憶えている。

——最近、暗くなるまで遊びに出てるけど、あんたも気をつけるのよ。

もしかしたら新聞にも載ったのかもしれないが、一ノ瀬は見ていない。小学校三年生の彼には、新聞記事は漢字が多すぎてうまく読めなかったから。あのときのことはもう金輪際、思い出したくなかった、という理由もある。

いいいいぼくたちは何も知らないいい。そんな事故など現実にはなかったのだ。——懸命になってそう自分に云い聞かせていた。ほかの三人も同様だったようで、誰一人として、あの日の出来事について話をしようとする者はいなかった。

以来、十五年。あれはもう、遠い遠い過去の、とっくに終わった問題だと思っていたのだ。いや、しかし——。

津久見伸一の〝事故死〟を知ったとき、驚くと同時に何かしら不穏な予感めいたものを覚えたのは、心のどこかで「終わっていない」と思いつづけてきた、そのためだろうか。

ゆうべ畑中に指摘されたとおり、津久見に「クスリを流していた」のは一ノ瀬だった。「クスリ」といっても、処方箋《しょほうせん》があれば簡単に手に入る睡眠薬である。ただ、彼に頼まれて、規定よりも多量の薬を一度に渡していたという引け目はあった。

かなり強い薬で、アルコールと一緒に飲むと、人によっては幻覚を見たり、ひどい記憶の脱落が起こったりするともいう。だから、それが原因で起こった〝事故〟だったのかもしれないと思う一方で、どうしても打ち消すことのできない疑惑が、この六日間、時間が経つに従って膨《ふく》らんできていたのだったが……。

津久見はやはり、誰かに殺されたのだ。

もしかすると畑中も、その同じ犯人の手で。

しかしいったい、それは何者なのか。

ノリちゃん本人ではないはずだ——と、一ノ瀬は考える。

おそらく彼のことを大切に思っていた別の何者か。そいつが今になって、十五年前の復讐を……。

午前一時前になってようやく、一ノ瀬の車——父親と共用している中型のワゴン車だ——は五ツ谷のバス停前に到着した。

車内から歩道のほうを見てみたが、そのあたりに立つ人影はなかった。深い霧の中、斜め前方に待合用の建物が見える。あそこで待っているのかもしれない、と思い、少し車を前へ進めた。

薄暗い明りの灯った建物の中に、それらしき影を見つけた。

奥のベンチに坐っている。霧に阻《はば》まれてはっきりとは見えないが、でっぷりとした体格からして、どうやら榎田に間違いなさそうだった。

短くクラクションを鳴らしてみた。が、反応はない。

待ちくたびれて居眠りでもしているのか。いや、いくら何でもこの状況で居眠りなんて……。

もう一度、クラクションを鳴らす。しかしやはり、建物の中の人影には何の反応もなかった。

ひどくいやな感じがした。それを具体的な想像に結びつけるのが怖くて、「まさかな」と、わざと軽い調子で呟く。

いったいどうしてしまったのか、確かめにいくのが恐ろしかった。だが、かといって、このまま知らないふりをして帰ってしまうわけにもいかない。

さんざん迷ったあげく、一ノ瀬はエンジンをかけたままワゴン車から降りた。

「榎田」

歩道の端から呼びかけてみる。

「おい、榎田」

ベンチの影は微動だにしなかった。おどおどと周囲に目を配りながら、一ノ瀬は及び腰で建物に近づいていった。

「俺だ。一ノ瀬だよ。おい、どうした」

榎田はベンチの端っこにいる。壁に背をもたせかけて、ふんぞりかえったような恰好で坐っている。

さらに近寄ってみて、一ノ瀬はぎょっとした。どういうつもりだろうか、子供が幽霊遊びでもするように、脱いだ上着をすっぽりと頭にかぶっているのである。

（まさか……）

「榎田？」

一ノ瀬は恐る恐る、その上着に手を伸ばした。息を止め、それを取り去る。

最悪の事態として予感していたとおりのものが、そこにあった。

惨たらしく額を叩き割られた頭。まるでむかし縁日の夜店《よみせ》で買った林檎《りんご》飴《あめ》のような、毒々しい赤。かぶせてあった上着の内側も、血に染まって真っ赤だった。

短く悲鳴を上げて上着を放り捨て、一ノ瀬は何かを考えるいとまもなくその場から逃げ出した。

膝ががくがくしてうまく走れない。上半身ばかりが泳ぐように先へ行き、身体のバランスが崩れる。それでもどうにか転ばずに車まで辿り着くと、つけっぱなしにしておいたヘッドライトの光を横切って運転席の側へまわりこんだのだが――。

「遊んでおくれ」

いきなり目の前に現われた人影。一ノ瀬が車を降りて榎田の様子を見にいったのと入れ違いに、こっそり車の陰に隠れて待ちかまえていたのだ。

「あっ……あ……」

あまりの驚愕と恐怖に、一ノ瀬は文字どおり腰を抜かし、霧に濡れたアスファルトの上にへたりこんでしまった。灰色のレインコートを着て、鍔の付いた黒い帽子を目深にかぶったその人物は、すかさず懐から凶器をひっぱりだし、そんな一ノ瀬の頭めがけて振り下ろした。

「遊んで……」

掠れ、くぐもった声とともに、立ち込めた霧を裂く鋭い音が聞こえた。一ノ瀬は路上に腰を落としたまま、とっさに身をよじった。

攻撃は頭を外れ、一ノ瀬の右肩に当たった。骨の砕ける鈍い音がし、一瞬遅れて激痛が走った。一ノ瀬は左手で肩を押さえ、両足でばたばたと地を蹴りながらあとじさった。

「……笑え」

口もとを覆った白いマスクを通して、無感動な声が投げつけられる。

「ほら、笑えよ」

ふたたび凶器が振り上げられる。

一ノ瀬は必死になって膝を立て、肩の痛みも忘れてしゃにむに両手を振りまわした。その狂ったような動きに幻惑されてだろうか、二度めの攻撃は一ノ瀬の身体からそれ、硬い金属音を発してアスファルトの路面を打った。

つんのめるように体勢を崩した殺人者の顔面に、振りまわしていた一ノ瀬の手が偶然、当たった。

帽子が吹っ飛び、マスクの紐《ひも》が片方の耳から外れた。そうして露わになった相手の顔を見て――。

「ああ」

一ノ瀬は思わず、あえぐような声を洩らした。

(この顔は……)

知っていい、い、いる顔だ。つい数時間前に、見た顔だ。

これは――この顔は……。

(……あのときの客だ)

あのとき――榎田に電話をかけ、今夜二人で会う算段を立てていたときに入ってきた、あの客（知っている顔だ、これは）。十二時半に五ツ谷のバス停で、と取り交わした約束を、あのときこいつは（知っている顔……）聞いていたのだ。そこで、ひそかにここで待ち伏せをして……。

殺人者はひるむことなく、凶器を構え直した。双眸に暗い狂気の光をたたえ、許しを乞うように跪いた一ノ瀬の姿を冷たく見すえる。

「おまえたちが悪い」

そう云って、三たび凶器を振り上げた。

「おまえたちが悪いんだ」

立ち上がって逃げる余裕もなく、一ノ瀬はでたらめにまた両手を振りまわす。しかし、今度はそれも効果がなかった。

「おまえたちが……」

斜め上方から打ち下ろされた凶器が、一ノ瀬の側頭部に命中した。衝撃で眼鏡がはじきとばされる。一ノ瀬は横ざまに身を崩し、残酷な子供の手によって路面に叩きつけられた蛙《かえる》さながら、びくびくと四肢を痙攣《けいれん》させた。

「おまえたちが……」

抵抗する力を失った一ノ瀬の背中を踏みつけ、殺人者は執拗な攻撃を続ける。頭蓋骨が割れ、血と脳漿《のうしょう》が流れ出し、黒く濡れたアスファルトを昏く赤い色に染めていった。

†

（おまえたちが悪い）

息絶えた四人めの男の身体を冷然と見下ろし、殺人者は狂える心の中で繰り返した。

（おまえたちが悪いんだ）

（おまえたちが、あのとき……）

（……これは復讐だ）

（復讐なのだ）

† † †

赤い道化師《ピエロ》の幻が、ふたたび浮かぶ。

切り立った断崖の縁。横たわる底なしの谷。

谷を背にして、そこが崖の上であることにはまるで気づかないふりをして、道化師は踊っている。必死の笑顔で踊っている……。

あれは、彼だ。

そしてあれは、わたしなのだ。

あれは彼であり、わたしなのだ。

何て滑稽な。

何て愚かな。

何て哀しい。

ああ、何て……。

ぎりぎりに追いつめられている。あんなにも。

黄昏の時間《とき》が、止まる。永遠に届く一瞬の中で、一瞬の幻が消える。そして……。

# 第8章　探索

## 1

十月六日、日曜日。

翔二が起床したのは前日と同じような時間――午前十時半ごろ――だったが、二階から降りてきてみるとリビングのソファには父・政信がいて、母と何やら話し込んでいた。

「おはよう、翔二」

息子の姿に気づくと、彼はいつもと同じ〝穏やかな威厳〟に満ちた声を投げかけてきた。

「ゆうべは遅かったようだな。夕食は一緒に、と思っていたんだが」

「昔の友だちと会ってたんだ」

翔二は臆することなく「嘘」を答えた。ここで本当のことを云ったりすると、またどんな「傲慢な」せりふを聞かされるか分からないと思ったから。

「久しぶりだから話がはずんじゃって。きょうも会うんだけどね、夕飯は外で済ませてくるから」

父はわずかに眉をひそめ、「うむ」と頷いた。斜め向かいに坐った母が何か云いたげにするのを目で制し、

「きょうはちょっと、お母さんと二人で相里まで行かねばならない用がある。向こうに一泊してくる予定だから、そうだな、あすの夜はどこかで一緒に食事でもしよう。どうかな」

「――分かった」

相里へ泊まりがけで行く用事とは、いったい何なのだろうか。母方の親族会議？　あるいは、もしかすると例の「宗像家」関係の会合か何かがあるのかも……と、ついつい想像を逞《たくま》しくしてしまう。

そのあと翔二はダイニングで、せつ子が淹れてくれたコーヒーを飲んだ。昨夜の妖しい濃霧から一転、庭に面した窓からは気持ちの良い陽光が射し込んでいた。

ぼんやりと窓の外を眺めながら、一昨日この街に帰ってきてからの出来事を追想する。

兄の死。占部直毅との出会い。三沢千尋との電話。殺された畑中志郎。一ノ瀬史雄を訪ねたこと。武藤秀法という名の童顔の刑事。地蔵丘の土管の中で、浮上してきた十五年前の記憶。——まだ完全に眠気が覚めきっていないせいだろうか、心に浮かぶそれらすべての場面が、何かしら妙に色の薄い、現実味を欠いたものに思えた。それこそ、ずっとむかし見た夢の中の体験ででもあるかのような。

「ほう?」

リビングのほうから、父の驚いたような声が聞こえてきた。見ると、彼はテーブルの上で開いていた今朝の新聞から目を上げ、母に向かって云った。

「流星サーカス団が解散だそうだよ」

「まあ」という声が、母と、こちらのテーブルのそばにいたせつ子の口から同時に洩れた。

「経営不振で、と書いてあるが。このあいだの栗須市公演が結局、最後の興行になったらしい。——せつ子さんは知っていたかね」

「いえ、全然」

家政婦は戸惑い顔で首を振った。

「寂しい話だな」

呟いて、父は憮然と腕組みをした。ソファにもたれこんで新聞を見すえながら、

「私が子供のころからあったサーカスだったのに」

「そうなの、父さん」

思わず翔二が聞き直すと、父は眉を上げ、引きしめていた唇を緩めた。

「お祖母《ばあ》さんにせがんで連れていってもらったものだよ。昔は、二年に一度くらいの頻度で来ていたんじゃなかったかな。公園の広場に大きなテントが建って、まわりにはお祭りのときみたいにたくさん露店が並んで……」

懐かしそうに目を細めながら、父はふっと、少年のような無邪気な笑みを頬に浮かべる。ああ、この人にもこんな顔があるんだな——と、翔二は何だかとても意外な気がした。

「サーカスがなくなっちゃったら、例のピエロさんはどうするのかしらね。まだ入院してらっしゃるんでしょう」

と、母が云った。

「ピエロさんって」

思わずまた、翔二は聞き直した。

「流星サーカスのピエロが、病院にいるの？」

「事故があったらしくてね」

腕組みを解いて、父が答えた。

「玉乗りをしていて、下手なひっくりかえり方をしてしまったんだそうだ。最終日の公演の最中だったんだが、頭を強く打って、意識不明に」

「それで父さんの病院に？　そんなにひどい怪我だったの」

「脳の内出血が分かって、緊急の手術になった。命は助かったが、かなり後遺症が残るだろうという担当医の話だな」

「あの方も、もうご高齢ですから」

ぽそりとそう云い落としたのは、せつ子だった。大きな溜息をあいだに挟んで、

「ずいぶん無理をして、現役でやっておられたのでしょう」

と独り言のように呟く。翔二は「えっ」と彼女のほうを振り向き、訊いた。

「せつ子さん、その人と知り合いなの？」

「ええ。昔ちょっと……」

言葉を濁らせ、初老の家政婦は小皺だらけの顔で微笑む。どこか暗い翳りを感じさ

せる微笑だった。

サーカスの老ピエロと「昔ちょっと」どういう知り合いだったのだろう。翔二は不思議に思ったが、そこで父が「せつ子さん、私にもコーヒーをくれないかな」と云いだしたため、彼女の口からそれ以上の話は聞けなかった。

## 2

待ち合わせの〈飛行船〉へ、きょうは自転車で行くことにした。毎回バイクで家まで送ってもらうのも悪いな、と思ったからである。

おとといの転倒でハンドルが曲がってしまった自転車のほかに、ガレージにはもう一台、古いミニサイクルが置いてあった。せつ子がときどき買い物に使っているミニバイク——もともとはむかし兄が乗っていたものだ——もあったが、残念ながら翔二は運転免許を持っていない。

ひっぱりだしたミニサイクルはおとといの自転車以上に油が切れていて、やたらとペダルが重かった。タイヤの空気もだいぶ減っている。家を出てしばらく行ったところで、これなら自分の足で走ったほうが楽だったと後悔しはじめたが、今さらそこで引き返す気にもなれなかった。

約束の午後一時には少し遅れて、〈飛行船〉に到着した。

きのうと違って占部はすでに起きており、奥のテーブル席で独り煙草を吹かしていた。翔二が入っていくと「やあ」と手を挙げて迎えたが、その声にはどうも元気がない。表情も冴えない。まるで疲れ果てた受験生のような顔をしている。

何かあったんだろうか、と思いつつ向かいの席に坐ると、占部はその心中を察したかのように、

「あまり寝てなくてね」

と云った。

「締切を勘違いしていた」

「はあ？」

「きのう云ってた原稿の締切日だよ。思い込んでいたよりもずっと早くてさ。ゆうべあれからそれに気づいて、慌てて徹夜で仕事をしてたんだが。まったくもう……」

「締切」と云われても、それがどれほど深刻な意味を持つものなのか、翔二にはいまーつぴんとこない。一週間後からだと思っていた定期試験が、実はあしたからだと分かった――そんな感じだろうか。

「いいんですか、きょう」

翔二が訊くと、占部は眼鏡の下に指を差し込んで充血した目をこすりながら、

「約束だからね。ま、何とかなるだろう」

「でも」

「きみは気にしなくていいさ。――それより、そっちこそ大丈夫なのかい。毎日遅くまで出歩いてて、おふくろさんたちに文句を云われてるんじゃないのか」

「ああ、いえ、大丈夫です。べつに何て云われてもかまわないし。それに今夜は、父も母も出かけて帰ってこないみたいで。相里のほうで何か用事があるんだとか」

「相里で？　――ふうん」

「あのね、占部さん、実は……」

口調を改めて翔二が切り出そうとしたところで、「あら、いらっしゃい」という春海の声が聞こえた。奥のドアから出てきて、赤いエプロンを着け直しながらぱたぱたとカウンターに向かう。トイレにでも行っていたらしい。

「翔二さん、コーヒーでいいのかしら」

「あっ、はい」

「直毅は何か食べないの」

「いや、要らないよ。コーヒーだけもう一杯、淹れてくれるかい」

「そう？　だめよ、あんまり不摂生ばかりしてちゃあ」

「――うん」

占部は浮かない顔で、新しい煙草をくわえる。何となく申しわけない気分になりながらも、翔二は「実は」とさっき云いかけた言葉を続けた。

「何かな」

「実はこれ、きのうの帰りがけから感じてることなんですけど」

翔二はこめかみに親指を押しつけ、

（……円い光）

「まだ何か、あるような気がして」

「何かある？」

占部は訝しげに眉根を寄せた。

「どういう意味だい」

「十五年前の、例の記憶です。あのとき、あの土管の中で僕……何か円い……あれは……」

冷たく不穏なざわめきがさわさわと押し寄せ、

すぐに退いていく。そのときかすかに見えかけた〝形〟は、するりと手をすりぬけるようにして

（ぎらりと銀色に……）

（……黒い影）


消えてしまった。

「……ああ、分からない」

翔二は溜息をつきながら、のろりと頭を振る。

「まだ何か、思い出さなきゃならないことがあるような気がして、仕方ないんです。なのに……」

何かとても、恐ろしいこと。思い出さねばならない、けれども思い出したくないようなこと。表に引きずり出して、今の意識によってそれを解釈するのが怖い。そう感じてしまうような……。

「どうやらその様子だと、昼のニュースは見ていないようだね」

と、占部が声を低くして云った。ゆっくりと円を描くようにして煙草を揉み消しながら、翔二を見すえる。

「ニュース？」

何の話か分からず、翔二は首を傾げた。

「俺は今朝、武藤から電話があって知ったんだが」

占部はさらに声を低くして、それを告げた。

「昨夜——いや、きょう未明と云うべきか、一ノ瀬史雄と榎田勝巳が殺されたらしい。畑中のときと同じようなやり口で、現場にはまた、例のコインが落ちていたそうだ」

3

市立図書館は市民公園の南側に、公園の敷地に喰い込むような形で建っている。広い通りを挟んだ斜め向かいには美術館があり、その裏手には郷土資料館と博物館が並んでいるという、云ってみればこの小都市の文化的な中心部を成す区域だった。

そろそろ建て替えたほうが良いのではないかと思わせるような、古い煉瓦造りの建物だった。翔二はこれまで一度も入ったことがなかったのだが、外観から想像されるとおり、昼間なのに建物の中は薄暗く、閲覧室に足を踏み入れたとたん、古い本の独特のにおいが鼻を衝いた。

過去の新聞は、全国紙と地方紙それぞれ一紙ずつを縮刷版で保存してあるという。何年か以上前のものについては閉架《へいか》になっているので、司書に頼んで出してきてもらわねばならない。「十五年前の秋」「街にサーカスが来ていた時期」という翔二の記憶に従って、一九七六年の九月と十月のぶんを閲覧させてくれるよう申し込んだ。

「手分けして調べよう」

一ヵ月ぶんずつ製本された、全部で四冊の縮刷版を閲覧室の机に運ぶと、占部はそう云って中の一冊を手に取った。Ａ４判、厚さ五センチほどの、電話帳のような冊子である。

翔二は頷いて、地方紙のほうの九月ぶんを手もとに引き寄せて開いた。中身の活字も当然ながら、電話帳並みの細かさだった。「事故」「子供」「トラック」「地蔵丘」といった言葉を念頭に置きつつ、九月一日から順に社会面の記事を調べていく。

閲覧室には、翔二たち以外に数人の利用者がいるだけだった。

軽く咳払いをするのもためらわれるような静寂。本のページをめくるかすかな音の重なり合い……。

愛想のない文体で記述された遠い過去の出来事の群れと向かい合う一方で、翔二の心は、先ほど知らされた新たな事件の衝撃に（あの二人が、殺されたなんて……）激しく揺れつづけていた。

（あの二人が……）

一ノ瀬史雄と榎田勝巳。

一連の事件が十五年前の〝復讐〟なのだとすると、あの二人もまた命を狙われる危険がある。占部と自分がそんな話をしていた、その同じ夜に、まさか彼らの両方ともが殺されてしまうとは。

占部が武藤から得た情報によると、二人の死体は街外れの「五ツ谷」というバス停付近で発見されたのだという。ここは榎田の家から歩いて五分ほどの場所で、停留所の前には一ノ瀬が乗ってきたワゴン車がエンジンをかけたまま放置されていた。状況からして二人は、深夜にそこで落ち合う約束をしていたらしい。現場近辺には民家が少なく、しかも昨夜から今朝にかけてはあの深い霧で、車の通行もほとんどなかった。このため事件の目撃者はおらず、明け方に新聞配達人が通りかかってようやく発見・通報の運びになったという。

「――ないな」

呟いて、となりで占部が冊子を閉じた。地方紙の十月ぶんである。

「そっちはどうだい」

翔二のほうも、ちょうど九月三十日の社会面に目を通しおえたところだった。それらしき事故の記事はしかし、一つも見つからなかった。

「ありませんね」

続いて二人は、残り二冊の縮刷版を手分けして調べた。だが、結果はやはり該当記事なし——。

「いちおう、十一月のぶんも調べてみるか」

占部の提案に、翔二は「そうですね」と小さく頷いた。十一月ということはまずなかったはずだ、と思うのだが……。

調べおえた四冊を返しにいくと、受付のカウンターには先刻とは別の司書がいた。二十代後半の若い女性で、占部と同じような円い眼鏡をかけている。この図書館の薄暗い雰囲気に合わせたかのような地味な服装をしているけれども、つんと尖った小ぶりな鼻の形が印象的な、なかなかの美人だった。

占部の顔を見ると、彼女は親しげな笑みを浮かべて「こんにちは」と会釈《えしゃく》した。

「また調べものですか、占部さん」

「ああ、うん」

二人は顔見知りらしい。きっと、翻訳の仕事の関係で占部がよくここを利用するからだろう。

抱えてきた冊子をカウンターに置くと、占部は同じ年の十一月ぶんの縮刷版を出してくれるよう頼んだ。すると彼女は、少々びっくりしたような声で、

「いったい何を調べてるんですか」

「まあ、ちょっとね」

あまりにその云い方がそっけないので、横にいた翔二はやきもきして、思わず占部の代わりに「昔の事故の記事を」と答えてしまった。

「事故？」

「子供がトラックに轢かれた事故なんですけど」

何となく勢いがついて、翔二は彼女にそれを尋ねてみた。

「十五年前の秋だと思うんです。そんな事故があったの、知りませんか。サーカスがこの街に来ていた時期で……」

「サーカスが？」

「ええ。流星サーカス団。先月、十五年ぶりに来てたっていう」

「サーカス……ちょっと待って」

と云って、彼女はカウンターに置かれた縮刷版の表紙に視線を落とした。

「――わたし、知ってる」

「えっ」

「ぼんやりとだけど、憶えてます。わたしが中学生のときで……」

思わぬ反応に翔二は驚いて、となりに立つ占部の顔を見やった。彼もかなり意表を衝かれた様子だった。記憶の中から言葉を一つ一つ、ゆっくりと拾い上げるようにして話す彼女の口もとを、鋭いまなざしで見つめている。

「学校で、誰かから事故のことを聞いて、可哀想だなあって。トラックかどうかは知らないけど、子供が車に轢かれて亡くなったっていう」

「サーカスが来ていたときですか」

「来ていたも何も」

彼女は静かに一度、瞬きをして、

「死んだのはね、そのサーカスにいた子供だったの。わたしも観にいったことがあるから、憶えてるんです。手品のショウがあって、それで助手をしていたちっちゃな男の子。その子が……」

「本当に？」

と云ってから、占部ははっと額に手を当てて、

「いや……ああ、確かにそんな騒ぎがあったような気もするな」

「サーカスの子供、か」

巨大なオレンジ色のテント。賑やかなジンタの演奏。呼び込みをするピエロ。……かすかに残っている断片的な記憶を手探りしながら、翔二は何とも云えぬ気分で同じ言葉を繰り返した。

「サーカスの子供……」

ノリちゃんはサーカスの団員の子供だった。そういうことなのか。

「サーカスの子供＝《イコール》いじめられっ子」――そんな図式が、相応の強い説得力をもって心の中央に浮かび上がってくる。

兄たち四人が、初めから彼を仲間外れにしようとした理由についても、それで納得のいく説明がつくように思う。

彼は〝よそ者〟だったから。見知らぬ〝異人〟だったから。小さなサーカス団で生まれ、旅暮らしを続けるその狭い社会の中で育ってきた、兄たちとはまるで〝種族〟の違う子供だったから。

しかしながら彼のほうは切実に、一緒に遊んでくれる同年代の友だちが欲しかったのだ。だから、あんなにまでして……。

「その子が何ていう名前だったのか、憶えていませんか」

翔二の問いに、彼女は「さあ、そこまでは」とかぶりを振った。

「占部さん」

憮然と唇を結んでその場に佇んだ占部の顔を見上げ、翔二は云った。

「このあと、博心会病院までつきあってもらえませんか」

「病院へ？」

占部はますます憮然とした表情で、

「何でまた」

「流星サーカスのピエロが入院しているんですよ。先月の公演中に事故があって、大怪我をしたらしくて」

「ピエロが入院？」

「だいぶお年寄りだって話だから、きっと昔からあのサーカスにいた人だと思うんです。だから、その人に訊けば」

「死んだ子供の名前を教えてくれるってか」

「そうです」

占部は「ううん」と低く唸ってしばらく考え込んだが、やがて足もとに置いていた

バイク用のツーリングバッグを肩に掛けながら、

「このさいだ、当たってみるか」

と応じた。司書の女性に「ありがとう」と声をかけてから、さっさと出口へ向かう。

4

二人が図書館から出た午後四時半の時点で、外は館内とさして変わらない薄暗さになっていた。夕刻が近づいたからというよりもむしろ、それは雲のせいだった。やってきたときにはあんなに晴れ渡っていた空が、いつのまにか分厚い雲に覆い尽くされてしまっている。

「そういえば天気予報で、今夜はまた天気が崩れるって云ってたな」

暗い空を振り仰ぎながら、占部が呟く。まるでそのせりふを待っていたように、ぷつぷつと細かな雨滴が落ちてきはじめた。

「やれやれ」

占部はしかめっ面で肩をすくめ、バイクのホルダーから外したヘルメットを翔二に手渡した。

「強くなってくるかもしれないが、どうする？　翔二くん。おとといみたいにびしょ濡れになってもいいんなら、バイクで行っちまうけど」

「僕は平気です」

「よし、じゃあ――」

タンクの上にツーリングバッグを取り付け、占部はシートに跨った。ぱらつく小雨を振り払うように、勢いよくエンジンを吹かす。

午後五時前には、二人が乗ったバイクは街の西外れにある博心会病院の前に到着した。幸いその間に雨脚が強まりはしなかったが、空はいよいよ暗くなってきている。一昨日この街に帰ってきて、病人さながらの足取りで駅舎から出たときに見上げた、あの暗鬱な空の色を思い出しながら、翔二はみずからちょっとした感慨を覚えてしまうのだった。

あれからまだたった二日しか経っていない。だけど今、僕は確実にあのときの僕とは違う。明るい気分などでは決して
ないけれど、何と云えばいいのだろう……そう、少なくとも自分の意志で前へ進んでいるんだという、そんな実感がある。

だが、しかし――。

こうして進んでいった先には、いったい何があるのだろうか。

どんな現実が（未来が、そして過去が）待ちかまえているのか。

記憶の底にいまだ残っている何かの、例の冷たいざわめきが無性に気にかかっているせいもあって、翔二はいや増す胸中の不安を抑えられなかった。

総合受付で問い合わせてみて、問題の老ピエロは大柴修吉《おおしばしゅうきち》という名で、脳神経科病棟の一室にいると分かった。さっそくそちらへ向かい、病棟の受付で面会を申し込もうとしたところで、

「津久見翔二さん？」

と、背後から声をかけられた。

振り向くと、年配の小柄な看護婦が立っている。顔を見てもすぐには分からなかったのだけれど、「米沢《よねざわ》」という胸のネームプレートを認めて、翔二は彼女のことを思い出した。

あれは中学二年の夏休みだっただろうか。急性虫垂炎《ちゅうすいえん》の手術のため、翔二は一度この病院に入院した経験があった（「津久見先生の息子さん」ということで、それなりの特別待遇を受けた記憶がある）。あのとき外科病棟の婦長を務めていたのが、確か彼女だった。その後、こちらの病棟へ異動になったというわけか。

「お久しぶりです。津久見です」

翔二は云った。

「盲腸のときはお世話になりました」

「ああ、やっぱり」

米沢婦長は嬉しそうな笑みを満面に浮かべて、

「すっかりご立派になられましたねえ。この春、大学に進まれたとか」

「ええ。おかげさまで」

「きょうはどなたかのお見舞いに？　それとも……」

「いいえ、そうなんです。大柴修吉さんっていう患者さんにお会いしたくて」

「大柴さん……ああ、はい。あのサーカスのおじいさん」

「そう。その人です」

「でも、どうしてまた？」

何と云ったものか少し迷いつつ、翔二は「兄の件で」と答えた。

「先日の兄の事件に関連して、どうしてもその人にお訊きしたい話があって」

婦長は「まあ」と口もとを押さえた。翔二の言葉をどのような意味に受け取ったのかは分からないが、それまでのにこやかな笑顔を神妙な面差しに変えて、

「けれど、あの患者さんは……」

「面会できないような容態なんですか」

「いえ。そんなことはないんですけど、ただあの患者さん、怪我の後遺症で口が利けなくなっているんです。記憶とか思考も少々おぼつかないところがあって」

「そうなんですか」

「目や耳のほうは大丈夫ですから、簡単な質問なら筆談で答えてくれると思います。それでもよろしいのなら」

かたわらで、黙って二人のやりとりを聞いている占部のほうをちらりと見て、

「病室がどこか教えてもらえますか」

と、翔二は云った。

5

二人部屋の奥のベッドに、大柴修吉はいた。

翔二たちが入ってきても、それが自分の面会客だとは思ってもみなかったようで、ぼんやりと天井に目を向けたまま何の反応も示さなかった。

「大柴さん」

案内してくれた米沢婦長が、ベッドのそばに寄って声をかけた。

「お客さんですよ。この方たちが何か、お話を聞きたいんだそうです。よろしいですか」

患者は面喰らったように、ぎょろりとした目をしばたたいた。確かにもうかなりの年配らしかった。現在の境遇や健康状態といった条件を考慮に入れたとしても、還暦はとうに過ぎているものと思える。

この老人がつい二週間ほど前まで、サーカスの舞台でピエロを演じていたのか。すごいなあと感心する一方で、哀しいようなせつないような、何とも複雑な気分になってしまう。頭に包帯を巻いた、皺だらけの浅黒い顔。そこに、真っ白なドーランを塗りたくって笑うピエロの顔を重ねて見ようとしたが、どうしてもうまくできなかった。

「あまり長い時間にはならないようにしてくださいね。まだ充分な安静が必要なご容態ですので」

そう注意してから、婦長は「では、わたしは」と云い置いて病室を去った。

翔二は静かにベッドに歩み寄ると、

「津久見といいます。こちらは占部さん」

大いに緊張しつつ、老ピエロに話しかけた。

「とつぜん押しかけてきて、すみません。あの、変に思われるかもしれませんけど、あの……」

すると相手は、「かまわんさ」とでも云うように、色褪せた分厚い唇をにっと曲げた。翔二は何となくほっとして、

「ちょっとわけがあって、昔の事故について調べてるんです」

と言葉を続けた。

「今から十五年前のことなんですが。流星サーカス団がこの街に来たとき、サーカスの子供が車に轢かれて亡くなった、という話を聞いたんですが――」

翔二たちの顔を見上げる老人の表情が、かすかな翳りを含んで揺れた。

「本当にそんな事故があったんでしょうか」

問うと、何秒かの間《ま》があって、老人はわずかに顎を引いて頷いた。

「手品の助手をしていた子供なんですか」

今度はすぐに頷きが返ってくる。

「その子供は、何ていう名前だったんでしょう。憶えておられますか」

老人は頷き、掛け布団の下から右手を出した。そして、ベッドサイドのテーブルに置いてあったノートと鉛筆を取る。ノートを胸の上にのせて左の手で押さえ、右手で鉛筆を握った。手は両方とも細かく震えている。これも、先日の事故の後遺症なのかもしれない。

翔二は息を呑んで、鉛筆の動きを見守った。大きさの不揃《ふぞろ》いな汚い文字で、やがてノートには『のりた』と記された。

「のりた？『のりた』っていう名前だったんですか」

翔二のとなりに立ってノートを覗き込んだ占部の口から、「ふうん」という唸り声が洩れた。

「のりた」は「則太」、あるいは「典太」とでも書くのだろうか。どんな漢字を当てるにせよ、この名前ならば「ノリちゃん」という愛称で呼ばれてもおかしくない。

「苗字は何ていったんでしょうか」

翔二は続けて質問した。老人はしばらく考えてから、ノートにその答えを書いた。

『山内』

「山内《やまうち》のりた、という子供だったんですね」

と確認してから、翔二は云った。

「その子供のご両親も、サーカスの団員だったわけですよね。兄弟はいたんでしょうか」

老人は小さく首を動かし、「いいえ」の意思を示した。

「兄弟はいなかった。それじゃあ、ご両親は今どうしておられるんでしょうか」

問いに答えて、新たな文字が記される。

『ちち　しんだ』

「お父さんは死んだ？　いつ亡くなったんですか。のりたくんが事故で死んだのよりも前？　それともあとですか」

『まえ』

「お母さんのほうは？　やはりもう亡くなってしまったんですか」

「いいえ」の意思表示が返ってきた。母親のほうは、今も生きているのだ。ということは……。

「じゃあ、今でもサーカスに？」

『やめた』

「やめた？　サーカスを離れたんですね」

——頷き。

「サーカスを辞めて、彼女はどうしたんですか」

『のこった』

と、すぐに答えが記された。

翔二は「え？」と首を傾げ、相手の顔を見直した。辞めて、残った。——どういう意味なのだろうか。

老人の右手がまた動きはじめる。書かれた言葉は『ここに』だった。

「ここ？」

翔二は声を高くした。

「この栗須市に残ったって云うんですか」

老人は頷く。

翔二は思わず、占部のほうを振り向いた。まさかこんなふうに話がつながってくるとは予想していなかったのだろう、占部は呆気に取られたような目で、ノートに並んだ不揃いな平仮名《ひらがな》の群れを見つめている。

「今も彼女は、この街に？」

頷きが返される。

大きく一度、肩で息をしてから、翔二はさらに問いを重ねた。

「そのお母さんの名前は？　何ていう名前なのか、憶えておられますか」

鉛筆を握ったまま、老人はしばし考え込んだ。それまででいちばん長い〝沈黙〟のように感じられたが、そのうち彼は震える手でノートの新しいページを開き、そこにその名前を書いた。

『せつこ』

と。

† † †

昏く赤い空の下。円く切り取られた世界の中で、今――。

木のそばに立った〝太っちょ〟のオニ。その背後に散らばった四人。

「おじぞうさま――」

大きな声で。歌うように。

「――わらった」

オニが振り返る。もそもそと動いていた影たちが、ぴたりと停止する。

いちばん後ろに取り残された彼は、今にもバランスを崩してしまいそうな姿勢で身体の動きを止め、必死になって笑顔を作る。ぎりぎりの崖っぷちで踊る、あの赤い道化師《ピエロ》のように。

耐えられない、もう。

楽になるのだ、これで。

黒い炎が燃え上がる。ぎりぎりに追いつめられた心の中で。

黄昏の時間《とき》が止まる。未来を覆い尽くす一瞬。

# 第9章　破局

1

病院から出てきた翔二たちを待っていたのは、日没の時間を過ぎてすっかりあたりを覆った夜の闇と、激しさを増しつつある冷たい雨だった。

バイクを駐めてある二輪置き場の屋根の下に駆け込むと、占部は濡れた髪を掻き上げながら「参ったな」と呟いた。ヘルメットをホルダーから外して翔二を振り返り、

「とりあえずこの近くで喫茶店《サテン》でも探して、雨宿りするか」

「——ええ」

頷いて、翔二はヘルメットを受け取る。頭の中はしかし、雨宿りどころの騒ぎではなかった。

『せつこ』

流星サーカス団の老ピエロ・大柴修吉が震える手でノートに書き記したその名前を見て、翔二は文字どおり呆然とするしかなかった。

十五年前の秋に事故で死んだ「のりた」というサーカスの子供。そして、おそらくはその事故がきっかけとなってサーカスを辞め、この街に残ったその子の母親の名が「せつこ」だというのである。

せつこ。――これはあの、翔二がよく知っているせつ子のことなのか。

――若いころに一度、一緒になった人がいたんですよ。でも、早くに先立たれてしまって。

きのうの朝、「結婚はしなかったのか」という翔二の質問にそう答えた彼女――飯塚せつ子の顔が、脳裡に浮かぶ。あのときの、微妙な翳りを帯びた彼女の声が耳に蘇ってくる。

それから今朝、入院中のピエロのことが話題になったとき、彼女が云い落とした言葉。

――あの方も、もうご高齢ですから。

大きな溜息をついていた。

——ずいぶん無理をして、現役でやっておられたのでしょう。

その人と知り合いなのかと問う翔二に、彼女は「昔ちょっと……」と言葉を濁らせて微笑んだ。あのときの表情にもやはり、どこかしら暗い翳りのようなものがあったと思う。

そういえば、その前に父が流星サーカス団解散の記事を新聞で見つけたときにも、彼はわざわざせつ子に対して「知っていたかね」と訊いていた。あれはつまり、彼女がかつてそのサーカス団にいた事実を承知していたがゆえの質問、だったのではないか。

せつ子が津久見家で働きはじめたのは十二年前だった、という。翔二が小学校へ上がった年——六歳か七歳のとき。以来ずっと同じ屋根の下で暮らしてきた彼女は、翔二にとって、云ってみれば空気のような存在だった。いつもそこにいて、気安くいろいろな仕事をしてくれる。決して叱らないし、愚痴や小言も云わない、優しくて気さくなお手伝いさんのおばさん……。

けれどもそんな彼女のそれ以前の人生を、翔二は今まで何一つ知らなかったし、知ろうと思ったこともなかったのだった。

せつ子は昔、流星サーカス団の一員だった。夫は同じサーカスにいた「山内」という男で、二人のあいだには「のりた」という名の一人息子が生まれた。ところが夫は早くに他界し、残された子供の「のりた」も十五年前の事故で死んでしまう。悲嘆に暮れた彼女はサーカスを辞め、苗字を旧姓の「飯塚」に戻してこの街に独り残った。そうして勤めた先が、たまたま阿瓦多町の津久見家であった。——と、そういう話なのか。

大柴老人にはまだまだ訊きたいことがあったのだが、筆談でしか答えられないという制約の中で、どのように順序立てて質問すればいいのか悩ましかった。老人のほうも、記憶や思考がおぼつかない状態だという米沢婦長の言葉どおり、そのあといくつか尋ねてみた事柄については、うまく答えられなかったり、憶えていないと首を振りつづけたり。やがて様子を見にきた婦長に、疲れておられるようだからそろそろ切り上げるようにと云われ、翔二たちは病室をあとにしたのだった。

いくつかの符合が示すとおり、流星サーカス団にいた「山内せつこ」は、本当に翔二が知る飯塚せつ子と同一人物なのだろうか。もしもそうだとすれば、では彼女こそが、一人息子の「のりた＝ノリちゃん」が死んだ事故の復讐のため、四人の〝いじめっ子〟を殺していった犯人なのか……？

いよいよ激しくなってくる雨の中をしばらくバイクで行くうち、国道に出る少し手前で「コーヒー&ランチ」という看板の出た店を見つけた。占部はためらいなく、〈OZ《オズ》〉という名のその喫茶店の前にバイクを駐めた。

ずぶ濡れで入ってきた二人を見て、店員は一瞬たじろいだが、べつに文句を云われたりはしなかった。わりあい広い店内に客の数はまばらで、翔二たちは、ほかの客がいるどのテーブルからもなるべく離れた窓ぎわの一席を選んで坐った。

大した距離を走ったわけでもないのに、身体がもうすっかり冷えていた。翔二は濡れたブルゾンを脱いで空いた椅子の上に置くと、ウェイトレスが持ってきた熱いおしぼりで顔と首筋を拭いた。

「さっき、あのじいさんが書いた名前だが」

オーダーのあと、しばらく憂鬱そうな面持ちで窓の外を眺めていた占部が、おもむろに口を開いた。

「『せつこ』っていうのは確か、きみんちのお手伝いさんと同じ名前だよな」

その名前の一致とその後の翔二の様子から、占部はすぐにことのつながりを察したに違いない。ここに来るまで何のコメントもしなかったのは、翔二の心中をおもんぱかって、なのか。あるいは、彼なりの推理を組み立てようとしていて……とか?

注文したミルクティーが運ばれてくると、翔二はそのカップで両手を暖めながら自分の考えを話した。占部は憂鬱そうな面持ちを変えず、黙ってそれを聞いていた。

「同一人物の可能性大、ってわけか」

と云って、占部は疲れたような吐息を落とした。

「どうするつもりだい、これから」

「…………」

「飯塚せつ子が、十五年前に死んだ『のりた』という子供の復讐で四人を殺した。それが事件の真相だと？」

「…………」

ありうるのだろうか、そんなことが。

あの気立ての良い初老の家政婦が、深夜ひそかに家を抜け出して街を跳梁《ちょうりょう》し（たとえばあの買い物用のミニバイクを使って？）、兄たち四人を殺してまわった。いったいそんなことが、本当に……。

二人のあいだに長い沈黙が流れた。

翔二はちびちびと紅茶を啜りながら、これから自分はどうすればいいのかを混乱する頭で考えつづけ、占部はふたたび暗い窓の外へ目をやって、ひっきりなしに煙草を吹かしつづけていた。

した。

「やみそうにないね」

硬い音を立てて窓ガラスに降りかかる雨を睨みつけ、占部が苛立たしげに舌打ちを

「どんどん激しくなってくる。今夜はずっとこの調子かな」

「――帰ります、僕」

空になったティーカップをそっとソーサーの上に置いて、翔二は云った。

「帰って、せつ子さんに直接、訊いてみます」

「訊く？」

占部は眉の端を吊り上げた。

「あんたが殺人犯なのかって、問いただすつもりかい」

「あ、いえ。むかしサーカスにいたのかどうか、その辺の話を、とにかく確かめてみようと」

翔二はゆるゆると首を振りながら、

「やっぱり僕、せつ子さんが犯人だなんてはずはないと思う。十年以上もずっと、僕や兄さんに良くしてくれた人なんですよ。あの人が兄さんを殺しただなんて、僕には……」

「気持ちは分かるが」

「十五年前の復讐をしたいんだったら、とっくの昔にやっていたはずでしょう。ずっと津久見の家にいて、機会はいくらでもあったはずなのに」

「それは……」

占部は何か云いかけたが、思い直したように口をつぐんで、また窓のほうへ視線を向けた。きみ一人で大丈夫なのか。そう訊かれそうな気がしたが、けっきょく彼はそれ以上、何も云おうとはしなかった。

「何か分かったら連絡しますから」

と云って、翔二は腕時計を見た。

午後七時十五分。父と母は今ごろもう相里か……。

「タクシーを呼んでもらいます。占部さんは帰って休んじゃってください」

「――ああ。しかし」

「締切、大変なんでしょ。ずっと疲れた顔だから、何だか僕、申しわけなくって」

店に頼んでタクシーを手配してもらった。あまりに外の雨が強くなってきているので、翔二は占部に「一緒に乗っていきませんか」と云ったのだが、彼は「大丈夫さ」と薄く笑い、

「バイクで濡れるのは慣れてるから」

かたわらに置いたヘルメットを軽く叩いてみせた。

## 2

翔二が阿瓦多町の家に帰り着いたのは、午後八時過ぎ。その間にも雨はいっかな衰えの気配を見せず降りつづき、風もかなり強くなってきていた。

街全体を無数の小さな打楽器で埋め尽くしてしまったかのような、激しい雨音。風は甲高く唸りを上げて吹き、庭の木々を大きくしならせている。どろどろと低い雷鳴までが聞こえてきて、夜はまさに嵐の様相を呈しつつあった。占部のバイクは無事だろうか――と、今さらながら心配になってくる。

タクシーを降りると、門をくぐって玄関の軒下まで一気に駆け抜けた。ガレージには母のシトロエンが残っている。二人でもう一台に乗って出かけたのだろう。

玄関の呼び鈴は鳴らさず、合鍵を持っている裏の勝手口までまわろうと決めた。ここでせつ子を呼び出してドアを開けてもらうことに、何となく抵抗を覚えたからである。

軒下を伝って中庭のほうへ進んだ。

リビングとダイニングには明りがついている。パピーは雨を嫌って、小屋に閉じこもっているようだった。

合鍵で勝手口のドアを開け、そっと中に入る。知らず、物音を立てないよう気づかっていた。

どうしたんだ？　と、翔二はみずからに問いかける。

せつ子の耳を気にしているのか？　彼女に気づかれるのを恐れているのか？　彼女と話をして、事実をちゃんと確かめるつもりで帰ってきたはず、なのに。

後ろ手にドアを閉めて家に上がり、廊下に出た。濡れた髪や服から水滴が落ちる。

翔二は、今度は意識的に足音を大きくしながら、シャンデリアの黄色い光が洩れ出しているダイニングの扉に向かって進んでいった。

せつ子はリビングのソファにいた。一人でテレビを観ている。翔二の姿に気がつくと、「おやまあ」と高い声を上げて立ち上がり、

「お帰りなさいませ、おぼっちゃま。裏から入っていらしたんですか。まあまあ、そんなびしょ濡れになって。風邪をひいたら大変。さ、早く上着を脱いで。お風呂を用意いたしましょうか」

いつもとまったく変わらない調子だった。翔二はブルゾンを脱いで手近な椅子の背もたれに掛け、リビングに足を進めた。

「あのね、せつ子さん」

云って翔二は、テーブルを挟んだ向かいのソファに腰を下ろした。

部屋に暖房は入っておらず、寒々としている。バラエティ番組の出演者たちがブラウン管の中で笑う声が、いつにない虚しさで耳に響き込んでくる。

「訊きたいことがあるんだけど、答えてくれる？」

「はあ。何ですか、また改まって」

せつ子は小首を傾げ、もとの場所に坐った。リモコンを取り上げ、テレビを消す。

「きょうね、病院へ行ってきたんだよ」

まっすぐに彼女の顔を見すえ、翔二は云った。

「脳神経外科に入院してる、大柴修吉さんに会ってきたんだ。けさ話を聞いた、流星サーカスのピエロのおじいさん」

「大柴……まあ」

せつ子は小さな目をまん丸に見開き、驚きを露わにした。

「何でまた、そんな」

「気になったから」

とだけ、翔二は答えた。せつ子はわけが分からないというふうにまた首を傾げ、

「ですけど、おぼっちゃま」

「十五年前に事故があったっていう話を、別のところで聞いたんだよ。巡業に来ていたサーカスの子供が車に轢かれて死んだ、って。その子供のことがどうしても気になって、大柴さんに訊けば分かると思って」

「………………」

「そうしたら、死んだ子供は『山内のりた』といって、お母さんの名前は『せつこ』だって教えてくれたのさ。彼女は子供が死んだあと、サーカスを辞めてこの街に残った、って」

唇を半開きにして呆然と表情を凍らせた家政婦を見つめ、翔二は尋ねた。

「せつ子さんが、そのお母さんなの？」

彼女はしばし、答えに詰まった。視線を翔二の膝のあたりに向けたまま、遠い過去に想いを馳せるように小皺だらけの目を細め、ずんぐりとした肩をかすかに震わせ、そしてゆっくりと、胸の奥から絞り出すような息をつく。

「びっくりさせないでくださいな」

やがてせつ子は、からりと声の色を明るくして云った。

「ほんとにびっくりしますよぉ。いきなりそんな、大昔の話を」

「やっぱりそうなの。せつ子さんが？」

「——はい」

「じゃあ……」

「もともと私は、この栗須の街の生まれなんですけれどね。——もう三十年近くも昔のことになりますかしらねえ。あのサーカスが街に来たとき、当時あそこの花形だった空中ブランコ乗りの男の人と、その、いい仲になったわけでございます」

「山内っていう人？」

「ええ」と頷き、せつ子はまた目を細めた。頰にそっと片手を当てながら、しみじみとした口調で話を続ける。

「私は家を飛び出して、その男についていったんですよ。サーカスの団員さんたちのお食事やら何やらのお世話をしながら、あちこちをまわりました。ですけど、子供が——典太《のりた》が生まれてまもなく、あの人は演技中の事故で……」

翔二は適当な相槌を打つこともできず、せつ子の口もとを見守っていた。

「あの人が亡くなったあとも、私は典太と一緒にサーカスに残りました。みんないい人たちでしたからねえ。そして……そう、確かに十五年前でございましたね、あの不幸があったのは。外で遊んでいたあの子が、病院の車にはねられて」

「えっ」

思わず翔二は声を上げた。

「病院の車って、それ……」

「半分はきっと、あの子の不注意が原因だったんだと思います。市民公園の北側の大通りで、博心会病院のワゴン車に」

「ワ、ワ、ワゴン車？」

翔二はソファから身を乗り出した。

「それ、いつの話なの」

「いつって……」

せつ子はわずかなうろたえを見せたが、

「ですから、十五年前の、あれは十月のことでございましたか」

すぐにそう答えた。

「あれから十五年間、サーカスがこの街に来なくなったのは、縁起《えんぎ》を担《かつ》いだんでございましょうね。そんな不幸があった場所へは、なるべく近寄らないほうがいいと」

「ノリちゃんは地蔵丘の空き地で遊んでいて、トラックに轢かれたんじゃあ……」

「はあ？」

せつ子はきょとんと目を見張った。

「おぼっちゃま、いったい何を」

「だって、僕は……」

翔二は困惑するしかなかった。

「本当なの？　今の話」

「嘘など申しませんよ」

せつ子はきっぱりと云う。確かに、嘘をついているような感じはまったくない。

「あの子は病院の車にはねられて死んだのです。私はサーカスを辞め、生まれ故郷のこの街に残ろうと決意しました。親たちはもう生きておりませんでしたが」

「………」

「そんな私のことを知って、当時病院の外科部長をなさっていた津久見の旦那さまが、お仕事を世話してくださったのです。最初は病院の雑務に雇っていただいて、その後、うちで家政婦をやらないかと。今朝もそのような話をしておられましたが、あのサーカスは自分の子供のころの憧れだったんだよ、と。十五年前の公演も、奥さまに内緒でこっそり観にきておられたんだとか。そこで手品の助手をやっていた子供が、ご自分の病院の車にはねられて死んだ、というので……」

黙っていられなくなって、街に残ったその母親の面倒を見ることにした。——そういう話なのだろうか。

何と云ったらいいのか分からず、翔二は両手を頭の後ろにまわして、ぐったりとソファにもたれこむ。

外は相変わらずの風雨だった。

横殴りに降りつける大粒の雨が、中庭に面した窓のガラスを激しく叩く。先ほどよりも近くで重々しい雷鳴が轟《とどろ》き、その音に驚いたのだろうか、パピーの吠える声がかすかに聞こえた。

「いやですわねえ、おぼっちゃま。年寄りにこんな身の上話をさせて。何で急に、そんなことに興味をお持ちになったのかしら。大柴さんのお見舞いには、私もそのうち行こうと思っていたところなんですよ。お元気にしておられましたか」

あっけらかんとした笑顔で云って、せつ子はソファから腰を上げた。

「さあさ。早く濡れた服を着替えてくださいましね。今お風呂にお湯を入れてきますから。お食事はどうされました？　何かお作りしましょうか」

風呂の用意をしにリビングから出ていく家政婦の姿を見送りながら、翔二は考えを巡らせる。

今のせつ子の話に嘘があるとは、どうしても思えなかった。

彼女の云うとおり、サーカスの子供「のりた」は、十五年前の十月に路上で病院のワゴン車にはねられて死んだ。とすると、地蔵丘の空き地で翔二が目撃したあの事故——あのときトラックに轢かれた「ノリちゃん」は、「のりた」とは別人だったことになる。

翔二は目を閉じ、土管の縁で円く切り取られたあの黄昏どきの光景を記憶から呼び出し、思い浮かべた。

……昏く、赤い空。昏く、赤い雲。

空き地に散らばった五つの黒い影。

遠くからかすかに響いてくる、どこか調子の狂ったサーカスのジンタ……。

(……ジンタだって?)

ぞくっ、と身を震わせた。

(そうだ。ジンタの音が聞こえていたんだ。だから……)

こんな単純な問題に、どうして今まで気づかなかったのだろう。

あの丘であの事故があったのは、夕暮れのころだった。丘の下からはサーカスの音楽が聞こえてきていた。これはつまり、その時間は市民公園の広場でサーカスの公演が行なわれている最中、もしくはその前後だったということではないか。とすれば、手品の助手として舞台に立っていた「のりた」が、同じその時間に地蔵丘の空き地で遊んでいたはずがない。「のりた」があのときいじめられていた「ノリちゃん」であったはずはない、という結論になる。

ノリちゃんはサーカスの子供ではなかった。

犯人はやはりせつ子ではなく、別の誰かなのだ。

いったい、それは……。

3

ひいっ！　という、喉を押し潰されたような悲鳴が廊下のほうで響いた。

(何だ？)

翔二はびくりと首筋に手を当てて、ソファから立ち上がった。

(今のは、せつ子さんの声？)

父と母は今、家にはいない。せつ子のほかに悲鳴を上げる人間がいるはずはない。

どうしたんだろう、と訝しみながら翔二は、廊下に出る扉に足を向けた。

ひいっ、とまた声が聞こえた。同時に、ごんっ、と何か硬いもので壁を叩いたような音が。

「せつ子さん？」

慌ただしい足音が近づいてくる。

「どうしたの、せつ子さん」

いよいよただならぬものを感じ、今しも翔二が廊下に飛び出そうとしたとき、続き間になったとなりのダイニングのほうで激しい音がした。体当たりで扉を破ったような音だ。

驚いてそちらを振り向いてみて、

「ああっ！」

今度は翔二の叫び声が、寒々とした部屋の空気を震わせた。

開かれた扉の内側に、せつ子がうつぶせに倒れ込んでいる。こちらを向いたその顔を染めた赤い血の色が、翔二の心臓を鷲摑《わしづか》みにした。

「せつ子さん！」

慌ててダイニングへ駆ける。せつ子は前方に伸ばした腕をひくひくと痙攣させながら、必死の形相《ぎょうそう》で翔二に何事か告げようとしていた。

「せつ子さん……」

いったい何が起こったのか、とっさには理解できなかった。足をもつれさせて彼女のもとへ駆け寄る翔二の前に、そのとき――。

倒れた家政婦の身体を跳び越えるようにして、灰色のレインコートに身を包んだそいつ、の人物が、部屋に躍り込んできた。右手に持っていた金属バットを振り上げ、いきなり翔二に襲いかかる。

「うわっ！」

叫んで、翔二は後ろに跳びのいた。ダイニングテーブルの端に腰がぶつかり、がたんと大きな音を立てる。振り下ろされた凶器は空を切り、手前に引き出されていた椅子の背を打った。

せつ子もこいつにやられたのか。風呂の用意をしにいったところを、突然このバットで殴りかかられて。

伸一のマンションのヴェランダで、占部が見つけた手すりの傷を思い出す。何か硬いものが当たった跡のような、あの傷。それからそう、畑中や一ノ瀬、榎田が殺された手口。鈍器で頭部を叩き割られていたという……。

(犯人なんだ、こいつが)

レインコートはずっしりと濡れている。広い鍔の付いた黒い帽子を目深にかぶっている。手には黒い革手袋。あまり大柄なやつではない。口もとは大きな白いマスクに覆われていて、どんな顔なのかは分からなかった。

(こいつが……)

どうやってこの家に忍び込んできたんだろうか。——考えて、翔二はすぐに思い当たった。

そうか。僕が帰ってきて、勝手口から中に入ったとき、あのドアをロックし忘れたんだ。そこから、こいつは……。

とすると、さっき外でパピーが吠えたのは——あれは、雷の音に驚いたわけではなかったのか。この侵入者を見つけて吠えかかった、その声だったのか。

殺人者は金属バットを握り直し、ふたたび高く振り上げた。

翔二は身を飛ばすようにして、ダイニングテーブルの向こう側へまわりこんだ。

振り下ろされた凶器が、今度はテーブルを打つ。置いてあった花瓶が振動で倒れ、床に転がり落ちて砕けた。

（どうして――）

翔二はテーブルから灰皿を取り上げた。かなり重量のあるその陶器の灰皿を、すぐさま三度めの攻撃を仕掛けてこようとする殺人者めがけて投げつける。

（どうして、僕を？）

灰皿は殺人者の胸もとに命中した。それなりのダメージがあったはずだがしかし、殺人者はほんの一瞬ひるみを見せただけで、すぐにまた凶器を構え直してこちらへ向かってくる。

振り上げられたバットの先が、天井から吊り下がったシャンデリアに当たった。凄まじい音がはじけて電球が割れ、黄色い光が消えた。降りかかってくるガラスの破片に殺人者がたじろいだ隙に、翔二は手近にあった椅子を両手で持ち上げ、身体の前に構えた。

リビングのほうから射し込む光が逆光になり、殺人者の姿が黒い影に見えた。濡れたコートがひるがえり、凶器が打ち下ろされる。

翔二は構えた椅子の脚でその攻撃を受けた。がつん、と鈍い衝撃に手が痺れる。制御能力を失って暴走しているかのような、まさに狂気じみた力だった。

翔二はたまらずあとじさった。手にした椅子で何とか反撃に出られないものかと思うが、殺人者はそんな余裕を与えることなく次の攻撃を繰り出す。

水平方向にバットが振られた。

正面からの攻撃を予想していた翔二は虚《きょ》を衝かれ、かろうじて身をかわしたものの、凶器の先端を左の肘に当てられてしまった。激痛で手の力が緩み、椅子がはじきとばされる。

椅子は庭に面した窓を直撃し、ガラスを破った。耳を押さえたくなるようなものすごい音響が、外で吹き荒れる嵐の音を掻き消した。

左肘の痛みに耐えて、翔二は身を立て直す。

殺人者が襲いかかってくる。

打ち下ろされる凶器を必死でよけ、リビングのほうへ逃げようとする。ところがそこで、床に散らばった電球の破片を踏みつけてしまった。「ううっ」と呻いて、翔二はまたしても体勢を崩した。

黒い影が躍りかかる。

翔二はとっさに両手を突き出し、凶器を振り上げた殺人者の右腕を摑んだ。勢い余って、殺人者がこちらへ倒れ込んでくる。二人はそのままもつれあうようにして大きくバランスを崩し、破れた窓めがけて突っ込んでいった。

窓枠に残っていたガラスを吹き飛ばして、二人は外のテラスに転がり出た。翔二はそれでも、摑んだ相手の腕を離さなかった。

凶器が殺人者の手から落ちる。

もつれあったまま庭の芝生へと転がっていく二人を、激しい風雨が包み込む。

翔二はどうにかして優勢に出ようとしたが、この小さな身体のいったいどこにそんなエネルギーが宿っているのかと驚かされるほどに、殺人者の力は凄まじかった。その力に圧倒され、やがてとうとう、翔二のほうが相手に組み敷かれる形になってしまった。

黒い手袋を嵌めた二つの手が、翔二の喉を押さえつける。翔二は両手を突っ張って抵抗したが、振りほどくことはできなかった。

喉が痛い。呼吸が苦しい。

大きく開いた口の中に降り込んでくる、冷たい雨……。

(……どうして)

目の焦点がぼやけ、手足から力が抜けていく。徐々に遠のいていく意識の中で、

(どうして、僕を？)

翔二は問いかけるのだった。

（どうして……）

（あのとき僕が、黙ってあれを見ていたから？）

（あのとき）

（あの土管の中で……）

……昏く赤い、十五年前の秋のあの黄昏どきの光景が、暗く霞んだ心の中に滲み、広がる。

土管の縁で切り取られた、円い世界。かすかに聞こえてくるサーカスの音楽。昏く赤い空の下、戯れる五人の黒い影。ぴたん……と、ときおり首筋を打つ冷たい水滴。

『おじぞうさま――』

大きな声で。歌うように。

『――わらった』

〝太っちょ〟のオニが振り返る。四つの影が、動きを止める。

クリーム色のシャツに緑色のヴェスト、だぶだぶした茶色いズボン。小さな頭に赤い野球帽をかぶった彼――ノリちゃんはいちばん後ろにいて、右手を低く上げ、左足を踏み出した恰好で、止まった。いびつな笑いに表情を凍らせて……。

……いびつな笑い。

記憶の中の〝目〟が、ふとその笑い顔に引き寄せられる。

いびつな笑い。いびつな……。

唇を不自然に歪め、痩せこけた頬を引きつらせ、米粒のような目をことさらのように見開いて笑っている。皺だらけの、何やらとても不気味な……。

（……えっ？）

皺だらけの、まるでこれは（これは？）……。

（……変だ）

（何だか）

（何だかまるで……）

遠い過去に自分が見たその顔、その姿、その動きを、現在の意識が捉え直す。激しい違和感が膨れ上がり（これは……）、そしてはじける。

（……子供じゃない？）

（子供じゃなかった？）

（これは）

（この顔は――）

それに該当する言葉を探り当てて、翔二の現在の意識は驚愕に打ち震えた。

(——老人!?)

皺だらけの小さな顔。これは老人の顔だ。

のろのろとした要領の悪い動き。あれは老人の動きだったのだ。

十九年前に翔二が生まれたとき、祖父母はすでに全員この世を去っていた。〝実物の老人〟を身近に知らず(もしかすると〝老人〟というものの概念すらよく知らないまま)、翔二は幼い日々を過ごしてきた。だから——。

だから十五年前の秋、当時まだ四歳の翔二には、兄たちが一緒に遊んでいたその、みずからを「ノリちゃん」と呼ぶ老人を見て、「おじいさん」と正しく認識することができなかった。ただ「何だか普通とは違う不気味な子供」としか、受け止めることができなかったのだ。

(ああ……)

翔二の意識はあえいだ。

(ああ、何てことだろう)

いびつな笑いに皺くちゃの顔を凍らせ、ノリちゃんは必死になって動きを止める。

その向こうに見える坂道で、そのとき——。

ぎらり、と何かが煌めいた。

円い銀色の光。坂道の途中に駐められた例の小型トラックの一部分で光る、あれは……。

（……バックミラーだ）

車体の右側――運転席の側に付いたトラックのバックミラー。

ぴたん、と土管の天井から落ちてきた滴が、左の首筋に当たる。息をひそめて前方を見つめたまま、翔二はびくりと右手を上げる。

ふいに――。

トラックの運転席のドアが開いた。そこから飛び出した黒い人影が（黒い影……）、道を横切って〝世界〟の外へ消える。

翔二はぼんやりとそれを、視界の隅に捉えていたのだった。――と、突然。

動きはじめたトラックの巨体。

『危ない』

子供たちの声が響く。

『危ないぞぉ』

『逃げろ』

『逃げるんだ』

『早くっ』

見る見る速度を上げて坂道を後進してくる、トラックの真っ黒な影。そして……。

（ああ……）

翔二の意識はまたあえぐ。

思い出さねばならない最後の何か。――これが、それなのだ。十五年前の幼い自分には正しく意味を解釈できなかった、これが。

（……事故じゃなかったんだ）

運転席から飛び出したあの人影。あいつこそが、きっと惨事を引き起こした張本人だったのだ。トラックのサイドブレーキは、何かのはずみでたまたま外れたわけではなかった。あいつが、あいつの意志で外したのだ。

（事故じゃなかった）

（殺人だったんだ！）

記憶の中の〝目〟が、ビデオの逆まわし再生のようにあのときのあの場面を追う。もとの位置に戻ったトラック。運転席に入る黒い人影。閉まるドア。煌めく銀色の光。――円いバックミラーの中に映った、その人物の顔。

現実問題として、遠く離れた土管の中からそれがはっきりと見て取れたのかどうかは分からない。しかし、そこには確かに映っていたはずなのだ。あのとき、あの円いミラーに……。

ふうっ、と意識が現実に引き戻された。

頭上で鳴り響いたものすごい雷鳴。その音に驚いた殺人者が、翔二の喉を絞めつける手の力を思わず緩めたため、だった。

焦点の戻った翔二の目が、胸の上に馬乗りになった殺人者の姿を捉えた。かぶっていた黒い帽子は、さっきのもつれあいで吹っ飛び、口もとを覆っていたマスクまでもが、いつのまにか外れてしまっている。

（ああ、何で――）

剝き出しになったその顔が、円いミラーの中の顔と重なった。

（何でこの人が？）

驚き、戸惑う一方で、翔二はきのうの午後、占部の部屋で聞いたあるエピソードを思い出していた。

――そんなわけだから、行くたびに必ず誰か、知り合いのそっくりさんに出会ったりする。これがまた、たいそう不思議な感じでね。

あれはそう、占部がネパールの話をしていたときのせりふだ。

──最初に行ったときには、ある村を歩いていて、死んだ祖父さんにそっくりな人と会った。母方の祖父さんなんだがね、ずっと一緒に住んでて、死んだのは俺が高校生のときだったっけな。

今年三十一歳の占部が高校生のときといえば、素直に考えて十三年から十五年前。そのころはまだ、彼は御森町の現在の家に引っ越してきてはいなかった。そして、そうだ、以前に住んでいたのは地蔵丘のすぐ近くだったと、確かそう云っていたではないか。

占部直毅の、死んだ母方の祖父。それが、十五年前にあの丘の空き地でいじめられていた「ノリちゃん」の正体だったということなのか。

「やめて」

喉にかかった相手の手を必死で掴み、翔二はまともな声にならぬ声を絞り出した。

「離して、もう……」

濡れた髪を振り乱し、激しくも暗い狂気に憑かれた双眸でこちらを見下ろしている──それは占部の母、春海の顔だった。

## 4

昏く、赤い空。

昏く、赤い雲。

吹く風の色も、昏く赤い。

その風に運ばれて遠くから聞こえてくる音楽までが、昏く赤い。――そんな、十五年前のあの秋の日の黄昏どき。

彼女は、坂道の途中に駐めてあった汚いトラックの運転席に隠れ（ドアは初めからロックされていなかったのだ）、じっとそこで繰り広げられる光景を見ていたのだった。息をひそめ、心臓の鼓動を抑え、耳を澄まし……。

世界はそこで、円く切り取られていた。古い小型トラックの車体から突き出した、その円いバックミラーの中。

……夕陽に照らされた、五つの赤い人影。

彼らは「おじぞうさま、わらった」という遊びをしていた。自分がむかし使っていた手提げ金庫の中から持ち出してきた五十銭銀貨と引き換えに（……ね、遊んで）

（遊んでおくれ）（これ、あげるから）その仲間に入れてもらった彼は、きょうもまた、いつもの四人の子供たちにいじめられている。

『ノリちゃんが動いた』

『またおまえかよ』

『ほんとにおまえは、いつも鈍いんだから』

『バカぁ』

『のろま』

『やってらんないなあ』

『ちゃんと笑わないとダメなんだぞ』

『ほら、笑ってみなよ』

『笑えよ』

『笑え……』

そのような光景を、それまで彼女は幾度となく目撃してきた。

ここ何年かでめっきり脳の機能が低下し（つまりは痴呆症《ちほう》が進行し）、精神《こころ》が幼少期にまで退行してしまった父。むかし孫に買ってやった赤い野球帽を嬉しそうにかぶり、子供のようにみずからを「ノリちゃん」と呼ぶようになった父（彼の正式な名前は「典宗《のりむね》」というのだが)。実の娘のことすら、時として「お母ちゃん」と呼んだりもした……。

そんな父がこのごろ、ふらりと丘の空き地まで出かけていっては、そこに遊びにきた子供たちの〝いじめ〟の標的になっている。ある日、こっそり彼のあとを尾《つ》けていってその事実を知った彼女は、出ていって子供たちを叱る気力すら持てず、あまりにも変わり果てた父(昔はあんなに立派だったのに……)の姿を、ただ物陰に隠れて見ているしかなかったのだった。

六十数年の長い(それとも短い?)時間を生きつづけてきたあげく、もはや後戻りの叶《かな》わぬ、ぎりぎりの崖っぷちに追いつめられつつあった、彼。本人はそんなおのれの現実を把握することさえできず、哀しくも滑稽な笑いに老いた顔を歪めていた。

底なしの谷を背にして踊りつづける赤い道化師の、一瞬の幻。

(あれは、彼だ)

彼女は左手を、トラックのシフトレバーに伸ばした。

(そしてあれは、わたしなのだ)

それは――崖っぷちに立っていたのは――、彼女にしても同じだったのだ。

早くに夫を失い、女手一つで息子を育て、老いて正常なアイデンティティを保てなくなった父の面倒をも一人で見てきた彼女の心は、そのときもう、どうしようもないほどに疲れきっていた。ぎりぎりの限界にまで追いつめられていたのだ。

(あれは彼であり、わたしなのだ)

ギアをニュートラルに入れる。トラックの車体がわずかに揺れた。

『おじぞうさま――』

〝太っちょ〟のオニが大声を張り上げる。

『――わらった』

円く切り取られた世界の中、ぴたりと停止する五つの赤い影。

(耐えられない、もう)

(楽になるのだ、これで)

黒い炎が、彼女の心の中で燃え上がった。

サイドブレーキを外すと同時に、彼女は運転席のドアを開けて車から飛び出した。道を横切り、林の中に駆け込む。ストッパーを失った車体が、みずからの重量でゆっくりと動きはじめる。そして……。

叫び、逃げ惑う子供たち。トラックは坂道を転がり落ち、必死になってそこに止まっていた彼を車輪に巻き込んでいった。

意外だったのは、子供たちがこの惨事を誰にも知らせようとせずに逃げ帰ってしまったことだ。だから彼女は、どうしようかとさんざん迷った末、自分がその〝事故〟の第一発見者であると偽って、現場に救急車を呼んだのだった。彼がすでに息絶えているのを確認したうえで。トラックの運転席やドアに付着していたであろう自分の指紋を拭き取ったうえで。

〝事故〟は、坂道にトラックを駐車していた持ち主（宅地開発計画の関係者だったらしい）の過失ではないかという線で捜査されたが、結局その責任が立証されるまでには至らなかった。彼女に疑いの目が向けられることもなく、〝事故〟が発生したとき現場で遊んでいた子供たちの存在も明るみに出ないまま、新聞の片隅に報じられた「年老いた男の不幸な最期」は、やがて人々の記憶から消えていったのだった。

だが、しかし――。

すべての時間が止まったかのように思えた、あの黄昏どきの一瞬は、彼女のその後の未来を暗く重く覆い尽くすことになったのである。

重荷だった父がいなくなり、住まいを今の場所に移すと、彼女は以前からの念願であった自分の喫茶店を開いた。〈飛行船〉というその店の名は、息子の直毅が、好きなロックバンドの名前にちなんでつけたものだった。

店は幸い、それなりに繁盛した。直毅は京都の大学に入って街を離れたが、いつも彼女のことを気にかけてくれていた。卒業まではずいぶん時間がかかったけれど、卒業後はちゃんとこの街に帰ってきて、たまに店を手伝ってくれたりもするようになった。

平穏無事な生活を送ってきたかに見える、彼女の十五年間。だが、その間ずっと、彼女は心の片隅で（いや、違う。決してそれは「片隅」ではなくて……）、あの黄昏の一瞬にみずからが犯した恐ろしい罪を、激しく呪いつづけてきたのだった。

わたしは彼を殺した。
わたしは父を殺した。
わたしは実の父親を殺した。
わたしは……。

そうして長い歳月のうち、彼女の意識は徐々にいびつな変容を遂げていった。耐えがたい罪悪感がやがて、自分がそのような忌まわしい罪を犯した事実を認めたくない、という狂おしい想いへ。さらにそこから、悪いのは自分ではなく、あのとき彼をいじめていたあの四人の子供たちなのだ、という歪んだすりかえへと。

わたしは何一つ罪を犯していない。

彼をあんな目に遭わせた罪はすべて、彼らにあるのだ。

彼らのせいで、彼は死んだのだ。

彼らが彼を殺したのだ。——そうだ。そうなのだ。

この九月、流星サーカス団が十五年ぶりにやってきた。街のあちこちにポスターが貼られ、市民公園の広場にテントが建ち……そして、そこから流れてくる昔ながらのジンタの演奏が、ふたたびぎりぎりの危ういバランスにまで追い込まれていた彼女の心を凄まじい狂気へと暴走させる、その引き金となったのである。

十五年前に彼を殺したのは彼らだった。なのにその四人は、何の罰も受けずにこの街でのうのうと暮らしている。——許されることではない。彼らの罪を知る自分は、死んだ彼に代わって〝復讐〟を行なわねばならない。今こそ。

四人の名前を、彼女は知っていた。十五年前のあの〝事故〟のあと、近所の人々にそれとなく聞いてまわって得た情報だった。

津久見伸一。畑中志郎。一ノ瀬史雄。榎田勝巳。——彼らが現在、それぞれどこに住んで何をしているのかも、彼女はすでに調べ上げていた。

二つの偶然があった。

一つは、津久見伸一が直毅の予備校講師時代の生徒であったこと。もう一つは、一ノ瀬史雄が同じ町内の薬局の息子であったことだ。

彼女はまず、津久見が住むマンションの電話番号を直毅の手帳で調べ、夜中に電話をかけた。

「ね、遊んでよ」

受話器にハンカチを当て、老人のような掠れた声色を作って、そう囁《ささや》いた。

「遊んでよ、ね」

電話の向こうで、津久見は驚き、絶句していた。その反応は、彼女をいたく満足させた。

彼は憶えている。十五年前に犯したおのれの罪を憶えていて、いま時間《とき》を超えて蘇ってきたこの声に、この言葉に怯えている。

そのあと一日おきに二度、同じような電話をかけた。二度めの最後には、「忘れちゃいないよね」というひと言を付け加えた。そして――。

〝復讐〟はいよいよ実行に移された。

九月二十九日の深夜、店の片づけを終えたあと、彼女は心の中央に迫り上がってきた抑えようのない狂気に衝き動かされ、スクーターで津久見のマンションに向かった。むかし父が愛用していたレインコートを着て、同じく父の形見である手提げ金庫から五十銭銀貨を一枚、取り出してポケットに入れ、直毅が子供のころに使っていた金属バットを物置からひっぱりだして懐に忍ばせ――。

マンションの近くから電話をかけて、津久見がそこにいるのを確かめてから、部屋に向かった。持ってきた帽子を目深にかぶり、マスクで口もとを覆い隠し……。

(復讐だ)

ヴェランダのフェンスを越えて転落していく津久見の姿を見下ろしながら、彼女は強くおのれに云い聞かせていた。

(これは復讐なのだ)

こうして暴走に加速がかかった狂気を止めるすべは、もはやなかった。坂道を転がりはじめたあのトラックのように、彼女はただ、〝復讐〟の完遂をめざして突き進むしかなかったのである。

二番めの標的は畑中志郎だった。駐車場で待ち伏せして、まんまと殺すことに成功した。

津久見伸一の〝事故死〟に不審を抱いているらしい直毅と、伸一の弟・翔二の動きが気にはなったけれども、だからといって今さら〝復讐〟を中止するわけにはいかなかった。むしろ、事件を十五年前の出来事と結びつけて追いかけようとしている二人の様子が、彼女にことの遂行を急がせた。

ゆうべ直毅たちがバイクで出かけていったあと、一ノ瀬史雄の動向を窺いに薬局へ行った。そこでたまたま耳にした、あの電話の会話。「十二時半に五ツ谷のバス停で落ち合おう」という旨の一ノ瀬の言葉を聞きとめ、その相手が榎田勝巳であることを察して、彼女はさらなる〝復讐〟へと行動を起こしたのだった。

榎田と一ノ瀬をその夜のうちに続けて殺し、彼女の〝復讐〟は終わった。

十五年前の彼らの〝罪〟はようやくあがなわれ、同時に彼女の中のそれも浄化されたはずだった。

ところが、きょう——。

店にやってきた津久見翔二が、直毅を相手に話していた言葉を聞いて、彼女の心は暗いざわめきに揺れた。

——まだ何か、あるような気がして。

親指をこめかみに押しつけながら、翔二は考え込んでいた。

——十五年前の、例の記憶です。あのとき、あの土管の中で僕……何か円い……あれは……。

十五年前、兄たちが「おじぞうさま、わらった」をして遊ぶ光景を、翔二がどこかから見ていたらしいこと、そして、おぼろなそのときの記憶に何か強い気がかりを持っているらしいことは、きのうの夕方、彼と直毅が店で喋っていたのを耳に挟んで知っていた。それに対して当然、彼女は少なからぬ不安や危惧を覚えてはいたのだが、しかし――。

土管の中で見ていた、と翔二は云うのだ。土管の中から、何か「思い出さなきゃならないこと」を目撃したのだ、と。

十五年前のあのとき、トラックのバックミラーに映っていた光景。五つの赤い人影の後ろには、積み重ねられた何本かの土管があった。あの中の一つに、きっと翔二はいたのだ。ということは――。

見られたのかもしれない、と彼女は思った。あのとき、トラックの運転席から飛び出した自分の姿を、彼に見られていたのかもしれない、と。

そういった恐れは、けれどもすぐに別の認識へとすりかえられていった。なぜならば、「見られたこと」に恐れを感じるということはすなわち、自分自身が犯した罪を認めることにほかならないのだから。

この子も同罪だ――というのが、そこで彼女の狂気が下した判断だった。

この子も同罪だったのだ。あのときあそこで、黙って彼がいじめられるのを見ていたこの子も、彼ら四人と同じ罪人だ。この子もまた、同じ罪によって裁かれなければならない存在なのだ。

さっき――といっても一時間以上前になるだろうか――、直毅から店に電話がかかってきた。

もうちょっとしたら帰るから、と直毅は云った。ひどい雨で足止めを喰っていたのだが、いくら待ってもやみそうにないから……と。どこかしら、彼女が今どうしているのか探りを入れているような口ぶりだった。

「翔二さんは一緒なの？」という彼女の問いに、直毅は「彼は一人で家に帰ったよ」と答えた。それを聞いた瞬間――。

今夜は両親が家にいない、と昼間に店で翔二が話していたのを思い出し（トイレへ行って戻ってきたあのとき、ドアの外でちょうどその声を耳にとめたのだ）、彼女の狂える意志は行動を決定した。〝復讐者〟の衣装に身を包むと、降りしきる激しい雨の中、阿瓦多町の津久見邸へとスクーターを走らせた。開いていた勝手口のドアから家の中へ忍び込み、そこで鉢合わせになった家政婦（こんな女がいるとは知らなかった）を殴り倒し……。

……そして、今。

最後の〝罪人〟の命は、彼女の手の中にある。
あと少し――あともう少し、〝復讐〟の想いを込めてこの首を絞めつづければ、それですべては終わる。終わるのだ。

5

「やめて」

喉にかかった彼女の――占部春海の手を必死で摑み、翔二はまともな声にならぬ声を絞り出す。

「離して、もう……」

だが、狂気に衝き動かされる彼女のまなざしはあくまでも暗く冷たく、喉を絞めつける力はいっこうに緩まなかった。

苦痛の中で、ふたたび意識が遠のいていく。過去も現在も未来も――すべてを呑み込み消し去ってしまう、暗黒の深淵《しんえん》に向かって。

ああ、もうだめだ。もう……。

目を閉じ、薄れゆく意識の隅で呟いた、そのとき。

激しい風雨の音に混じって、
ぐわう！

という怒りに満ちた声を聞いた。次の瞬間、「うぐっ」と人の呻き声がし、翔二を苦しめていた狂おしい力が去った。

（え……？）

深く息を吸い込んで、翔二は目を開けた。胸の上に跨っていた殺人者が、そこから消えていた。

細かく頭を振り、ずきずきと疼く喉をさすりながら上体を起こす。

翔二の足もとから二、三メートル離れた芝生の上に、彼女の姿があった。あおむけに転がっている。そして、そこにのしかかった彼の、真っ白な巨体。

「パピー……」

翔二は掠れる声で叫んだ。

「パピー！」

わうっ！　とまたパピーが吠えた。雨に濡れた白い毛並み。ぶるんと大きく体を震わせ、起き上がった翔二のほうを振り向く。

見ると、倒れた彼女の首のあたりから、どす黒い液体が流れ出していた。パピーが咬《か》みついたのだ。出血の量は相当に多く、彼女はすでに抵抗する力を失っているようだった。

「パピー、やめ！」

と云って翔二は一歩、彼女のほうへ近づいた。

パピーは命令に従って攻撃を中止し、彼女の身体から離れた。嫌いな雨に打たれながらその場に坐り、大丈夫？　とでも問いかけるようにこちらを窺う。

翔二はさらに一歩、彼女に近づいた。

傷ついた首を両手で押さえ、苦しそうに呻いている。血と泥にまみれて歪むその顔を見下ろしながら、翔二は悄然と雨の中に立ち尽くした。——と、そこへ。

風雨を裂き、天に吠えるようなバイクの排気音《イグゾーストノート》が聞こえてきたのだ。

(占部さん？)

振り向くと、前庭のほうから白いヘッドライトの光が接近してくる。

(占部さん……ああ)

庭木のあいだを抜け、濡れた芝生を突っ切り、彼の乗ったバイクが翔二のもとまでやってきた。エンジンをかけたままシートから飛び降りると、

「母さん！」

叫びながら占部は、倒れた母親のそばへ駆け寄った。ヘルメットを脱いで放り出し、膝をついて彼女を抱き起こそうとする。

「ああ、母さん」

ぐるう、と喉を震わせるパピーを制して、翔二は彼の前へ進み出た。

「占部さん」

翔二は云った。

「どうして、こんな」

「——俺の祖父さんだったんだよ、ノリちゃんっていうのは。十五年前にきみが見たのは子供じゃなくて、頭の惚《ぼ》けた老人だったんだ」

痛みにあえぐような声を吐き出して、占部は弱々しく首を振り動かした。

「ゆうべ武藤と話していて、きみが『ノリちゃん』という名前に妙な反応をしただろう。あのときはまだ、そこまで疑ってはみなかった。けれども、あのあと地蔵丘へ行って、きみが土管の中に入って思い出した過去の出来事を聞いて……」

「気づいていたんですか」

翔二は思わず問いただした。

「分かってたんですか、ゆうべから」

母親の肩に手を置いたまま、占部は黙って頷く。

「お母さんが犯人だっていうことも？」

「それは……」

占部は声を詰まらせた。

「てっきり俺は、きみにも勘づかれたのかと思ったんだ。ゆうべ――レストランを出たあと、きみがキーホルダーをなくしたと云いだして、帰る前に俺んちに立ち寄っただろう。あのとき」

「あのとき？」

首を捻る翔二の視線から目をそらし、占部はこう云った。

「スクーターがな、なかったのさ、母さんの。実際のところきみは、その事実には気がついちゃいなかったわけだが」

「スクーターって……」

「夜中のあんな時間に、あの霧の中を、どこかへ出かけていたってことだよ。そういえば――と、俺は思い出した。おとといの夜も、きみを送って帰ってきたとき、あのスクーターがなかったんだ。そのときは、コンビニへ買い物にでも行ったのかなと軽く考えていたんだが」

昨夜、あの離れの軒下にはスクーターがなかった。自分はそれに気づいてしかるべきだったのだ――と、そこで翔二は思い至った。

あのとき自分は、例の壁の円盤がバイクのライトを照り返して銀色に光るのを見たではないか。あの円盤が貼り付けてあったのは、離れの入口の向かってすぐ右手――あのスクーターが置いてあったちょうど後ろの壁だったのに。従って――。

あそこであのような光が見えたということ、それはすなわち、そのときあの円盤の前にはスクーターが駐められていなかったという事実に直結するわけである。ところが翔二は、あの円い銀色の光に共鳴して持ち上がってきた十五年前の記憶にばかり気を取られてしまい、目の前の問題にはまるで気づけずにいたのだった。

「あのあとまたきみを送っていって、そして家に戻ったときにも、まだスクーターはなかった」

占部は虚ろな声で語る。

「それからしばらくして、この人は帰ってきた。このレインコートを着て」

と云って、春海の身体に力なく目を落とし、

「祖父さんの形見なんだよ、このコートは。――ゆうべは俺、一睡もできなかった。原稿の締切がどうのこうのって云ったのは、ありゃあ嘘っぱちさ。きみに変だと思わ

れないための」

「ああ……」

「今朝一番に、俺は一人で図書館へ行ってきた」

「図書館へ？」

「例の新聞の縮刷版を調べて、問題の記事――祖父さんが地蔵丘で死んだ事故の記事が、どの巻に載っているのかを確認したのさ。きみの目に触れさせたくなかったから。あとできみと行ったときには、俺が先にその巻を取り上げて、きみにはわざと別の巻を調べさせた」

そういうことだったのか。

あの図書館でそのあと、司書の女性に話しかけられたとき、占部はさぞや焦ったに違いない。

――また調べものですか、占部さん。

彼女があのときそう云ったのは、午前中に彼がやってきて「調べもの」をしていたのを知っていたからだったのか。だからあそこで、占部がまたしても同じ十五年前の新聞を調べているのを見て、彼女は「いったい何を調べてるんですか」と、あんなびっくりしたような反応を見せたのだ。

「図書館から戻ると、この人が店に出ている隙に、俺はこっそりこの人の部屋を調べてみた。――押し入れの隅っこに、このコートが突っ込んであるのを見つけた。あちこちに血の痕が付いていた。そして同じところに、血で汚れた金属バットが」

「…………」

「信じたくなかったよ。だが、信じないわけにはいかなかった。頭が混乱して、どうしたらいいのか分からなくて、俺は……」

「…………」

「きみにはとにかく、知られたくなかったんだ。だから、サーカスの子供の話が出てきたときも、そいつは違うと承知していて病院まで一緒に……」

大柴修吉に会いにいくまでのあいだも、そこで「のりた」という子供の名前が明らかになったときも、占部はずっと、これから自分がどうすれば良いのか思い悩みつづけていたのだ。「のりた」の母親の名が「せつこ」だと判明し、そこから翔二は、飯塚せつ子が犯人なのではないかという見当違いの疑念を抱きはじめた。その間も、そしてあの〈OZ〉という喫茶店に入ってからも、彼はずっと……。

「……さっき家に帰ってみたら、店が閉まっていてスクーターもなかった。まさかと思って押し入れを調べてみたら、そこにはコートもバットもなくて、だから」

占部は「ぐっ」と言葉に詰まり、降りやまぬ雨の中でエンジン音を響かせつづけるバイクのほうを見やった。それから、ふたたび春海の身体に目を落として、

「大丈夫か、母さん」

と声をかける。血まみれの肩にかけたその手が、小刻みに震えている。

「救急車を」

翔二は云って、窓ガラスの飛び散ったテラスのほうへと踵を返した。

「救急車を呼んできます」

「待ってくれ、翔二くん」

と、占部が呼び止めた。

「待ってくれ。俺は、俺は……」

彼がそこで何を云おうとしたのか、何を云いたかったのか、翔二には分からない。母親の肩からそっと手を離すと、占部はよろりと立ち上がり、翔二に向かって一歩、二歩、と足を進めた。

——と。

それまでその場に倒れたまま、低く断続的な呻き声を洩らしていた春海が、むくりと身を起こした。そして、いったい深手を負ったその身体のどこにそんな力が残って

いたのだろう、出血の続く首の傷口を押さえながら、信じがたいような勢いで駆けだしたのである。

「母さん、どこへ……」

慌てて占部が彼女を追いかける。唸り声を上げるパピーの動きを制してから、翔二も急いでそのあとに続いた。

「母さん！」

占部はいったん彼女に追いつきかけたが、濡れた芝生に足を滑らせてぶざまに転倒してしまった。翔二がそれを助け起こす。

灰色のレインコートを着た彼女の姿は、降りしきる雨の中、さっき占部がバイクで駆けつけた道筋を逆に辿って門のほうへ向かっていった。

「母さん！」

占部が叫ぶ。

「母さんっ！」

彼女は振り向きもせず、何かに憑かれたように駆けつづける。ぐらぐらと左右に身体が振れている。今にもそのままくずおれてしまいそうな動きになっていた。

玄関からの小道を駆け抜け、春海は門の外へ飛び出した。占部と翔二はすぐ後ろにまで追いついていた。――ところが。

おりしも道路を走ってきた、黒い小型トラックが。

道の真ん中でヘッドライトの光線を浴び、彼女はその一瞬、まるで十五年前の彼のように、ぴたりと身体の動きを止めた。

けたたましいクラクション、そして急ブレーキの音……。

やがて訪れた死の沈黙を前に、道路脇の水たまりに両膝を落として絶叫する占部の声が、激しく吹き荒れる雨と風に呑み込まれていった。

# 終章

二日後。——十月八日、火曜日。

病院へ飯塚せつ子の見舞いに行った帰り（幸い彼女の怪我は心配したほどのものではなかった）、翔二は市役所の斜め向かいにある栗須警察署の建物に立ち寄った。きょうの午後、占部がここへ出頭して取り調べを受けていることを、武藤刑事からの電話連絡で知ったからである。

「あいつ、ひどい落ち込みようだから」

仔熊のような感じのころころした体格を思い出しながら翔二は、受話器の向こうで溜息まじりに話す武藤の声を聞いていた。

「おふくろさんがあんなふうにして死んじまったのは、そりゃあショックだわな。おまけにあの人が、例の殺人事件の犯人だったたっていうんだから。まあしかし、あいつが犯人隠匿《いんとく》だの何だのでしょっぴかれるようなことはないから。——いやじゃなけりゃあ、ちょっと来て声でもかけてやってくれないか。とにかくあいつ、きみにはもう合わす顔がないって云って、そりゃもう……」

　風雨はきのうの午後にはようやく収まり、この日は朝から清々しい好天だった。病院を出たのが午後四時過ぎ。タクシーを飛ばして警察署の前に到着したのは、そろそろ太陽が西の山々の上に傾こうかというころだった。

　受付で武藤の名を云うと、すぐに呼び出してくれた。

「やあ、院長センセイ」

　張りのある太い声を響かせ、童顔の刑事は右手を挙げて敬礼してみせた。先日と同じグレイの背広に、やはり同じような黄ばんだワイシャツを着ている。

「いいタイミングだ。ついさっき終わったところだから。今あっちのトイレに行ってる。もうすぐここに来るよ」

　武藤はごそごそとシャツの胸ポケットを探り、ひしゃげて皺くちゃになった煙草の箱を取り出した。

「あれ。やめてるんじゃなかったんですか」

「今夜から六度めの禁煙に入る予定」

　と云って丸い肩をすくめ、武藤は煙草に火をつけた。いかにもうまそうに紫煙をく

ゆらせながら、

「いずれ妹を紹介してやることがあっても、この辺の話は男同士の秘密だぞ」

「はあ……」

やがて、占部が薄暗い廊下を独り歩いてきた。ロビーに立つ翔二の姿を認めると一瞬、はっとしたように足を止めたが、すぐにもとの歩調で進んでくる。その視線はしかし、翔二をまっすぐ捉えてはいなかった。

「お疲れさん」

と、武藤がことさらのように軽い調子で声をかける。

占部は黙ってわずかに首を振り、翔二の前を素通りして入口の扉へ向かった。ズボンのポケットに深く両手を突っ込み、この世界にはもはやどこにも自分の居場所がないとでもいうように、小さく肩をすぼめながら。

翔二はいくばくかの躊躇ののち、小走りに彼のあとを追った。

「占部さん」

いくぶん速足になって玄関の石段を降りていく彼の背中に、声を投げる。

「待ってくださいよ、占部さん」

彼は振り向かず、さらに少し足を速めた。ようやく追いついて彼の横に並ぶと、同

じ速さで道を歩きながら、

「ねえ、占部さん」

翔二は真摯《しんし》な想いを込めて云った。

「約束、憶えてますよね」

「――ん？」

冷たくこわばっていた顔にちょっと驚いたような表情を浮かべ、占部は翔二のほうに目を向けた。縁なしの円い眼鏡が光る。

「ネパール、一緒に行こうって約束したでしょう」

と、翔二は云った。

「ちゃんと守ってくれないと僕、怒りますよ」

「ああ……そうだったね」

応えて、占部はやつれた頬にかすかな笑みをたたえた。

「そうだ。約束したよな」

黄昏が忍び寄る街。

警察署の横には、大きな噴水を中央に据えた公園があり、そこでいま幾人かの子供たちが遊んでいる。西の空から射す夕陽が、彼らの姿を昏く赤い色に染めていた。

「おじぞうさま――」

大きな声で。歌うように。

「――わらった」

自分を取り巻く風景に、今はなぜかしら例の「異国感」が感じられない。

そのことを何となく不思議に思いながら翔二は、時間《とき》を忘れて戯れる（おじぞうさま、わらった……）子供たちの影に目を細めた。

――了

# 新装改訂版あとがき

『黄昏の囁き』を書いたのは一九九二年の夏から冬にかけての数ヵ月、だった。同年四月に『黒猫館の殺人』を発表したあと、長年の悩みの種であった扁桃腺《へんとうせん》の摘出手術を受けて、体調が落ち着いたころから本格的に取り組んで……という大まかな流れだったように思う。

核心部のアイディアは『黒猫館の殺人』に着手する前に得ていて、プロットもだいたいできており、すでに「序章」を書き上げてもいたのである。ところが、いざ執筆を再開してみると、なかなか思うようには進まなかった。デビューから五年が経って何かと仕事が増え、書き下ろし長編だけに集中できなくなってきていた——という背景も当時、あった気がする。

そんな中、祥伝社ノン・ノベルの編集部からは「九三年一月には何としても刊行を」と云われていた。それに応えるべく、終盤は西新宿の某シティホテルに十日間ほど閉じこもった。

十一月二十六日にチェックインして十二月六日に脱稿、七日にチェックアウト——と、これは当時の手帳にメモが残っている。『暗闇の囁き』のときのような「とっかかりを摑《つか》むためのカンヅメ」ではなくて、『黒猫館の殺人』でも経験した「期限までに完成させるためのカンヅメ」であった。

このときの編集担当は、『緋色の囁き』と『暗闇の囁き』でお世話になった猪野《いの》正《まさ》明《あき》さんから若手の保坂智宏《ほさかともひろ》さんに引き継がれていた。保坂さんは僕と同い年で、ワセダミステリクラブ出身。学生時代、全ミス連（全日本大学ミステリ連合）の大会などで遭遇したことのある顔見知りだった。

まさかこういう形で仕事をご一緒する日が来るとはねえ——と、あのときはお互いに驚いたものだったけれど、僕がこのカンヅメ中にひどく体調を崩してしまったのを心配して美味なフルーツを差し入れしてくださったりもしつつ、原稿の取り立てについてはまったく容赦がなかった。まだ三十過ぎの若さだったから、過酷なあの状況に対応できたのだなあ——と、いま振り返って痛感する。

『緋色の囁き』『暗闇の囁き』に続くシリーズ第三作として、本作ではまず舞台を

「街」に広げようと考えた。「栗須市《くりすし》」という架空の地方都市である。せっかくだから『緋色』の「相里市《あいざとし》」や『暗闇』の「鳥裂野《うさきの》」とも軽くリンクさせて、「シリーズ」の体裁を補強しようとも考えた。

この「架空の地方都市」という設定は書き心地が良い——というか、僕の性に合っているらしい。のちに書いた『最後の記憶』でも、物語後半にはそのような街を用意したし、さらにのちの『Another』でも、「夜見山市《よみやまし》」という架空の街が物語全編の舞台となった。そういったところも含めてやはり、「囁き」シリーズは『Another』へ至る道の一つだったのだな、とも思える。

さて、そんなこんなの末、編集部の要請どおり九三年一月に刊行された本作であった。苦闘の甲斐あって売れ行きも好調だったのだが、僕のキャパシティがあまりにも小さかったため、そのあと祥伝社には不義理をしてしまい、ノン・ノベルでさらなる新作を書くことはなかった。

『黄昏の囁き』は九六年にノン・ポシェット（祥伝社文庫）で文庫化され、二〇〇一年には講談社文庫で再文庫化。そしてこのたび、発表から二十八年余りを経ての〈新装改訂版〉刊行、となった次第である。

「囁き」シリーズ前二作に比べると、本作の改訂作業は存外にすんなりと進めることができた。デビューから五年、十二作めの長編となると、小説を書く技術もそれなりに向上し、文体もだいぶ安定してきている。いま読み返してもさほど恥ずかしくないレベルにはなっていて、おのずと作業も楽だったのだろう。

『緋色の囁き』と『暗闇の囁き』、あるいは「館《やかた》」シリーズの諸作と比して、本作は外連味《けれんみ》が薄い、地味な印象がある――などと評されることも多い。「閉鎖的な女子高校」や「森の中の洋館」などのいかにもな舞台装置がないぶん、そのように感じられてしまうのだろうが、作者としてはむしろ、この作品の持つ「雰囲気」がけっこう気に入っている。それどころか、今回の改訂作業を通じて、シリーズ三作の中では案外これがいちばん好きかも――と感じるようにもなった。

この〈新装改訂版〉で初めて本作を読まれる方にも、きっと楽しんでいただけるものと思う。

かつてノン・ポシェット版の「あとがき」でも触れたことだが、『緋色の囁き』はダリオ・アルジェント監督の『サスペリア』（一九七七年）、『暗闇の囁き』はロバート・マリガン監督の『悪を呼ぶ少年』（一九七二年）——と、それぞれ執筆の手がかりとなるホラー映画があった。これは『黄昏の囁き』も同様だった。

しかしながら、その映画のタイトルをここで明かすのは危険なので（本作のネタが割れてしまう恐れがあるので）、やはり伏せておかざるをえない。「一九七〇年代半ばにイタリアで製作・公開されたある傑作」と記すにとどめよう。

本作を読了して、「なるほど、あれか」と膝《ひざ》を打つ方もおられるだろう。「分からないぞ」とおっしゃる方も今や少なくないかもしれないが、だったらどうぞ、あまりお気になさらず——。

講談社文庫旧版の円堂都司昭《えんどうとしあき》さんによる解説の再録に加えて、本書では新たな解説を織守《おりがみ》きょうやさんに書いていただいた。ミステリとホラーをこよなく愛し、両ジャンルの作品を精力的に発表しておられる織守さんだが、この解説を書くにあたっては非常に緊張されたのだとか。——ご苦労をおかけしました。多謝！

それから——。

今回の「囁き」シリーズ〈新装改訂版〉、装画はすべて漫画家&イラストレイターの清原紘《きよはらひろ》さんにお願いした。清原さんはかつて『Another』のコミカライズを最高の形で仕上げてくださり、現在は『月刊アフタヌーン』誌上で『十角館の殺人』の「コミックリメイク」に注力してくださってもいる。きたのじゅんこ、天野可淡《あまのかたん》——という歴代の〝本の顔〟に引けを取らないようなものをぜひ、という高難度のリクエストに応えて、期待以上の素晴らしい絵を描いてくださった。——相当なプレッシャーだったでしょうに。ありがとうね、清原さん。

ブックデザイナーの坂野公一《さかのこういち》さん、講談社文庫の現担当・栗城浩美《くりきひろみ》さんには、シリーズ三冊を通して大変お世話になった。お二人にももちろん大感謝、です。

最後に——。

一九九三年に『黄昏の囁き』を発表したさい、「あとがき」で「『囁き』シリーズ三部作」と明記する一方で僕は、そこに「とりあえず」という言葉も添えていた。これはつまり「もう一作、書こうかな」という思いがあったためで、書くとしたらそのタイトルは『空白の囁き』だろう、とも考えていたのである。作品の漠然としたイメージも、脳内でもぞもぞしていた。

あれからもう、ずいぶん長い時間が経ってしまった。けれども『空白の囁き』のイメージはいまだにどこかで蠢動《しゅんどう》しつづけていて、いずれ形にできないものか、という気持ちも消えてはいない。

ここ数年の時間の流れがあまりにも速くて、かつてなくモタモタしているうちに僕も、すっかりいい歳になってきた。残り時間がどれほどあるのか、大いに心もとないところだが、「いずれ……」という気持ちはまだ捨てないでおこうと思う。

二〇二一年　七月

綾辻　行人

# 解説

円堂都司昭《えんどうとしあき》

（本編読了後にお読み下さい）

本書『黄昏の囁き』（一九九三年）は、『緋色の囁き』（八八年）、『暗闇の囁き』（八九年）に続く「囁き」シリーズの三作目である。このシリーズにも綾辻行人らしいミステリ的な仕掛けは施されているが、ホラー／サイコ・サスペンス色が濃厚であり、「館」シリーズの本格ミステリ路線とはまた異なった魅力を持っている。

「囁き」三作品の間で登場人物は重なっておらず、ストーリー相互に直接的関連性はない。それでは、この三作をシリーズたらしめている共通項はなにか。作者本人は、次の要素をあげていた。

文体や雰囲気。主人公の幼少時の〝記憶〟が事件の重要な鍵となっている点。加えて、これは言わずもがなのことかとも思いますが、各作品の舞台となる架空の土地（『緋色の囁き』の相里市《あいざとし》、『暗闇の囁き』の烏裂野《うさきの》、そして『黄昏《たそがれ》の囁き』の栗須市《くりすし》）が同一の時空に存在しているということ。
（『黄昏の囁き』祥伝社ノン・ポシェット版あとがき）

綾辻があげた要素のうち最後の「時空」については、作品複数にまたがって登場する固有名詞がいくつか鏤《ちりば》められているので、相互の関係について読者個々が想像を膨《ふく》らませてみて欲しい。私が注目したいのは、前段の「文体」「雰囲気」「記憶」である。作品構造に直接かかわるこの三要素のうち「雰囲気」に関しては、ミステリ・ファンの間で綾辻の次の発言がよく知られている。

僕にとって〝本格ミステリ〟というのは、随分と曖昧《あいまい》で語弊《ごへい》のある云い方だとは思いますが、〝雰囲気〟なのです。

（『水車館の殺人』講談社ノベルス版あとがき）

これは綾辻の本格ミステリ観を論じる際にしばしば引用される文章で、「雰囲気」重視の姿勢は、先輩作家である栗本薫（中島梓）の影響を受けていることを本人も認めている。そして綾辻は本格ミステリだけでなく、ホラー色の強い「囁き」シリーズについて語るのにも「雰囲気」という言葉を持ち出している。だが、不定形な恐怖の感情を描くホラーなら「雰囲気」を重視するのは当然としても、ロジックの構築が中心的課題となる本格ミステリを相手に「雰囲気」などと「曖昧」な基準を立てるのはふさわしくないのではないか。そんな疑問が思い浮かぶ。

では綾辻は、本格ミステリのコアであるロジックに「雰囲気」の衣裳を纏《まと》わせることで作品をグラマラスにしようとしているのだろうか。どうも、それだけのこととは思えない。私の印象では、「雰囲気」は綾辻ミステリのロジックの質や作品のコアにまで及ぶ事柄である。今回は「囁きシリーズ」の「雰囲気」をみつめることで、綾辻作品の成り立ちに近づいてみたい。そのために少々遠回りを――。

それが小説であるからには、作品固有の「雰囲気」を醸《かも》し出しているべきだ。だが、もちろん気分に任せて書き飛ばすだけでは、作品は充分な「雰囲気」を持ちえない。「囁き」シリーズにしても、「記憶」というテーマを効果的に扱うために特定の「文体」を選んだことが、「雰囲気」の醸成につながっている。この「テーマ―文体―雰囲気」を貫《つらぬ》くものとして、「囁き」シリーズでは〝リフレインの美学〟があげられるだろう。

あなたは『エクソシスト』（七三年）のテーマ音楽を御存知だろうか？　ホラー映画ファンとしても知られる綾辻の本を手にする人ならば、多くが聞き覚えていると期待するのだけれど。この曲は「囁き」シリーズの〝リフレインの美学〟を考えるうえで恰好の材料なのである。

ウィリアム・フリードキン監督の『エクソシスト』は七〇年代のホラー映画を代表するヒット作で、テーマ曲もまたヒットした。ピアノの短いフレーズが、いつまでもゼンマイの緩まないオルゴールみたいに、リフレインし続けるのが印象に残る名曲だ。ピアノの音色に絡まる楽器の数が徐々に増えていき、曲の表情を変化させながら破局的なフォルテッシモに辿《たど》り着く。このテーマ曲は本来、映画用に作られたものではなく、マイク・オールドフィールドが発表したインストルメンタルロック組曲『チューブラー・ベルズ』（七三年）のアナログA面冒頭の抜粋だった。繰り返し主体のミニマルミュージックは、それ以前からテリー・ライリーやスティーヴ・ライヒなどが現代音楽の分野で取り組んでいたが、オールドフィールドはその試みをポップミュージックに導入して成功した。

『チューブラー・ベルズ』のサウンドは以後のサスペンス映画の音楽に少なからぬ影響を与えており、今でもこのパターンを耳にする。綾辻の愛するホラー映画監督ダリオ・アルジェントが『サスペリア』（七七年）などで起用したゴブリン（イタリアのプログレッシヴ・ロック・グループ）もこのパターンを踏襲して曲を作っていた。ちなみに『サスペリア』のサウンドトラックは、綾辻も名盤と讃えている（『アヤツジ・ユキト　1987―1995』講談社文庫）。

さて、繰り返し主体の音楽と「囁き」シリーズの類似に関しては、実は既に津原《つはら》泰《やす》水《み》が『緋色の囁き』講談社文庫版の解説で指摘していた。

ところでさきほどトランス云々と書いていてふと思ったのだが、頻出《ひんしゅつ》する色彩形容の効果はミニマルミュージックによるそれと似ているかもしれない。短いテーマに微妙な変化を加えつつ延々と繰り返してゆく音楽だ。

（「綾辻行人の視覚」）

津原の指摘は妥当なもので、本書でも、黄昏的に遊ぶ子どもたちを取り巻く「赤」が繰り返し現れて効果を上げている。津原は「色彩形容」だけを指摘しているが、ミニマルミュージックと「囁き」シリーズの類似はその他の部分にも多くみてとれる。「囁き」三作ではいずれも、ストーリー本流の時間進行から浮き上がったような、謎めいた短いイメージが各章の前か後に置かれている。『緋色の囁き』では血に魅せられた少女の残酷性、『暗闇の囁き』では少年たちの秘密めいた会話、『黄昏の囁き』では赤い空を背景に遊ぶ五人の子供たちの様子がそれである。謎めいたイメージは、どの章でも律儀《りちぎ》に同じ場所、同じ程度の長さで挿入される。


また「囁き」シリーズでは、主人公の心の内の言葉、過去の記憶が囁きかけてくる声が（　）を多用して記される。（　）は文章の途中に割り込むだけでなく、

（囁き）

文章がまだ終わっていないのに強引に改行して分断する暴力をも振るう。語り手の地の文章を
（囁き）

追い出してその一行を乗っ取った（　）は、

（囁き）

行の下に、真ん中に、上に、不安定に遊泳する。綾辻はホラー作品では、この種の字面の工夫をすることが多い。

そして「囁き」シリーズでは、過去の記憶に結びついた特定のフレーズが繰り返し繰り返し登場する。『緋色の囁き』では（めりーくりすます）、『暗闇の囁き』では呪文めいた（ヒトツハ……）の変奏、『黄昏の囁き』では（ね、遊んでよ）。これらのフレーズは主人公が望まぬのに過去から何度も囁きかけてくる。かといって、主人公が頭につきまとって離れない記憶の細部を思い出そうとしても、するすると逃げてしまう。

『黄昏の囁き』の場合は、『緋色の囁き』における全寮制の厳格な学校と美少女、『暗闇の囁き』の山中の洋館と美少年——に相当するいかにもな道具立てがない。サーカス団という江戸川乱歩的モチーフも出てくるが、遠景にとどまっている。本書は、わかりやすい道具立てによる「雰囲気」作りをしていない分、〝リフレインの美学〟による「雰囲気」の醸成に力が入れられている。色彩、謎めいたイメージ、字面、特定のフレーズ——の音楽的反復に加えて、主人公の青年翔二《しょうじ》は左の首筋に手をあてる癖をなぜか繰り返し、ぴたん……と鳴る水の幻聴を幾度となく聞く。反復反復反復反復。この小説にあるのは、複数のオルゴールがいっせいに鳴るような〝リフレインのマニエリズム〟なのだ。

シリーズ三作中、最も完成度の高いのは『暗闇の囁き』と思われるが、『黄昏の囁き』は「テーマ―文体―雰囲気」を貫く〝リフレインの美学〟が徹底していることで、独自の質感を主張している。そもそもこの小説は、第一被害者となる翔二の兄が、延々と一つのアニメソングを演奏し続けるレコードの悪夢に苦しめられるところから始まっていた……。


自分の意志の及ばぬところで、勝手に繰り返すなにかに囚《とら》われてしまった〝私〟。これは「囁き」作品に共通の構図であり、定番の道具立てを抑制した『黄昏の囁き』では構図が露わになった観がある。過去の記憶は自動機械めいたものに変貌し、それに巻き込まれた〝私〟の主体性が揺らぐ。

オートマティックなリフレイン発生装置の代表格であるオルゴールの歴史を遡《さかのぼ》ると、教会の鐘（カリヨン）に辿り着く。一六世紀から一八世紀にかけて、鐘を調律して配列し、自動演奏する技術が欧州の教会や時計塔で広まったことがオルゴールの起源とされる（『郷愁のアンティーク・オルゴール』オルゴールの小さな博物館編・毎日新聞社刊ほか)。神の下で鳴らされる鐘を起源とするためか、自動演奏にはどこか超越的な感覚がまとわりつく。オルゴールの現代的世俗化といえるテクノ・ミュージックの自動演奏にしても、神秘主義に結びつきやすい一面を持っているし。

「囁き」シリーズのリフレインの恐怖も、〝私〟を超えたオートマティックななにかに対する怯えから発生している。深夜、ゼンマイの加減で突然鳴り始めたオルゴールが〝私〟を目覚めさせたのに、唐突に鳴りやんでしまう類の気持ち悪さ。過去からの「囁き」は、オルゴールのたちの悪いイタズラに似ている。しかし、神のごとく真に超越したものなど存在しない。自分を操っているかにみえたオートマティックななにか(ここでは記憶)は、所詮《しょせん》、人が作り出したものであり、やがてそれは崩れ落ち、〝私〟は〝私〟を取り戻すだろう。「囁き」シリーズは、そのような方向で書かれているる(とはいえ作品の中には、リフレインから解放されたとみえて、またリフレインに囚われる結末もあるが)。

ここでもう一度、『チューブラー・ベルズ』を注意深く聞いてみよう。単純な繰り返しに思えた中心フレーズには、ちょっとした仕掛けが施されていた。

ラシソラドレシド/ラシソラドレシドシ・/ラシソラドレシド/ラシソラドレシドシ・

……

奇数回に比べて偶数回のフレーズの末尾は音符が一つ多く、小節の長さが違うのである。このリフレインはあらかじめズレ、歪みを含んでおり、それが独特の効果を生むのだが、始めからカタストロフに向かうことが運命づけられたフレーズとも解釈できる。「囁き」シリーズの場合も、何度も登場する謎めいたイメージ、過去からの「囁き」にはズレや歪みが埋め込まれており、それが暴露されることでカタストロフに至る。

「囁き」三作には、作者がそれぞれモチーフにした映画が存在している。ちなみに『黄昏の囁き』にインスピレーションを与えた映画のテーマ曲は、ズレを含んだリフレインで作られていた。

このように考えてくると、「囁き」シリーズと「館」シリーズの間に同型性をみることが可能になるだろう。「囁き」シリーズでは過去の記憶がオートマティックな拷問機械と化して登場人物を苦しめていたのに対し、「館」の事件は訪れる者を容赦なく抹消する殺人機械の様相を呈する。超越的な意志を持って、オートマティックに使命を遂行するかのごとき「館」。このオートマティックな感覚は、特に『時計館の殺人』（九一年）で際立っている。しかし、先に述べたのと同様に、「館」が示す超越性も、神ではなく人間の領域にある。建物の当主の狂気は、「館」の構造にズレや歪みを刻印しており、やがて崩壊することが前もって定められている。

「雰囲気」という言葉は、「気」の「曖昧」さに目を奪われがちだが、綾辻にとっては「囲」が肝心なのだと想像する。過去の記憶や「館」のように、自分を「囲」ってオートマティックな運動に巻き込むものに対する関心と畏怖。「雰囲気」とはその場全体を包む空気や感情を指すが、綾辻作品は〝私〟を包み「囲」むものの描写に力点が置かれている。

綾辻には「本格ミステリ＝雰囲気論」のほかに、「本格ミステリは、何よりもまず〝意外性＝アイデンティティーの崩壊感〟を生み出すための装置である」（「本格ミステリは〝意外性〟の演出装置である」『アヤツジ・ユキト　１９８７―１９９５』収録）との発言もある。「アイデンティティーの崩壊感」は、〝私〟と〝私〟を「囲」む世界の関係崩壊として訪れる。そして一瞬、「囲」いが解かれる感覚が訪れる。この感覚は綾辻の本格ミステリだけでなく、ホラー作品でも中心に据えられている。自分とは無関係に（超越的に）自動回転しているような現実世界に巻き込まれ、汲々としている私たち読者にとって、「囲」いが解かれるのは快感である。

綾辻が本格ミステリ作品で、叙述トリックを多用するのも当然だ。叙述トリックは、物語を超越的視点から読んでいるつもりの読者の超越性を揺さぶるところに狙いがあるのだから。その時、なかば惰性的に自動化していた読みで狭められていた視野は、一瞬、「囲」いを解かれ、「気」分が開放されるのだ。

最後は、ちょっとした遊びで終わろう。「雰囲気」重視作家の先達である栗本薫はデビュー当時、自作にＢＧＭを指定することをよくしていた。私も何曲か選んでみた。どれも『黄昏の囁き』を読んで連想した曲だ。

BGM：筋肉少女帯〝サンフランシスコ〟〝福耳の子供〟、LED ZEPPELIN“DAZED AND CONFUSED”, GOBLIN“DEATH DIES”“PROFONDO ROSSO”

新装改訂版解説

# 極上の絵空事を

織守きょうや

綾辻行人という作家を知らない、これまで一冊も著作を読んだことがない、という状態で本書を手に取られる方はどれくらいいるだろう。それほど多くはないのではないかと予想する。何しろ、綾辻行人といえば、言わずと知れた本格ミステリ界のレジエンドである。

貴方がもしもそうなら、どうぞこのままレジへ。何の先入観もなく本書を楽しめることは幸運だ。ぐいぐい引き込まれてあっという間に時間が経ち、読み終わったときには呆然とし、間違いなくほかの綾辻作品も読みたくなる。これからあの作品やあの作品についても初読の楽しみを味わうことができるのがうらやましいくらいだ。

先輩読者としては、どうぞ楽しんでくださいと送り出すだけだ。

これを読んでいる貴方が、二〇〇九年に発表され話題となった『Another』で綾辻行人作品に初めて触れ、それ以前の作品にも興味を持った……という読者なら、次にこのシリーズに手を伸ばしたのは正解だ。本書を読んで、これほど初期の作品にも、はっきりと『Another』へとつながる綾辻行人の美学が表れていることに驚き、嬉しくなるだろう。不穏な空気、秘密を抱えた少年少女、過去の事件、秘密、隠された記憶——恐怖の根源は謎にあり、謎の解体が恐怖と向き合うことにもなる、ホラーとミステリの融合。本書を含む「囁き」シリーズの延長線上に『Another』があると言っても過言ではない。『Another』に魅せられた読者にこそ、自信を持って本書を薦《すす》めたい。

そして、綾辻行人といえば「館《やかた》」シリーズだろう、それ以外は読んだことがない、という方。自分が読みたいのは本格ミステリであり、ホラーやサスペンスはちょっと……と、これまで本書を含む「囁き」シリーズを手に取ることを躊躇《ちゅうちょ》していた方は、意外といるのではないか。

何故そう思うのかというと、私自身が、最初は「館」シリーズばかりを楽しみに追いかけ、あるとき、どうも館ものではないらしい、氏の別ジャンルの作品をふと手に取ってみて、ロジックとトリックを主に楽しむ本格ミステリとはまた違う魅力を知って驚愕し、「館」シリーズではなく「綾辻行人」のファンになった読者だからだ。

もし貴方がかつての私と同じなら、騙《だま》されたと思って本書を読んでみてほしい。一読すれば、これがまぎれもなく綾辻行人の、『十角館の殺人』を書いた作家の作品だと実感できるはずだ。

私が初めて触れた綾辻作品も御多分に漏れず、『十角館の殺人』だった。「あの」一行を読んだときの、「何だこれすごい！」という興奮は忘れられない。

第一印象があまりに強すぎて、長い間私の中で綾辻行人は「本格ミステリの書き手」だった。

「囁き」シリーズの開始は、「館」シリーズ開始から遅れることわずか一年あまりであるのだが、それだけ「館」シリーズのインパクトは大きかったということだろう（ちなみに私は当時刊行されていた「館」シリーズを読みつくしてしまい、どんなものかなと思いながら手にとった幻想ホラー短編集『眼球綺譚』に撃ち抜かれて、『どんどん橋、落ちた』や『フリークス』、さかのぼって「囁き」シリーズへと手を伸ばしていくことになった。『眼球綺譚』は「十角館」と並ぶマイベスト綾辻作品である。私自身もミステリ&ホラーというジャンルを書くうえで間違いなく影響を受けている)。

『緋色の囁き〈新装改訂版〉』の「あとがき」によると、後に『緋色の囁き』として刊行される、「囁き」シリーズ第一作は、デビュー作『十角館の殺人』を書きあげた直後、長編第二作として執筆されたという。しかし、「十角館」と作品のテイストが違いすぎるため、まずは「十角館」と同系統の本格ミステリを続けて発表し、「綾辻行人」のイメージを確立したほうがいいのでは、というエージェントの戦略のもと、完成原稿はいったんストックとして寝かされ、約一年後、『水車館の殺人』『迷路館の殺人』に続く長編第四作として発表されることとなった。

結果的に、『緋色の囁き』は好評を博し、「館」シリーズに続いてシリーズ化することとなるのだが――エージェントが「まずは本格ミステリを続けて発表して『綾辻行人』のイメージを作ってから」と判断したことは理解できる。確かに、「館」シリーズと「囁き」シリーズでは、テイストはかなり異なっている。

「囁き」シリーズは、ホラーやサスペンスの色が濃く、舞台設定や文体からして湿り気を帯びて、ある意味装飾的である。謎とその解決のためだけに編まれたストイックな物語とは明らかに違い、むしろ、謎すらも世界観を構成し、不穏な雰囲気を楽しむための道具として使われているのではないかと感じるほどだ。

著者によると、『緋色の囁き』を書き始めるにあたっては、トリックやロジックよりも「こういう雰囲気のものが書きたい」というイメージが先行していたということだから、「館」シリーズとは造り方からして違うのだろう。

ゴシックな舞台や道具立て、作品全体を通して漂《ただよ》う不吉な気配、登場人物たちにつきまとう、「何かがおかしい」という正体不明の不安感によって、「囁き」シリーズは、著者の目論見《もくろみ》通り、「館」シリーズとは全く違う読み味に仕上がっている。

しかし、やはり、「囁き」シリーズは、まぎれもなく綾辻行人の作品なのだ。氏にはこういう魅力もあると知ることができる、という意味だけではない。一見、全く違うテイストに思える作品でも、読者が綾辻作品に求めていた期待を裏切られることはないという意味だ。「囁き」シリーズの一冊でも読めば、それを理解できるだろう。

ロジックを積み重ねて謎を解くタイプの「館」シリーズとは構造やコンセプトから

して異なっているものの、本シリーズにおいても、「世界を反転させる」著者の手腕は存分に発揮される。

雰囲気たっぷりに構築された世界で、主人公たちは少しずつ追い詰められ、それと同時に、謎の正体へと近づいていくが——主人公と読者がある事実に気づいた瞬間、それまで見えていた風景が変わり、世界は反転する。そして、おぞましく悲しい真実を映し出す。


「囁き」シリーズの三作目にあたる本書『黄昏の囁き』の主人公、十九歳の津久見翔二は、親元を離れ、東京の医大に通っているが、五つ上の兄・伸一の訃報を受けて実家のある栗須市へ帰ってくる。

第1章の時点で伸一は死亡しているので、兄弟としての二人の関係は多くは語られないが、回想の中に登場する伸一は自身のことを「オチコボレ」と呼び、両親に期待される「出来のいい」弟に卑屈な態度をとっていた。どこかぎくしゃくしたまま、弟は故郷を離れて進学し、兄は謎の転落死を遂げる。

伸一は何故死んだのか、そして、彼が生前、自分へ向けていた、怯《おび》えたような目は何だったのか——朧《おぼろ》げな記憶の中から囁きかけてくる、「遊ぼうよ」という声は、誰のものなのか。

全寮制の女子校や森の中の洋館が舞台だった前二作、『緋色の囁き』『暗闇の囁き』と比べるとゴシックな雰囲気は控えめだが、だからといって、本書はホラー要素が薄いのかというと、そんなことはない。シリーズに共通する、足場のぐらつくような、正体のない不安から来る「気持ち悪さ」は健在だ。翔二は故郷である栗須市の駅に降り立った瞬間から居心地の悪さを感じているし、翔二の首筋を触る癖、サーカス団のポスターなどの意味深なモチーフに加え、たびたび挿入《そうにゅう》される、黄昏の中で遊ぶ子供たちの風景は、幻想的で、どこかまがまがしく、不安をかきたてる。そして、囁き。遊ぼうよ、という無邪気なはずの誘いの言葉が、不穏に響く。子供たちは誰なのか、そのとき何が起きていたのか、翔二の記憶とともに少しずつ明らかになっていく物語は、ミステリよりもホラーの作法で紡《つむ》がれる。


そして、何より、この物語は悪夢から始まる。

同じ曲を流し続けるレコードと虫の大群に襲われる夢から醒《さ》めたとたん、かかってくる不気味な電話。雨。リフレインする囁き。そして、深夜の来訪者に襲われ、なすすべもなく殺害される「彼」――伸一。

悪夢の延長のような現実の描写の後、誰のものかもわからない黄昏の記憶が挿入され、そして、主人公・翔二の帰郷、と物語は進んでいくわけだが、物語が殺される被害者の視点から始まるというのは、まさにホラー映画的な手法だ。

翔二ですら知らない伸一の殺害シーンが序章で描かれていることにより、読者は、主人公より多くの情報を持った状態で、彼の物語を読み始めることになる。

本格ミステリにおいては、謎解きのテキストとしてフェアであるために、読者が探偵役、視点人物と同じだけの情報を持って読み進められることが求められるが、本書では読者のほうが一歩主人公に先んじているのだ。

物語が進むにつれ、繰り返し挿《さ》し込まれる過去の記憶と囁きによって、黄昏の中で遊ぶ子供たちの風景が伸一の死にかかわっているらしいこと、おそらく、伸一には幼いころに犯した何らかの罪が存在し、そのために殺されたのだろうことは示される。しかし読者の想像の中でも、「遊ぼうよ」と囁きかけてくる声の主だけは、赤い夕陽の逆光で顔が見えない。この声の主、記憶の中の「誰か」の正体が、この物語の最も重要な謎であり、恐怖の根源であり、鍵となっている。

本書において、視点は主人公・翔二に固定されていない。序章は伸一の視点で描かれているし、途中には、伸一の幼なじみたちの視点でつづられる章もあり、そこで、彼らに共通するある秘密についても少しずつ明かされるが、翔二はそれを知らない。読者はまたしても翔二に一歩先んじてその情報を得て、翔二が一歩ずつ進んで自分と同じところまでたどりつくのを、少し先から見守る形になる。

そして、彼が真相へと迫るたびに、読者と翔二の視点もまた近づいていく。翔二が、読者と同じだけの情報を手に入れ、見守っていたはずの読者の視点が、翔二のそれと重なったとき——遠い記憶がよみがえり、黄昏の風景の本当の意味に気づいたとき、世界は鮮やかに反転する。

その衝撃は、シリーズ中、随一と言ってもいい。

本書は、過去からの囁きにじわじわと日常が侵食されるホラーであり、ぐいぐいと引き込まれるサスペンスであり、主人公の成長譚であり、優れたフーダニットでもある。犯人の歪《ゆが》みはおそろしく、事件自体は凄惨《せいさん》だが、世界が反転する衝撃とカタルシスが先に立って、読後感は爽快ですらある。

『十角館の殺人』の第一章で登場人物の一人であるエラリイが、ミステリについてこう持論を語っていた。「〝社会派〟式のリアリズム云々《うんぬん》は、もうまっぴら」「絵空事で大いにけっこう」――。

リアリズムの鎖から解き放たれた綾辻行人のミステリを一読すれば、エラリイに賛同せずにはいられない。ミステリは、知的で楽しい絵空事でいい。

『十角館の殺人』とは趣を異にしていても、本書は間違いなく、極上の絵空事だ。綾辻行人の描く、すばらしく楽しく、美しく、残酷で、わくわくする絵空事を、これからも楽しみにしている。

# 綾辻行人著作リスト（２０２２年8月現在）

【長編】

1 『十角館の殺人』
講談社ノベルス／１９８７年9月
講談社文庫／１９９１年9月
講談社文庫――新装改訂版／２００７年10月
講談社 YA! ENTERTAINMENT／２００８年9月
講談社――限定愛蔵版／２０１７年9月

2 『水車館の殺人』
講談社ノベルス／１９８８年2月
講談社文庫／１９９２年3月
講談社文庫――新装改訂版／２００８年4月
講談社 YA! ENTERTAINMENT／２０１０年2月

3 『迷路館の殺人』
講談社ノベルス／１９８８年9月
講談社文庫／１９９２年9月
講談社文庫――新装改訂版／２００９年11月

4 『緋色の囁き』
祥伝社ノン・ノベル／１９８８年10月
祥伝社ノン・ポシェット／１９９３年7月
講談社文庫／１９９７年11月
講談社文庫――新装改訂版／２０２０年12月

5 『人形館の殺人』
講談社ノベルス／１９８９年4月
講談社文庫／１９９３年5月
講談社文庫――新装改訂版／２０１０年8月

6 『殺人方程式――切断された死体の問題――』
光文社カッパ・ノベルス／１９８９年5月
光文社文庫／１９９４年2月
講談社文庫／２００５年2月

7 『暗闇の囁き』
祥伝社ノン・ノベル／１９８９年9月
祥伝社ノン・ポシェット／１９９４年7月
講談社文庫／１９９８年6月
講談社文庫――新装改訂版／２０２１年5月

8 『殺人鬼』
双葉社／１９９０年1月

双葉ノベルズ／1994年10月
新潮文庫／1996年2月
角川文庫（改題『殺人鬼　――覚醒篇』）／2011年8月

9
『霧越邸殺人事件』
新潮社／1990年9月
新潮文庫／1995年2月
祥伝社ノン・ノベル／2002年6月
角川文庫――完全改訂版（上）（下）／2014年3月

10
『時計館の殺人』
講談社ノベルス／1991年9月
講談社文庫／1995年6月
双葉文庫（日本推理作家協会賞受賞作全集68）／2006年6月
講談社文庫――新装改訂版（上）（下）／2012年6月

11
『黒猫館の殺人』
講談社ノベルス／1992年4月
講談社文庫／1996年6月
講談社文庫――新装改訂版／2014年1月

12
『黄昏の囁き』
祥伝社ノン・ノベル／1993年1月
祥伝社ノン・ポシェット／1996年7月
講談社文庫／2001年5月
講談社文庫――新装改訂版／2021年8月

13
『殺人鬼Ⅱ――逆襲篇――』
双葉社／1993年10月
双葉ノベルズ／1995年8月
新潮文庫／1997年2月
角川文庫（改題『殺人鬼　――逆襲篇』）／2012年2月

14
『鳴風荘事件――殺人方程式Ⅱ――』
光文社カッパ・ノベルス／1995年5月
光文社文庫／1999年3月
講談社文庫／2006年3月

15
『最後の記憶』
角川書店／2002年8月
カドカワ・エンタテインメント／2006年1月
角川文庫／2007年6月

16
『暗黒館の殺人』
講談社ノベルス――（上）（下）／2004年9月

講談社――限定愛蔵版／２００４年９月
講談社文庫――(一)(二)／２００７年10月
講談社文庫――(三)(四)／２００７年11月

17 **『びっくり館の殺人』**
講談社ミステリーランド／２００６年３月
講談社ノベルス／２００８年11月
講談社文庫／２０１０年８月

18 **『Another』**
角川書店／２００９年10月
角川文庫――(上)(下)／２０１１年11月
角川スニーカー文庫――(上)(下)／２０１２年３月

19 **『奇面館の殺人』**
講談社ノベルス／２０１２年１月
講談社文庫――(上)(下)／２０１５年４月

20 **『Another　エピソードS』**
角川書店／２０１３年７月
角川書店――軽装版／２０１４年12月
角川文庫／２０１６年６月

21 **『Another 2001』**
ＫＡＤＯＫＡＷＡ／２０２０年９月

---

**【中・短編集】**

1 **『四〇九号室の患者』**（表題作のみ収録）
森田塾出版（南雲堂）／１９９３年９月

2 **『眼球綺譚』**
集英社／１９９５年10月
祥伝社ノン・ノベル／１９９８年１月
集英社文庫／１９９９年９月
角川文庫／２００９年１月

3 **『フリークス』**
光文社カッパ・ノベルス／１９９６年４月
光文社文庫／２０００年３月
角川文庫／２０１１年４月

4 **『どんどん橋、落ちた』**
講談社／１９９９年10月
講談社ノベルス／２００１年11月
講談社文庫／２００２年10月
講談社文庫――新装改訂版／２０１７年２月

5 **『深泥丘奇談』**
メディアファクトリー／２００８年２月
ＭＦ文庫ダ・ヴィンチ／２０１１年12月
角川文庫／２０１４年６月

6『深泥丘奇談・続』
メディアファクトリー／２０１１年３月
MF文庫ダ・ヴィンチ／２０１３年２月
角川文庫／２０１４年９月
7『深泥丘奇談・続々』
KADOKAWA／２０１６年７月
角川文庫／２０１９年８月
8『人間じゃない　綾辻行人未収録作品集』
講談社／２０１７年２月
講談社文庫（増補・改題『人間じゃない〈完全版〉』）／２０２２年８月

【雑文集】
1『アヤツジ・ユキト　１９８７―１９９５』
講談社／１９９６年５月
講談社文庫／１９９９年６月
講談社――復刻版／２００７年８月
2『アヤツジ・ユキト　１９９６―２０００』
講談社／２００７年８月
3『アヤツジ・ユキト　２００１―２００６』
講談社／２００７年８月
4『アヤツジ・ユキト　２００７―２０１３』
講談社／２０１４年８月

【共著】
○漫画
＊『YAKATA①』（漫画原作／田篭功次画）
角川書店／１９９８年12月
＊『YAKATA②』（同）
角川書店／１９９９年10月
＊『YAKATA③』（同）
角川書店／１９９９年12月
＊『眼球綺譚―yui―』（漫画化／児嶋都画）
角川書店／２００１年１月
角川文庫（改題『眼球綺譚―COMICS―』）
／２００９年１月
＊『緋色の囁き』（同）
角川書店／２００２年10月
＊『月館の殺人（上）』（漫画原作／佐々木倫子画）
小学館／２００５年10月
小学館――新装版／２００９年２月
小学館文庫／２０１７年１月
＊『月館の殺人（下）』（同）
小学館／２００６年９月

小学館――新装版／２００９年２月
小学館文庫／２０１７年１月
＊『Another ①』（漫画化／清原紘画）
角川書店／２０１０年10月
＊『Another ②』（同）
角川書店／２０１１年３月
＊『Another ③』（同）
角川書店／２０１１年９月
＊『Another ④』（同）
角川書店／２０１２年１月
＊『Another ０巻　オリジナルアニメ同梱版』（同）
角川書店／２０１２年５月
＊『十角館の殺人①』（漫画化／清原紘画）
講談社／２０１９年11月
＊『十角館の殺人②』（同）
講談社／２０２０年８月
＊『十角館の殺人③』（同）
講談社／２０２１年３月
＊『十角館の殺人④』（同）
講談社／２０２１年10月
＊『十角館の殺人⑤』（同）
講談社／２０２２年５月

○絵本
＊『怪談えほん８　くうきにんげん』（絵・牧野千穂）
岩崎書店／２０１５年９月

○対談
＊『本格ミステリー館にて』（vs.島田荘司）
森田塾出版／１９９２年11月
角川文庫（改題『本格ミステリー館』）／１９９７年12月
＊『セッション――綾辻行人対談集』
集英社／１９９６年11月
集英社文庫／１９９９年11月
＊『綾辻行人と有栖川有栖のミステリ・ジョッキー①』（対談＆アンソロジー）
講談社／２００８年７月
＊『綾辻行人と有栖川有栖のミステリ・ジョッキー②』（同）
講談社／２００９年11月
＊『綾辻行人と有栖川有栖のミステリ・ジョッキー③』（同）
講談社／２０１２年４月

＊『シークレット　綾辻行人ミステリ対談集in京都』
光文社／２０２０年９月

○エッセイ

＊『ナゴム、ホラーライフ　怖い映画のススメ』（牧野修と共著）
メディアファクトリー／２００９年６月

○オリジナルドラマＤＶＤ

＊『綾辻行人・有栖川有栖からの挑戦状①
安楽椅子探偵登場』（有栖川有栖と共同原作）
メディアファクトリー／２００１年４月

＊『綾辻行人・有栖川有栖からの挑戦状②
安楽椅子探偵、再び』（同）
メディアファクトリー／２００１年４月

＊『綾辻行人・有栖川有栖からの挑戦状③
安楽椅子探偵の聖夜～消えたテディ・ベアの謎～』（同）
メディアファクトリー／２００１年11月

＊『綾辻行人・有栖川有栖からの挑戦状④
安楽椅子探偵とＵＦＯの夜』（同）
メディアファクトリー／２００３年７月

＊『綾辻行人・有栖川有栖からの挑戦状⑤
安楽椅子探偵と笛吹家の一族』（同）
メディアファクトリー／２００６年４月

＊『綾辻行人・有栖川有栖からの挑戦状⑥
安楽椅子探偵　ＯＮ　ＡＩＲ』（同）
メディアファクトリー／２００８年11月

＊『綾辻行人・有栖川有栖からの挑戦状⑦
安楽椅子探偵と忘却の岬』（同）
ＫＡＤＯＫＡＷＡ／２０１７年３月

＊『綾辻行人・有栖川有栖からの挑戦状⑧
安楽椅子探偵　ＯＮ　ＳＴＡＧＥ』（同）
ＫＡＤＯＫＡＷＡ／２０１８年６月

【アンソロジー編纂】

＊『綾辻行人が選ぶ！　楳図かずお怪奇幻想館』
（楳図かずお著）
ちくま文庫／２０００年11月

＊『贈る物語 Mystery』
光文社／２００２年11月
光文社文庫（改題『贈る物語 Mystery
九つの謎宮《めいきゅう》』）／２００６年10月

＊『綾辻行人選　スペシャル・ブレンド・ミステリー
謎009』（日本推理作家協会編）

講談社文庫／２０１４年９月

＊『**連城三紀彦　レジェンド　傑作ミステリー集**』（連城三紀彦著／伊坂幸太郎、小野不由美、米澤穂信と共編）
講談社文庫／２０１４年11月

＊『**連城三紀彦　レジェンド２　傑作ミステリー集**』（同）
講談社文庫／２０１７年９月

**【ゲームソフト】**

＊『**黒ノ十三**』（監修）
トンキンハウス（ＰＳ用）／１９９６年９月

＊『**ナイトメア・プロジェクト　ＹＡＫＡＴＡ**』
（原作・原案・脚本・監修）
アスク（ＰＳ用）／１９９８年６月

**【書籍監修】**

＊『**ＹＡＫＡＴＡ―Nightmare Project―**』
（ゲーム攻略本）
メディアファクトリー／１９９８年８月

＊『**綾辻行人　ミステリ作家徹底解剖**』
（スニーカー・ミステリ倶楽部編）
角川書店／２００２年10月

---

＊『**新本格謎夜会**《ミステリー・ナイト》』（有栖川有栖と共同監修）
講談社ノベルス／２００３年９月

＊『**綾辻行人殺人事件　主たちの館**』
（イーピン企画と共同監修）
講談社ノベルス／２０１３年４月

初刊、一九九三年一月祥伝社ノン・ノベル。
本書は二〇〇一年五月に刊行された講談社文庫版を全面改訂した新装改訂版です。

|著者| 綾辻行人　1960年京都府生まれ。京都大学教育学部卒業、同大学院修了。'87年に『十角館の殺人』で作家デビュー、〝新本格ムーヴメント〞の嚆矢となる。'92年、『時計館の殺人』で第45回日本推理作家協会賞を受賞。『水車館の殺人』『びっくり館の殺人』など、〝館シリーズ〞と呼ばれる一連の長編は現代本格ミステリを牽引する人気シリーズとなった。ほかに『殺人鬼』『霧越邸殺人事件』『眼球綺譚』『最後の記憶』『深泥丘奇談』『Another』などがある。2004年には2600枚を超える大作『暗黒館の殺人』を発表。デビュー30周年を迎えた'17年には『人間じゃない　綾辻行人未収録作品集』が講談社より刊行された。'19年、第22回日本ミステリー文学大賞を受賞。

黄昏《たそがれ》の囁《ささや》き〈新装改訂版《しんそうかいていばん》〉
綾辻行人《あやつじゆきと》

2021年８月12日第１刷発行
2024年10月21日第３刷発行

発行者──篠木和久
発行所──株式会社　講談社
東京都文京区音羽2-12-21　〒112-8001
電話　出版（03）5395-3510
　　　販売（03）5395-5817
　　　業務（03）5395-3615
Printed in Japan

講談社文庫
定価はカバーに
表示してあります

KODANSHA

デザイン─菊地信義
本文データ制作─講談社デジタル製作
印刷───株式会社KPSプロダクツ
製本───株式会社KPSプロダクツ



ISBN978-4-06-523685-7

# 講談社文庫刊行の辞

二十一世紀の到来を目睫に望みながら、われわれはいま、人類史上かつて例を見ない巨大な転換期をむかえようとしている。

世界も、日本も、激動の予兆に対する期待とおののきを内に蔵して、未知の時代に歩み入ろうとしている。このときにあたり、創業の人野間清治の「ナショナル・エデュケイター」への志を現代に甦らせようと意図して、われわれはここに古今の文芸作品はいうまでもなく、ひろく人文・社会・自然の諸科学から東西の名著を網羅する、新しい綜合文庫の発刊を決意した。

激動の転換期はまた断絶の時代である。われわれは戦後二十五年間の出版文化のありかたへの深い反省をこめて、この断絶の時代にあえて人間的な持続を求めようとする。いたずらに浮薄な商業主義のあだ花を追い求めることなく、長期にわたって良書に生命をあたえようとつとめるところにしか、今後の出版文化の真の繁栄はあり得ないと信じるからである。

同時にわれわれはこの綜合文庫の刊行を通じて、人文・社会・自然の諸科学が、結局人間の学にほかならないことを立証しようと願っている。かつて知識とは、「汝自身を知る」ことにつきていた。現代社会の瑣末な情報の氾濫のなかから、力強い知識の源泉を掘り起し、技術文明のただなかに、生きた人間の姿を復活させること。それこそわれわれの切なる希求である。

われわれは権威に盲従せず、俗流に媚びることなく、渾然一体となって日本の「草の根」をかたちづくる若く新しい世代の人々に、心をこめてこの新しい綜合文庫をおくり届けたい。それは知識の泉であるとともに感受性のふるさとであり、もっとも有機的に組織され、社会に開かれた万人のための大学をめざしている。大方の支援と協力を衷心より切望してやまない。

一九七一年七月

野間省一

芥川龍之介　藪の中
有吉佐和子　新装版 和宮様御留
阿刀田　高　ナポレオン狂
阿刀田　高　新装版 ブラック・ジョーク大全
安房直子　春の窓〈安房直子ファンタジー〉
相沢忠洋　「岩宿」の発見〈幻の旧石器を求めて〉
赤川次郎　偶像崇拝殺人事件
赤川次郎　人間消失殺人事件
赤川次郎　三姉妹探偵団
赤川次郎　三姉妹探偵団2〈キャンパス篇〉
赤川次郎　三姉妹探偵団3〈珠美・初恋篇〉
赤川次郎　三姉妹探偵団4〈怪奇篇〉
赤川次郎　三姉妹探偵団5〈復讐篇〉
赤川次郎　三姉妹探偵団6〈危機一髪篇〉
赤川次郎　三姉妹探偵団7〈駈け落ち篇〉
赤川次郎　三姉妹探偵団8〈人質篇〉
赤川次郎　三姉妹探偵団9〈青ひげ篇〉
赤川次郎　三姉妹探偵団10〈父恋し篇〉
赤川次郎　死が小径をやってくる〈三姉妹探偵団11〉

赤川次郎　死神のお気に入り〈三姉妹探偵団12〉
赤川次郎　次女と野獣〈三姉妹探偵団13〉
赤川次郎　心地よい悪夢〈三姉妹探偵団14〉
赤川次郎　ふるえて眠れ、三姉妹〈三姉妹探偵団15〉
赤川次郎　三姉妹、呪いの道行〈三姉妹探偵団16〉
赤川次郎　三姉妹、初めてのおつかい〈三姉妹探偵団17〉
赤川次郎　恋の花咲く三姉妹〈三姉妹探偵団18〉
赤川次郎　月もおぼろに三姉妹〈三姉妹探偵団19〉
赤川次郎　三姉妹、ふしぎな旅日記〈三姉妹探偵団20〉
赤川次郎　三姉妹、清く貧しく美しく〈三姉妹探偵団21〉
赤川次郎　三姉妹と忘れじの面影〈三姉妹探偵団22〉
赤川次郎　三姉妹、舞踏会への招待〈三姉妹探偵団23〉
赤川次郎　三人姉妹殺人事件〈三姉妹探偵団24〉
赤川次郎　三姉妹、さびしい入江の歌〈三姉妹探偵団25〉
赤川次郎　三姉妹、恋と罪の峡谷〈三姉妹探偵団26〉
赤川次郎　静かな町の夕暮に
赤川次郎　キネマの天使〈レンズの奥の殺人者〉
赤川次郎　キネマの天使〈メロドラマの日〉
新井素子　グリーン・レクイエム〈新装版〉

安能務 訳　封神演義　全三冊
安西水丸　東京美女散歩
綾辻行人　殺人方程式〈切断された死体の問題〉
綾辻行人　鳴風荘事件　殺人方程式II
綾辻行人　十角館の殺人〈新装改訂版〉
綾辻行人　水車館の殺人〈新装改訂版〉
綾辻行人　迷路館の殺人〈新装改訂版〉
綾辻行人　人形館の殺人〈新装改訂版〉
綾辻行人　時計館の殺人〈新装改訂版〉
綾辻行人　黒猫館の殺人〈新装改訂版〉
綾辻行人　暗黒館の殺人　全四冊
綾辻行人　びっくり館の殺人
綾辻行人　奇面館の殺人(上)(下)
綾辻行人　どんどん橋、落ちた〈新装改訂版〉
綾辻行人　緋色の囁き〈新装改訂版〉
綾辻行人　暗闇の囁き〈新装改訂版〉
綾辻行人　黄昏の囁き〈新装改訂版〉
綾辻行人　人間じゃない〈完全版〉
綾辻行人ほか　7人の名探偵

# 講談社文庫　目録



2024年9月13日現在